千江有水千江月

蕭麗紅——著

獻給

故鄉的父老

目次

四十周年版前言

蕭麗紅

一九六九年，剛過二十歲的我帶著三百塊坐八個小時的慢車到臺北，到一家員工上萬人的公司面談，通過之後，可以開始上班。

問題來了。我已經忘記那時車費是一百八還是一百二，反正身上只剩一百多塊，我又必須先找住的地方；那時，臺大附近租學生的房子每月三百元。

我不想開口跟一個遠親借錢，就想算了，回家。

在臺北街頭，又不認識路，也不知走到哪，經過一排騎樓，突然有人叫我，停下一看，有個男生跑出來，是一個小學同學……他做業務員，剛好送貨到這裡。

人生有很多機遇是很奇妙的，整個臺北那麼大，他怎麼剛好送貨到這裡，我走過騎樓也只是幾秒鐘，那個機率實在太小，只要錯過也不知道現在又是怎樣的人生。

他問我現況。聽說我要回去罵我呆子，人家找不到工作，你有還要放棄，三百塊我借你……

就這樣留下來，用身上的一百塊在臺北撐過一個月，直到領薪水。

我提這件事是，如果沒有這個轉折，人生整個不一樣，也就不可能有《千江》這本書。

（當然，安定之後，我寄了六百元還他。）

寫這篇時，外在整個世界正在防疫，人心浮動，如果有溫暖的力量，是可以加分的，這個真實的遭遇正是：看起來無路可走，其實會有轉機。

上班十年，同事很多，其中有個故事，特別感動人。我記不起這人姓名，他從見習做起，當他提起十八、二十歲時，常常工作上必須騎八個小時腳踏車（大概來回吧！）從中山北路三段頭，騎到陽明山去修理客戶壞掉的電風扇……

那種辛苦和堅忍，他都快快樂樂的做，知足自己有份安定的工作，可以承擔家中生計……到我離職前幾年，他已經是馬達廠廠長。那時，整個國家、社會安定的力量，也來自這樣懂得知足，感恩的心。

《千江》寫好時，已經三十歲了。前後三年，白天上班，晚上和假日才得空。大概年輕才有那種體力，接近尾聲時，更是寫好已經天亮，又要準備上班。

然後結婚去，開始婚姻和家庭的生活。三十一歲那年，報社有長篇小說徵文，那年的結果從缺，第二年，《千江》得獎。

直到今天，四十年忽忽過去，中間多少採訪、邀約、演講或上電視，幾乎都沒能答應（只有少數，例如同住宿舍的鄰居邀請）。

正中午，我騎著二手腳踏車，給小孩送了九年的便當（大家就知道這人在忙什麼）。

這幾年才有因緣陸續看到讀者的一些反應，其中印象較深的幾個：

有人居然花很長時間寫了手抄本。

有人是每年都要讀一遍。

還有人在國外旅遊看到，直接訂機票到臺北，從機場搭高鐵準備到嘉義再轉客運，結果颱風天，乾脆計程車直達布袋，車費兩千五百元。民宿主人很難理解，會為一本書跑這麼遠的路？

還有從圖書館借來，看了不想還，想賠五倍的錢，可又想，這樣的書，應該大家都看到才好，於是花了一個月的伙食費影印。

有一個說她國中寫一遍了，高中國文老師又要全班寫一遍，一本《千江》，她寫兩遍讀書報告。

還有人直上關仔嶺、大仙寺，要找阿貞觀的大妗。

我親身聽聞的兩位，一個是醫學院兼醫院的老教授，有人應徵，經初試，複選後，到面談時，他問：你讀過《千江》嗎？

另外一個也是老教授，住在溫州街巷口轉角，等於鄰居。他因為太傑出，一堆頭銜包括中研院院士，我聽說他看過，忍不住問，你這麼忙的人有時間看（閒書）？他居然回：我看一句，就知道要不要看下去！

這麼長久的時間，加在一起的讀者不是少數，也許這些，也都是許多人曾有的感想吧?!

也有一部分人認為書沒有交代分手的原因，所以這次特別把那一句重點放在書頁前面，我想大概，看到悶式吵架，分手，大家有點緊張，難免急著看下文，沒有細心看下去。

有個小女生說，徵文要截止，所以趕工沒交代……我前面提過，完稿後幾近兩年，報社才有那個徵文。

六十以後，我搬離臺北，這個城市整整住它四十年，到一個歲數，人得踩著地氣；這兩年終於找到鄉下的房子，在這裡讀經、種菜……

這些年，我把生命的重點放在學習佛法，我的想法：沒有什麼比這件事更重要；而一本書能夠出版四十年也是很難得的，就隨順因緣寫了幾句。

祝福大家。

序

打滾一場，渾身無泥——蕭麗紅

阿盛

第一次讀蕭麗紅的作品，是在一九七八（或七九）年，那時她甫完成《千江有水千江月》，我看的是手稿，六百字的稿紙一大疊，拿著不很方便，但很愉悅也很受吸引的一口氣讀完，花了四日五夜。

讚嘆，那麼細緻的文筆，人物一個個跳出紙外。震撼，一個與我同齡的作家，掌控龐大的結構那麼自如從容。才女，結論就這兩字。

於是回頭閱讀蕭麗紅的《冷金箋》、《桂花巷》，一樣印象深刻，相當欽羨。

接下來好幾年，都未見蕭麗紅的新作。有時與人談起她，一些人說，她大概決定停筆了，一些人說，她寫不出來了，我不信，就是不信。她的作品確實不多，但停筆，不可能吧。

一九九六年，蕭麗紅的長篇小說《白水湖春夢》發表，距《千江有水千江月》十七、八年矣，這種寫作情況，在文壇上很少見。連載時，我逐日看，一向我是沒耐性天天讀一小篇幅的連載作品，但《白》文例外。

《白》文的新書發表會，我應邀參加，卻講不出完整的感受，蕭麗紅的作品本非幾句話便能概括道盡的。若與《千》文稍做比較，美鄉土與善人情的主調不變，而敘述的手法多了圓熟，閩南語的運用更傳神。潛沉恁久，蕭麗紅的才華絲毫沒有被歲月磨去，歲月磨轉，明顯磨出了更晶光的文氣。

看蕭麗紅，其文其人皆令我覺得「打滾一場，渾身無泥」，自自然然，她就是這樣。《白》文中，「白水湖」地方三個家族三、四代人，在她筆下以各種樣貌鮮活呈現，他們過日子，平凡或不平凡的，從一九四〇年代到一九九〇年代，他們經歷見證了自家、白水湖，以至於臺灣全島的滄桑起落，半世紀過去了，作者如此收束全文：「但春天也會再走，在來、去流轉間，他、他們的心上輕輕放著，許多祖先們做過，卻沒有做完的未竟春夢。」

讓人們動容甚至泫然的，正是蕭麗紅的「自然」，那是極難得的人格特質，我相信這特質會一直溶在她的作品中。

1之1

貞觀是出生在大雪交冬至彼時；產婆原本跟她外家阿嬤說：「大概霜降時節會生。」可是一直到小雪，她母親仍舊大著腹肚，四處來去；見到伊的人便說：

「水紅啊，拖過月的囡仔較巧；妳大概要生個狀元子了！」

她母親乃從做姑娘起，先天生就的平靜性格，聽了這般說話，自是不喜不驚，淡然回道：

「誰知啊，人常說：百般都是天生地養的……誰會知呢?!」

貞觀終於延挨到冬至前一天才落土，生下來倒是個女兒，巧拙尚未分，算算在娘胎裡，足足躲了十一個月餘。

到她稍略識事，大人全都這麼說笑她：

「阿貞觀，人家都是十個月生的，為什麼妳就慢手慢腳，害妳娘累累、掛掛，比別人多苦那麼兩下？」

貞觀初次聽說，不僅不會應，還覺得人家問得很是，這下纏住自己母親問個不休；她母親不知是否給她問急了，竟教她：
「妳不會這樣回：因為那天家家戶戶都搓冬至圓，我是選好日子來吃的。」
問題有了答案，貞觀從此應答如流，倒是大人們吃了一驚；她三妗還說：
「我們阿貞觀真的不比六、七歲的囡仔……到底是十二個月生的!!」
乍聽之下，貞觀還以為自己生得是時候；後來因為表姊妹們一起踢毽子，兩人都是二十六下，銀蟾一定要說自己贏。
「為什麼？」
貞觀笑問道：「不是平嗎？」
銀蟾說：
「數目相同，就比年紀；妳比我大一歲！自然算妳輸！」
貞觀不服，問她幾歲，銀蟾說是六歲，貞觀啊哈一聲笑出來：
「說平妳還不信，比什麼年歲，我也是六歲啊！」
銀蟾嗤鼻說她：
「誰說妳六歲？正頭算？還是顛倒算？」
「六歲就是六歲，怎樣算都是六歲！」
銀蟾收起毽子，推著她往後院走：
「好！我們去問!!隨便阿公，阿嬤抑是誰，只要有人說妳六歲，我就輸！」
後院住的她三舅，三妗；芒種五月天，後園裡的玉蘭、茉莉，開得一簇簇，女眷們偶爾去玩四色牌；那房間因吃著四面風，涼爽加上花香，一旦知滋味，大家以後就更愛去，成了習慣。

二人一前一後，才踏入房內，見著她母親背影，貞觀就問：

「媽，我今年是幾歲啊？」

大人們先後回過頭來，唯有貞觀母親靜著不動，伊坐在貞觀大妗身旁，正提醒那紅仕揀對了。

這下貞觀只得耐心坐下來等著，誰知一旁她二姨開了口：

「阿貞觀肖牛，肖牛的今年七歲！」

像是氣球一下扎了針，貞觀一時間竟說不出話來；銀蟾見此，立刻挨到她身旁坐下，抓了她的手輕拍著，卻又仰頭幫她詢問：

「貞觀是說，我們讀同一班，為什麼我是六歲？」

「人家銀蟾屬虎！」

「屬虎六歲？……為什麼屬虎就六歲？」

貞觀這一問，眾人差不多全笑了起來，連她母親都抿了嘴角笑說道：

「妳今日是怎樣？跑來番這個？」

說話的同時，她二姨等到了四色卒；於是眾人放下手上的牌，重新和局。

她大妗伸手按了貞觀的肩頭，說是：

「阿貞觀，大妗與妳講，生肖歲數是照天地甲子算的，牛年排在虎年前，當然牛年的人大一歲！」

貞觀這下問到關頭來了：

「可是，大妗，我們只差一個多月，銀蟾只慢我四十二天！」

這下輪到她三妗開口了，伊一面替贏家收錢，一面笑貞觀：

「照妳這樣算法，世間事全都算不清了；妳還不知道，有那二十九、三十晚，除夕出生的，比起年初一來，只隔一天，不就差一歲嗎?!」

貞觀一時無話。

她三妗接下道：「等妳大了，妳才不想肖虎呢，虎是特別生肖，遇著家中嫁娶大事，都要避開……對了，妳還多吃一次冬至圓呢！妳忘記了？單單那圓仔，就得多一歲！」

眾人又笑；貞觀腮紅面赤，只得分說：

「——其實……人家也沒吃到——」

話未完，只聽得房門前有人叫貞觀，她待要起身，先聽得她三妗笑喚道：

「四嬸、四嬸，妳快進來聽！阿貞觀在這裡計較年歲，跟湯圓賴帳呢！」

1之2

小學六年書唸下來，貞觀竟是無有什麼過人處，雖說沒押在眾人後，倒也未曾領人先，拿個溫吞吞第七名，不疾不緩，把成績交上去；她母親大概失望了，說了她二句，她外公卻開口替她分明：

「水紅，妳這句話層疊，想想看，妳自己五叔唸到東京帝大的醫學士，也算得人才的，妳知噯？他到了上中學校，還一直拿第二十名呢！古人說大隻雞慢啼；提早會啼的雞，反而長不大，小學的成績，怎麼就準了呢？」

她母親不作聲；她外公又言道：

「妳聽我說：女兒不比兒子，女道不同男綱；識者都知，閨女是世界的源頭，未來的國民之母，要她們讀書，識字，原為的明理，本來是好的，可是現時不少學校課業出眾的，依我看，卻是一點做人的道理也不知，若為了唸出成績，只教她爭頭搶前，一旦失去做姑娘的許多本分，這就因小失大了——」

貞觀覺得外公這話正合她的心，更是聚會心神來聽。

「兒子不好，還是一人壞，一家壞，一族壞。女兒因負有生女教子的重責，可就關係人根，人種了，以後嫁人家為妻做媳，生一些惶恐、霸氣的兒女，這個世間還不夠亂啊？」

貞觀想著外公的問話有理，因為今天早上，她還看到兩個男生在巷口打架。

「從前妳阿祖常說的：德婦才生得貴子。又說：家有賢妻，男兒不做橫事。由此想來，才深切知道女兒原比兒子貴重，想開導伊們，只有加倍費心神了！」

「阿爹見的是！」

「這樣說來，明兒等伊聯考考完，叫她天天過來跟我唸《千字文》！」

考完初中聯考，貞觀其實是無甚把握，然而心裡反而是落了擔子的輕鬆；到底這六年的學業總得給人家一個交代。最興奮的，還是可以過外公家去唸：《婦女家訓》、《勸世文》。

她外公有大小一、二十個孫子，除了她五舅未娶，其餘都已成家。大舅早歲被日本兵征到南洋當軍，十幾年來不知生死。她大妗守二個兒子銀山、銀川過日子。二舅、三舅各有二男二女；銀城、銀河、銀月、銀桂，銀安、銀定、銀蟾、銀蟬。四房是一女一男：銀杏、銀祥，再加上貞觀這班外孫兒女有事沒事就愛回來，一個家不時的鬧熱滾滾。

開始與外公讀書以來，貞觀第一句熟記心上的是《勸世文》的起頭：

「天不可欺」、「地不可褻」、「君不可罔」、「親不可逆」。

刻骨銘心以後，她居然只會從頭唸起；也就是整段文字一從中間來，她便接不下去。

一次，外公叫她們分段背，先由銀月唸起：

「師不可慢」、「神不可瞞」、「中不可侮」、「弟不可虛」、「子不可縱」、「女不可跋」。

跟著是銀桂：

「友不可汎」、「鄰不可傷」、「族不可疏」、「身不可惰」、「心不可昧」、「言不可妄」。

再來銀蟾：

「行不可短」、「書不可拋」、「禮不可棄」、「恩不可忘」、「義不可背」、「信不可爽」。

當銀蟬唸完：

「勢不可使」、「富不可誇」、「貴不可恃」、「貧不可怨」、「賤不可凌」、「儒不可輕」時，貞觀竟忘了要站起來，因為她還在底下，正小聲的從頭唸起——

讀《千字文》就更難了，字義廣，文字深，十幾天過去，貞觀還停在這幾句上頭：

「空谷傳聲，虛堂習聽」、「禍因惡積，福緣善慶」、「尺璧非寶，寸陰是競」。

然而愈往後，理念愈明；書是在讀出滋味後，才愈要往裡面鑽，因為有這種井然秩序，心裡愛著——

「樂殊貴賤，禮別尊卑」、「上和下睦，夫唱婦隨」、「外受父訓，入奉母儀」、「諸姑伯叔，猶子比兒」、「孔懷兄弟，同氣連枝」。

等唸到《三字經》時，更是教人要一心一意起來；從「——為人子，方少時，親師友，習禮儀」、「弟於長，宜先知，首孝弟，次見聞，知某數，識某文」到「犬守夜，雞司晨，苟不學，曷為人，蠶吐絲，蜂釀蜜，人不學，不如物，幼而學，壯而行，上利國，下便民，揚名聲，顯父母，光於前，裕於後——」

貞觀是每讀一遍，便覺得自己再不同於前，是身與心，都在這淺顯易解的文字裡，一次又一次的被滌蕩、洗潔……。

1之3

暑熱漫漫，貞觀外公所以會選在早晨讀課，唸書；等吃過午飯，通常人人手上，會有一碗仙草、愛玉。

貞觀吃這項，總是最慢，往往最後一個放下碗，不知情的，還以為她一人吃雙份。

久了以後，竟然隱約聽到一個綽號，真個又是生氣又好笑：

「九頓伯母?!什麼意思嘛?!」

其實她心裡猜著十分了，只是不願意自己這樣說出來。

銀蟾等人笑道：

「就是人家吃一頓飯，妳吃九頓啊！」

「我吃九頓？誰看見了?!」

「沒吃九頓，怎麼那麼慢？」

「……」

一嘴難敵兩舌，貞觀說不過眾人，轉頭看男生那邊，亦是鬧紛紛：

「……」

「不好！不要！換一個！」

「啊，想起來，昨晚叔公在樹下講什麼『開唐遺事』，好了，我要做徐懋功！」

「我做秦叔寶！」

「我做程咬金！」

「尉遲恭是黑臉啊！我又不像！」

「不像沒關係，本來就是假的嘛！」

……

銀祥還小，才五歲，只有站著看的分；剩下一個銀定，就是不肯做李世民！

「沒有李世民，怎樣起頭呢？」

「那……看誰要做，我跟他換！」

「……」

這邊的銀蟾見狀，忍不住說他道：

「哈，你莫大呆了！李世民是皇帝呢！你還不要——」

銀定這時轉一下他牛一樣的大眼睛，辯道：

「妳知道什麼?!阿公說過：第一戇做皇帝，第二戇做頭家，第三戇做老爸……還不知誰呆呢！」原來有此一說，銀川最後只得提議：

「耍別項好了！銀蟾她們也可以參加；『掩咯雞』是人多才好玩！」

捉迷藏的場地，一向在對街後巷底的鹽行空地，那兒榕樹極多，鬚垂得滿地是，不止遮蔭，涼爽，還看得見後港的魚塭與草寮。

可惜的，它的斜對面開著一家棺材店，店裡、門口，不時擺有已漆、未漆的杉板；不論大紅或木材原色，看來都一樣的叫人心驚。

「掩咯雞」得到眾聲附和，算一算，除了銀山大表哥外，差不多全了；貞觀本來想去的，可是說來奇怪，前幾個夜晚，她老是夢見那間棺材店……，這兩天，走過那裡都用跑的……

「阿貞觀怎麼不去？」

「我……我愛睏！」

大家一走，連小銀祥都跟去了。貞觀想想無趣，自己便走到阿嬤房裡來。

她外婆的床，是那種底下打木樁，上頭鋪涼板的統舖，極寬極大；貞觀悄聲躺下，且翻了二翻，才知自己並無睡意。

老人家睡得正好，再下去就要給她吵醒……

貞觀想著，立時站起，穿了鞋就往後園走。

她外婆的三個女兒，只有二姨是長住娘家的。為了二姨丈老早去世，只留個半歲大的嬰兒給伊，如今惠安表哥十七、八了，在臺南讀高中，二姨一個人沒伴，就被接回來住了。

今兒貞觀一腳踏入房內，見著她大妗、二姨的背影，忽地想通這件事來——自己母親和阿妗們，為何時常來此；她們摸四色牌；坐上大半天，輸贏不過五塊錢，什麼使她們興致致呢？原來她們只為的陪伴寡嫂與孀姊度無聊時光，解伊們的心頭悶……

怪不得她外公不出聲呢——

她二姨最先看到她，笑道：

「好啊，阿貞觀來了，每次伊來，我就開始贏！」

她三妗笑道：

「這樣說，阿貞觀變成錢婆了，只可惜，錢婆生來大小心，看人大小目，扶起不扶倒——」

還未說完，大家都笑了；貞觀有些不好意思，揉眼笑道：

「三妗，妳真實輸了？」

口尚未合，眾人笑道：

「妳聽她呢！不信妳摸摸伊內袋，一大堆錢等著妳幫伊數呢！」

說著就說到讀書的事來，她二姨問：

「阿貞觀考學校考得怎樣？」

她母親道：

「妳問她呢！」

貞觀回說：

「我也不知道，可是我把寫的答案說給老師聽，老師算一算，說是會考上。」

眾人都是欣慰的表情，獨有她母親道：

「伊真考上了，也是問題，通車嘛，會暈；住宿舍，又會想家……才十三歲的孩子！」

她二姨問：

「怎麼不考布中呢？和銀蟾有伴——」

「她們那個導師，幾次騎腳踏車來說，叫我給她報名，說是讀布中可惜，他可以開保單，包她考上省女！」

「……」

停了一下，她大妗提醒道：

「阿貞觀不是有伯父在嘉義嗎？」

「是伊出生那年搬去的，這麼大了，連面都沒見過……」

……

聽著，聽著，貞觀早已橫身躺下，沒多久就睡著了；小時候，她跟著大人去戲園看戲，說跟去看戲，不如說跟去睡覺，也不知道為什麼這樣愛睡，每次戲完散場，都是被抱著出來的。

母親或者姨、妗，輪流抱她，夜晚十一、二點的風，迎面吹來，叫人要醒不醒的……

大人們給她拉起頭兜，一面用手撫醒她的臉，怕小孩的魂留在戲園裡，不認得路回家……

貞觀這次被叫醒，已是吃晚飯時刻；牌局不知幾時散的，她母親大概回家煮飯了；左右鄰居都羨慕伊嫁得近，娘家、婆家只是幾步路。

眼見飯廳內燈火光明，貞觀忙洗了臉走來。在外公家吃飯，是男女分桌，大小別椅的，菜其實一樣，如此守著不變，只為了幾代下來一直是這般規矩。

更小的時候，她記得銀蟾跑到銀定他們那桌，被三妗強著叫回來……

貞觀是以後才聽自己母親說是：

「女兒家，站是站，坐是坐，坐定了，哪裡就是哪裡，吃飯不行換座位，吃兩處飯以後要嫁兩家！」

她在廳門口遇著銀月，問聲道：

「還沒開始嗎？妳要去哪裡？」

銀月拉住她道：

「捉迷藏還未散呢！大哥哥去找半天也沒下落……誰還吃得下？」

貞觀聽說，亦拉了銀月道：

「走！我們也去找——」

話未了，只見銀杏、銀蟾幾個一路哭進來；那銀蟾尤其是相罵不落敗，挨打不流淚的番邦女，如今這樣形狀，眾人哪能不驚？

「什麼事啊？」

「什麼事？」

連連問了十聲，竟是無有回應；貞觀二人悄聲跟進廳內，見大人問不出什麼，只得走至銀蟾面前，拉她衣服道：

「阿蟾，妳怎樣？」

「哇——」

這番婆不問也罷，一問竟大哭出聲……

貞觀三舅只得轉向呆立一旁的銀定問道：

「到底怎樣了？銀山不是去找你們回來？他自己人呢？」

銀定嚅嚅道是：

「……大哥哥叫我們先回來，他和二哥哥、三哥哥還要再找——」

眾人眼睛一轉，才發覺銀祥不見了。

「銀祥人呢？」

這一問，男的又變得像木雞，女孩子卻又狠哭起；貞觀四妗顧不得手上端的湯，一手抓了銀蟾問道：

「怎樣的情形，妳與四嬸說清楚！」

番婆揩一下淚水，眼睛一閃，淚珠又滴下頰來：

「……大家在『掩咯雞』，阿祥不知躲到哪裡去……」

「有無四處找過？」

「都找了——找不到，我們不敢回來，可是大哥哥——」

不等伊說完，眾人都準備出發去找，卻見棺材店的木造師傅大步跨進來，慌慌恐恐，找著貞觀外公道：

「同文伯，這是怎麼說起——你家那個小孫子，唉，怎會趁我們歇睏不注意，自己爬入造好的棺木內去躲……」

四、五個聲音齊問道：

「囝仔現在呢？」

「剛才是有人來店裡看貨，我們才發覺的……因為悶太久，已經沒氣息——我們頭家連鞋都不顧穿，赤腳抱著去回春診所了……頭家娘叫我過來報一聲……你們趕緊去看看——」

前後不到兩分鐘，屋裡的大人全走得一空；貞觀正跟著要出門，卻見她大妗停了下來，原來銀山、銀川還有銀城不知幾時趁亂回來了。

「你過來！」

伊叫的是銀川，貞觀從不曾看過她大妗這樣疾聲厲色——

銀川一步步走向她面前，忽地一矮，跪了下去：

「媽——」

「我問你，你幾歲了？」

銀川沒出聲；大妗又道：
「你做兄長的，小弟、小妹帶出去，帶幾個出去，就得帶幾個回來，你知嘛?!」
「……」
「少一個銀祥，你有什麼面目見阿公、阿嬤、四叔、四嬸？」
「……」
她大妗說著，卻哭了起來：
「你還有臉回來，我可無面見眾人，今天我乾脆打死你，給小弟賠命！」
「媽——」
「大妗——」
「大伯母——」
銀山已經陪著跪下了，貞觀、銀月亦上前來阻止，她大妗只是不通情，眼看伊找出藤條，下手又重，二人只得拉銀城道：
「快去叫阿公回來！」
誰知銀城見銀山二人跪下，自己亦跟著跪了；貞觀推他不動，只得另拉銀月道：
「走！我們去診所看看，不一定銀祥無事呢？二哥哥就不必挨打了！」

1之4

貞觀的四妗已經幾天沒吃飯了；前兩日，她還能長嚎大哭：

「銀祥啊，我的心肝落了土……」

以後聲嘶喉破，就只是乾嚎而已。

無論白天、夜晚，貞觀每聽見她的哭聲，就要跟著滴淚——

這一天，逢著七月初七，中午一過，家家戶戶開始燜油飯，搓圓仔，準備拜七星娘娘——

貞觀懶在床上，時仆時趴，心裡亂糟糟。

四妗或許在她房內，旁邊不知有無人家勸伊？這個時候，大家都在灶下——

貞觀想著，差一點就翻身站起，然而她又想到：見著四妗，要說什麼話呢？她也只會拉著伊的裙角，跟著流淚而已。

「起來！起來!!妳睏幾點的？」

銀蟾的人和聲音一起進來；她近著貞觀坐下，繼續說道：

「大家都在搓圓仔，說是不搓的沒得吃！」

貞觀不理她，銀蟾笑道：

「還不快去！二伯母說一句：阿貞觀一向搓得最圓，引得銀桂她們不服，要找妳比賽呢！」

貞觀移一下身，還是不動。

貞觀卻突然問一句：

「妳是怎樣了？」

「四妗人呢？」

銀蟾的臉一向是飛揚、光采的，貞觀這一問，只見她臉上整個黯下來：

「四嬸原先還到灶下，是被大家勸回房的，我看伊連嚥口涎都會疼——」

貞觀翻一下身，將頭埋在手裡。

想到銀祥剛做滿月那天，自己那時還讀三年級，下課回來，經過外公家門口，被三妗喊進屋裡，就坐在這統舖床沿邊，足足吃了兩大碗油飯——

她記得那天：四妗穿著棗紅色洋裝，笑嘻嘻抱著嬰兒進來，嬰兒的手鍊、手釧，頭上的帽花，全閃著足赤金光，胸前還掛個小小金葫蘆……

「四妗，小弟給我抱一下！」

她從做母親的手，接過小嬰兒來，尚未抱穩呢，五舅正好進來看見，笑道：

「大家來看啊！三斤的貓，咬四斤的老鼠——」

……

正想著從前，又聽銀蟬進來叫道：

「妳們快去前廳，臺北有人客來！」

銀蟾一時也弄不清是誰，問道：

「妳有無聽清楚是誰？」

「是四嬸娘家的阿嫂與姪子。」

銀蟬說完，探子馬似的跑了。

貞觀耳內聽得明白，忙下床來，腳還找著拖鞋要穿，銀蟾早已奪門跑了。

二人一前一後，來到天井，銀蟾忽地不動了……

「妳是怎樣——」

銀蟾還未出聲，貞觀從她的眼波流處望去，這才明白：

四妗的姪子原來是十五、六歲的中學生；她們起先以為是七、八歲的小人客！

二人只得停了腳步，返身走向灶下；灶下正忙，亦沒有她們插手的，倒是姊妹們全集在「五間」搓湯圓，五間房緊臨著廚房隔壁，笸籮滿時，隨時可以捧過去……

二人才進入，銀蟾先笑道：

「誰人要比搓圓仔？阿貞觀來了——」

貞觀打她的手道：

「妳莫胡說，我是來吃的！」

銀蟾笑道：

「七娘媽還未拜呢，輪得到妳——」

說著，二人都靜坐下來，開始捏米糰，一粒粒搓起。

七夕圓不比冬至節的；冬至圓可鹹可甜，或包肉、放糖，甚至將其中部分染成紅色；七夕的卻只能是純白米糰，搓圓後，再以食指按出一個凹來……

為什麼呢？為什麼要按這個凹？

小時候為了這一項，貞觀也不知問過幾百聲了；大人們答來答去，回應都差不多，說是——

「要給織女裝眼淚的——」

因為是笑著說的，貞觀也就半信半疑；倒是從小到大，她記得每年七夕，一到黃昏，就有牛毛細絲的雨下個不停。

雨是織女的眼淚……「織女為什麼會有那麼多的眼淚呢？」

她甚至還問過這麼一句；大人們的說法就不一樣了——

織女整一年沒見著牛郎，所以相見淚如湧——

牛郎每日吃飯的碗都堆疊未洗，這日織女要洗一年的碗——

「阿貞觀，這雨是她潑下來的洗碗水！」

「牛郎怎麼自己不洗呢？」

「戇呆！男人不洗碗的！」

……

那凹其實是輕輕、淺淺，象徵性罷了，可是貞觀因想著傳說中的故事，手指忘了要縮回，這一按，惹得眾人都笑出來：

「哇！這是什麼？」

「貞觀做了一個面盆仔！」

「織女的眼淚和洗碗水，都給她一人接去了……」

連她自己都被說笑了；此時，第一鍋的湯圓、油飯，分別被盛起，捧到五間房來。隨後進來的，還有她外婆，貞觀正要叫阿嬤時，才看到伊身旁跟著那個中學生——

「大信，你莫生分，這些都是你姑丈的姪女、外甥——」

那男學生點了一下頭，怯怯坐到一邊；她阿嬤轉身接了媳婦添給伊的第一碗油飯，放到他面前：

「多少吃一些！你知道你阿姑心情不好，你母親要陪伊多講幾句話——」

「我知道——」

男生接了著，卻不見他動手——

湯圓都已搓好，銀月、銀桂亦起身將笸籮抬往灶下；貞觀於是拉了銀蟾道：

「拜七娘媽的油飯上不是要鋪芙蓉菊嗎？走！我們去後園摘！」

2之1

網魚這幾日，全家都盡早歇睏得早，七、八點不到，一個個都上了床。

貞觀和銀蟾姊妹，一向跟著祖母睡的；這一晚，都九點半了，三人還在床上問〈周成過臺灣〉、〈詹典嫂告御狀〉……

她阿嬤嘴內的故事，是永遠說不完的：

「詹典出外做生意，賺了大錢回來，他的丈人見財起貪，設計將他害死，還逼自己女兒再嫁——

「詹典嫂又是節婦又是孝女，這樣的苦情下，不得已，寫了狀紙，控告生身之父——

「周成到臺灣來做生意，新娶細姨阿麵；留在故鄉的妻子月女等他不回，亦自福建過海來尋夫——

「阿麵假裝好意款待，暗中以豬肚蓮子所忌的白喬木劈柴燒，將伊毒死……半夜——」

貞觀又要懼怕又要聽；從前怕虎姑婆，現在怕詹典和月女的鬼魂。

阿嬤一說完，銀蟾二人有本事倒頭就睡，貞觀卻在那裡直翻身；看看老人家也閉起眼，沒辦法，只好去碰伊的手肘：

「阿嬤，妳睏沒？」

「唔——」

「阿嬤——鬼如果來呢？」

老人家開眼笑道：

「真戇，妳怎麼不想：明日早起，有好魚好肉可吃？」

這一說，貞觀果然覺得自己是戇呆；每天有那麼多事情可想，她為什麼只鑽這一點轉呢？

想明白以後，心被撫平了；貞觀打起呵欠，正要入眠，卻又記起什麼事來：

「阿嬤，妳一點時，叫我起來好嗎？」

她阿嬤笑道：

「三更半夜的，妳要偷捉雞嗎？」

貞觀亦笑道：

「才不是，人家要跟阿舅眾人去魚塭！」

老人家似醒非醒的「唔」了一聲，沒多久，便睡著了。

到得下半夜，貞觀在睡夢中，被一陣刀砧聲吵醒，傾身起來，只見後院落一片燈火；是女眷們在廚房準備食物、點心，要給男人帶去魚塭寮餓時好吃。

銀蟾二人還在睡，卻沒看到她外婆的人。

貞觀揉揉雙眼，端了木架上的面盆來換洗臉水，才出庭前，迎面即遇著大信、銀山等人……

「早啊——」

「早——」

眾人都好說話，獨有銀城不饒她：

「哈，妳也知道起來啊?!連著四、五日，我們清晨提了魚和網具回來時，妳還在做夢呢！好意思說要跟去捉魚？」

「……」

「——照妳起身的時辰算來，魚市場大概下午和晚上才有魚賣——」

「……」

貞觀飛快走到水缸旁，也不應銀城半句；其實，如果不是人客在旁，她一定拿水瓢的水甩他……

那缸是石砌的水泥缸，正中放在廚房的半牆下，一半在內，供灶下一切用水，另半則露出外來，大家取用也方便。

貞觀彎身欲拿水瓢，手在大缸內摸了個空，只抓了把夜深露重的子夜空氣。

再探頭看時，原來呢——銀城早搶先一步；他由廚房進去，自裡面拿了正著。

光。

貞觀取不到水，只好一旁站著等，她這才看清楚，缸裡白茫茫一片的，原來是月

月娘已經斜過五間房的屋簷線，冷冷照進缸底；水缸有月，貞觀從不曾這樣近身相看，只覺自己的人，也清澈起來。

洗過臉，大家又多少吃了點心，待要出發時，銀月、銀桂才趕到：

「阿貞觀，等我們——」

魚販仔和工人，還有舅舅等，都已動身；貞觀看看銀山他們，說是：

「你們先走吧！我們壓後！」

銀山不放心：

「要等大家等，妳們兩個手腳快一點——」

姊妹二個這才放心去洗面、漱口；臨去，貞觀還加了一句：

「可以不必吃——銀城手上有提盒！」

前後也不過十分鐘，當六人來到門口，原先的大隊人馬已不知去向；這下，十二隻腳齊齊趕起路來；風吹甚涼，貞觀差些忘記這是七月天。

月光自頭頂洒下，沿途的街燈更是伸展無止盡……貞觀放眼前程，心中只是亮晃晃、明淨淨。

出了莊外，再往右彎，進入小路，小路幾丈遠，接下去的是羊腸道一般的堤岸；岸下八、九十甲魚塭，畦畦相連。

六人成一縱隊，起步行來；女生膽小，銀山讓她們走前頭，分別是：銀月、銀桂、貞觀，然後是大信、銀城，銀山自己是鎮後大將軍。

貞觀每跨一步，心上就想：

太祖公那輩分的人，在此建業立家，既開拓這麼大片土地，怎麼築這樣窄的壠堤——

沿途，銀山要說給臺北人客聽：

「這一帶，近百甲的魚塭，因連接外海的虎尾溪，鎮上的人將這兒叫做『虎尾寮』……虎尾漁燈乃是布袋港八景之一——」

銀城則是每經一處，便要做介紹：

「這畦是五叔公的，五叔公一房不住家鄉，魚池託給大家照看。

「這畦是三叔公家的，就是會講單雄信那個——

「這是李家——黃家……

「阿貞觀她家的，還要往北再過去，就是現在你看到的掛漁燈那邊——」

銀城不只嘴裡說，他是手腳都要比，弄得提盒的湯潑出來。

「你是怎樣了？」

銀月一面說，一面接了提盒去看，見潑出去的不多，到底還是不放心，便自己換了位置，和貞觀一前、一後拉著。

沿岸走來，貞觀倒是一顆心都在水池裡：

這魚塘月色；一水一月，千水即是千月——世上原來有這等光景……再看遠方、近處，各各漁家草寮掛出來的燈火，隱約銜散在涼洌的夜空。

「虎尾漁燈」當然要成為布袋港的八景之首；它們點綴得這天地，如此動容、壯觀！

銀城還不知在說些什麼，銀月便說他：

「你再講不停，大家看你跌落魚塭底！」

銀城駁道：

「哪裡就掉下去呢?!阿公、阿叔他們，連路都不用看，跑都可以跑呢！」

話未說完，忽見橫岸那邊，走來一個巡更的；那人一近前，以手電筒照一下銀山、銀月的臉，因分辨出是誰家的孩子、孫兒，馬上走開去。

就在這一刻時，貞觀忽然希望自己會在聯招考試裡落敗，她不要讀省女了。在剛才的一瞬間，她才真正感受到自己與這一片土地的那種情親：故鄉即是這樣，每個人真正是息息相關，再不相干的人，即使叫不出對方姓名，到底心裡清楚：你是哪鄰哪里、哪姓哪家的兒子、女兒！

她才不要離開這樣溫暖的地方，她若到嘉義去，一定會日日想家夜夜哭——

這一轉思，貞觀的步子一下輕快起來，話亦脫口而出：

「別說外公他們了，這路連我閉著眼睛都能走——」

她一走快，銀月不能平衡，大概手也瘓了，於是提盒又交回銀城手裡，銀城邊接邊笑：

「哈！學人家！」

貞觀停腳問：

「笑什麼？沒頭沒尾的，我學誰了？」

銀山笑道：

「這句話是大信講的；他家住臺北西門町，他說西門町他閉著眼睛也會走！」

鬧鬧吵吵，居然很快到了目的地；魚塭四圍，盡是人班，貞觀看母舅們一下跳入塭裡幫忙拖魚網，一下又躍上岸來指揮起落，自己這樣一滴汗不流的站著看，實在不好，便拉了銀桂坐到草寮來。

岸邊、地下，雖有二、三十個人手，少算也有一、二十支電石火和手電筒，然而貞觀坐到魚寮來時，才發現真正使得四周明亮的，還是那月光。

它不僅照見寮前地上的瓦礫片數，照見不遠處大信站立的身影，甚至照得風清雲明，照得連貞觀都以為自己穿了一件月白色的衣衫。

頭次網起的魚兒最肥，魚販仔一拉平魚網，魚們就在半空掙跳、竄躍，等跌回網上，論千算萬的魚身相互堆疊時，就又彼此推擠，那在最底層的，因為較瘦小，竟可以再從網眼溜掉，回到熟絡的池水裡。

魚們不想離開魚塭，也許就像貞觀自己不欲離開家鄉一樣?!

貞觀不禁彎下頭低了身來看，也有那麼二、三尾，魚頭已過，只因魚身大些，竟夾在網中不上不下……

貞觀將身一仰，往後躺在木板釘成的草舖床上，心裡竟是在替魚難過。她閉起眼，裝睡，誰知弄假不成，真的睡著了；等銀月推她時，貞觀一睜眼，先看到的是天蒼茫，野遼闊，帶濕的空氣，霧白的四周，一切竟回到初開天地時的氣象。

在這黎明破曉之時，天和地收了遮幕，變成新生的嬰兒；貞觀有幸，得以生做海港女兒，當第一陣海風吹向她時，她心內的那種感覺，竟是不能與人去說。

2之2

連著吃了好幾日的虱目魚，飯桌上天天擺的盡是它們變出來的花樣，魚粥、魚鬆、清湯、紅燒、煎的、煨的。受益最多的是大信，據貞觀看來：城市人自然少有這樣的時候，然而受害最大的，卻也是他，陸續被魚刺扎了幾遍。

前幾回，都被她三妗拿筷子挾走，這一次魚刺進了肉裡面，扎著會痛，就是找不到頭，筷子和飯丸都無用。一個大男生，坐在正廳中，眼紅淚流的，別說大人忙亂，連她看了都難過。

貞觀想著自小吃魚的經驗，倒給她想出個方兒來，便三、兩步，走回自己家裡，她母親看了她，笑瞇瞇道：

「成績單才寄來，怎麼妳就知道回家拿了？」

說著開了衣櫥，取給她看，又說：

「明日的報紙就有了呢！妳快去學校與先生說一聲，他也歡喜！」

貞觀看了看分數，卻說：

「我先去跟重義嬸討麥芽，四妗的姪子被魚刺扎到咽喉。」說著，走到後院來開門，後面小巷，有家做餅的鋪子，裡面堆著一鉛桶、一鉛桶的麥芽糖。

麥芽討到了，是一小支竹棒子，黏著軟軟的一團，貞觀怕它流掉到地上，也不走回家，直接從小巷口穿出大街，回到外公這兒。

這邊家裡，大人還在焦急呢！烏鴉鴉一堆人圍著大信，大概計窮了。

貞觀不敢明伸出手，趁亂將它塞給銀安，果然大信吞後一分鐘，便站起身叫好了。

事後問起來，居然沒人知道是誰討來的麥芽，大信說是銀安叫他吞的，銀安則想不起到底誰人遞給他，到被問急了，居然瞪眼叫道：

「好了便好了，管它是天上落下來！」

這次以後，大信再不敢多吃魚了，只對無骨無刺的蛤、蚌感興趣，每天帶著竹簍，和銀川他們去魚塭摸「赤嘴」。赤嘴是粉蛤的另一種，肉較厚，殼反而薄，喜歡做穴在魚塭四周靠堤岸的濕土裡，黃昏時，就跑出洞來吃水了。

十天過去，大信的臉也晒黑了，卻給他摸出一套找赤嘴的訣竅來：靠岸邊的土上，若有一個像鎖匙孔的小洞，伸手進去，一定會摸到一隻。

正當他熱著摸赤嘴時，他母親已收拾好行李要走；家下眾人，一口一聲的挽留道：

「妗仔若不棄嫌這裡，就多住幾日才好，一過八、九月，海邊、塭內，都出毛蟹，『十月惜，蟛蜞較碇石』小小一隻，裡面全是蟹黃！」

他母親道：

「到十月，還要二個月呢！已經住了個餘月，他父親會說我……」

「至少也等過了中秋再走，中秋這裡還算鬧熱，碼頭全部的船隻，都自動載人到外海賞月。」

大信的樣子有些動心，他母親卻說：

「哪裡行呢！他父親信上直催，大信的學校，也快要開學了！」

貞觀的外婆又說：

「大信就叫他姑丈先送他回去，妗仔妳難得來一趟，還是多住些時。」

「下次吧！下次再來……親家、親家母，大家有閒也去臺北走走！」

當下看好時間，母子二人決定坐明日的早班車回去；貞觀以為吃過晚飯，他們就會趁早歇睏，誰知晚來她外公在天井講〈薛仁貴征西〉，貞觀才找到座位坐下，一抬頭，赫然發現大信就在前座。

「鬼頭飛刀蘇寶同，移山倒海樊梨花……」故事正說得熱鬧，大信忽回頭與銀安說：

「明晚的故事，我就聽不到了。」

她四妗照例來分愛玉，貞觀才接過碗，聽他這一說，差些失手打翻掉；她是同時想起今早自己接到的那紙註冊通知。

3之1

時光一下子移過去六年，貞觀如今十九歲了，已經中學畢業，現今是回鄉來準備考試。

嘉義，把她從一個小女孩變成了少女，再怎樣，她到底花費六年的時間在這個城市裡，然而不知為什麼，貞觀每次想起來，只覺它飄忽不實，輕淡如煙。

每次回鄉，都不想再走，每次臨走，又都是淚水流泗，那情景，據她外婆形容的：真像要回到後母身邊一樣。

這樣戀棧家鄉的人，怎麼能夠出外呢？

貞觀因為知道自己，就不怎樣把考大學當正經，想想嘉義已經夠遠了，怎堪再提臺北，臺北在她簡直是天邊海角了。

直到考前一個月，貞觀還是不急不緩，若有若無的，也不知唸的什麼；當她四妗開口問起：

「要不要叫大信來做臨時老師？」

她竟連連搖頭說不要，她四妗還以為她不好意思，倒說了一些安撫她的話；貞觀只得分明道：

「不是的，四妗，是我不想再唸了……考下來，妳就會知道，大信若來，我反正也一樣，他卻會因自己插手，添加一層，直以為自己沒教好，以後不敢來我們這裡，那不是冤屈嗎？」

她四妗因為她考慮得有理，請大信來教的話就不再說了。

雖說同是肖牛，大信因出生的月份，正逢著秋季入學，向來早貞觀一年；人家現在已是全國最高學府的學生呢！……花城新貴……聽她四妗說，人家還不用考呢，是由建中直接保送的，第一志願——化學系，說還立了大志，以後要替中國再拿一個諾貝爾獎，說班上的女生喜歡做實驗與他一組，說……

真正要說，大信的一些事是只能了，不能盡；貞觀反正零零碎碎，自她四妗那裡聽來。

她四妗後來又生個小弟，比銀祥還胖壯；貞觀一次返家，一次覺得嬰兒長得快，大概每隔開三、二月才能見著的關係，甚至錯覺囝仔是用灌風筒弄大的。

有時她四妗說完大信的事，便舞動懷中兒子的手，說是：

「我們阿銀禧以後長大了，也要和大信哥哥一樣會讀書才好啊！歐——歐——」

銀禧一被逗，便咯咯笑起來，然後歪搖著身，前後左右，欲尋地方去藏臉。

貞觀每每見此，再回想阿妗從前哭子的情景，心內這才明白：人、事的創傷，原來都可以平癒、好起來的！不然漫漫八、九十年，人生該怎麼過呢？

五舅和銀山、銀城都已先後成家；銀川、銀安幾個，或者唸大學，或者當兵在外，再不似從前常見面。

姊妹們有的漁會，有的水廠、農會的，各各要上班早起；除了晚飯、睡前略略言談，從前那種稠膩、濃黏的親情、情親，竟是難得能再。

這些年在外，她飲食無定處，病痛無人知，想起家裡種種，愈是思念不能忍；還記得回來那日，天下著微微雨，她三妗撐著傘，陪她母親在車站等她；她母親穿著綠豆色的船領洋裝，貞觀尚未看清伊的臉，倒先見著母親熟悉的身影；當時，她第一個襲上心來的念頭是：我再不要離開布袋鎮了。

回來以後，因為外公家先到，就在三妗房裡，直說話到黃昏；一時，房間內外，進、出的腳履不停，貞觀的眼眶只是紅不褪。

沒多久，姊妹們一個個前後下班回來，銀月、銀桂各各拉起她的手，還說不出話時，銀蟾落後一步的，倒先發聲道：

「妳……可是回來了。——」

她放了銀月二人，上前去拉銀蟾的手，嘴才要張，那聲帶竟然是壞了一樣。

她這才發覺，銀蟾說錯了話，實際上，自己何曾離開過這個家？

此刻此時，她重回家園，再見親人，並不覺得彼此曾經相分離——

她並未離家！她感覺得到：昨天，她們大夥兒仍然在一起，還在巷口分手，說過一聲再見，今天，就又碰面了！

這六年，竟然無蹤無影無痕跡，去嘉義讀書的那個阿貞觀，只是鎮上一個讀書女學生罷了！

真正的她，還在這個家，這塊地，她的心魂一直延挨賴在此處沒跟去。

一輩子不離鄉的人，是多麼幸福啊！貞觀同時明白過另一樁事來：

國小時，她看過學校附近那些住戶、農夫，當他們死時，往往要兒孫們只在自家田裡，挖出一角來埋葬即可……

代代復年年，原來他們是連死都不肯離開自己的土地一下。

……

一本西洋史攤在面前半天了，貞觀猶是神魂悠悠想不完，想到那些埋在自己田地的農夫，考大學的心更是淡了。

這些天，她在後院「伸手仔」讀書，家中上下，無一人咳嗽；連昨兒銀禧哭鬧，四妗還說他：

「阿姊在讀冊，要哭你去外面哭！」

這伸手仔比三妗的房間還涼，一向是她外公夏日歇中覺的好所在，這下為了她，老人家連床鋪都讓出來。

有這樣正經的盼望，貞觀詳細想來，真是考也不好，不考也不好。

這伸手仔……為什麼叫這樣趣味的名呢？原來是它的屋簷較一般大厝低矮，若有身量高大的男人，往往伸手可及，因此沿襲下來就這麼叫了。

貞觀小時候，大概三歲吧！就曾被她三舅隻手托上屋簷過；她好玩的坐定，只是不下來，等三舅一溜眼，居然爬到馬背脊梁正中央，任人家喚也不聽，哄也不下，她三舅六尺身軀，堂堂一個紅臉漢，在下面急得膽汁往上沖，後來還是三妗叫人拿木梯來，由五舅上去將她拿下。

類似這樣驚險的成長經驗，在貞觀來說，還不少呢，聽說她五歲時，她五舅也是十七、八歲的半大人，有一次自作聰明餵她吃飯，因為魚有刺，肉有骨，眼前恰好一碗魚丸湯，便只是撈魚丸餵她。

她乳牙、黃口的，知道什麼細嚼慢嚥，反正飯來張口……後來是飯匙舉到嘴前，她再張不開口，便哇的一聲，大哭起來。

原來魚丸她沒咬，全都和飯含在嘴裡，到嘴滿時，只有哭了。

一時地上蹦跳跳的，全部是魚丸彈個不停，五舅一一撿起來，數了一數，又令她張開嘴來檢視，一面說她：看不出啊，阿貞觀的嘴這麼小，怎麼一口含了六、七粒魚丸？……

正好她阿嬤走過，罵他道：你要將伊害死啊？哽死阿貞觀，你自己又未娶，看你怎樣生一個女兒賠你姊夫？

3之2

貞觀是從小即和母舅們親，見了她父親，則像小鬼見閻王，她父親在鹽場上班，小學時，每天上學，須先經過鹽場，鹽場辦公室斜後門，有個日本人留下來的防空壕，壕上長滿大紫大紅的圓仔花。銀蟾每每走過，就要拉她進去偷摘，因為這花她阿嬤愛。

有那麼一次，二人手上正拔花呢，轉頭見她父親和副場長出來——大人其實也無說她怎樣，可是從此以後，不論銀蟾如何說，她都不肯再踩進鹽場一腳，尤其怕懼她父親。

現在想起來，當時她是羞愧，覺得在別人面前失父親的臉面，以後父親來探她外婆時，貞觀便躲著少見他，自己請願的給三舅磨一下午的墨，甚至跟著去看魚塭，或者釣魚。

看魚塭其實就是趕鷺鷥；五月芒種，六月火燒埔，那種天氣，說是打狗不出門的，偏偏白鷺鷥就揀這個時出來打劫，趁著黃昏、日落之前，來吃你結結實實一頓飽；當牠在空中打圓轉，突然斜直線拋墜下來時，牠是早已選定了那畦魚塭的魚兒肥。

因此，看守的人必須搶快一步，拿起竹梆子來敲打，嘴內還得——唷——唷唷唷——的作出聲響，牠才會驚起回頭，再騰空而上，然後恨恨離去。

另外一種嚇鷺鷥的方式是放鞭炮，可是炮藥落入塭塘裡，對魚們不好，因此大部分人家，還是用竹梆子較多；那梆子是選上好竹竿，愈大圍愈是上品，將它鋸下約三尺長，然後橫身剖開約三分之一，裡面的竹節悉數挖空，當手持後端用力振動時，挖空竹節的那一段即唏嗦作響……

這種尋常、平淡的聲音，在鷺鷥們聽來，卻是搖魂鈴、喪膽鐘。

鷺鷥其實是一種很慓悍的鳥，看牠們敢入門踏戶的，來吃魚的架式，就足以證明了，可是卻又這樣沒理由的驚怕竹梆子。也許，真如她外公說的：惡人無膽！

說到釣魚，貞觀同時就要想起蚯蚓來，她因為最怕這項軟東西，所以迄今不太會釣魚，因為餌都是蚯蚓撕成一截截的；貞觀小時候為了想幫四舅釣魚，自己便找到魚塭邊撈小蝦，誰知腳踩不穩，落入塭底裡；大人說：當四舅抱了個烏黝黝，渾身黑泥的女孩回來時，家下誰也認不得阿貞觀，倒是燒水給她洗身時，在二、三個小衣裳口袋裡，各各跳出一尾虱目來……

比起這些來，磨墨的事，只能算它平白、無奇了，可是因為事情是為著三舅的人做的，這磨墨洗硯，也因此變成大事。

世上有肩能挑、手會提，孔武有力的人，世間更不乏吟詩題句之輩，可是貞觀就不曾見過手舉千斤，肩挑重擔，同時又能吟詩作對的全才。

而她的三舅，卻是這樣的兩者皆備。

自小，貞觀只知三舅是人猿泰山，一人抵十人，大凡家中捕魚，鎮上廟會，所有別人做不來的，都得找他；拿不起的他拿，挑不動的他挑。

直到入學後，粗識幾個大字，一日，她走經過宮口，發現嘉應廟廊廓石柱上，赫然有三舅名姓！

近前觀看，何其壯闊、威顯的一副門聯，竟是三舅自撰自書：

嘉德澤以被蒼生，虎尾溪前瞻廟貌

應天時而昭聖蹟，鯤身海上顯神光

弟子　蔡中村敬撰

嘉應廟正門對著布袋港，綿綿港灣，上銜虎尾溪，下接安平鹿耳門，這西南沿岸，一向統稱鯤身……

十歲的她，站在斑彩絢絢的門神繪像前，兩目金閃閃，只是觀不完，看不盡……轉頭回望，不遠處的海水似搖若止，如在自家腳底，剎那間，三舅的字，一個個在她腦中，從指認，辨別，而後變得會心，解意起來。

也就在她轉身望海的一個回頭裡，貞觀因此感覺：自己這一身，不僅只是父母生養，且還相屬於這一片大海呢！她是虎尾溪女俠，鯤身海兒女，有如武俠天地裡的大師妹，身後一口光燦好劍，背負它，披星戴月江湖行。

自十歲起，貞觀整整看它三年的《武藝春秋》，去家這些年，雖說再無往日的心情，然而，當年熟知的習武禁忌，她到現在還是感動難忘，記心記肝。

武者，戒之用鬥，唯對忠臣、孝子、節婦、烈士，縱使冒死，亦應傾力相扶持。

短短二十七個字，貞觀此刻重新在嘴邊唸過，仍然覺得它好，而且只有更好了！當初使她瞑無瞑，日無日的入迷的，也許就是這麼磅礡氣象的一句話吧！

說起這些，不免要繞回到大信來：

那年他初一升初二，跟著自己母親來看阿姑，這裡眾人為了留小人客，盡行搬出銀城他們那些武俠、漫畫；大信就是躺在這間伸手仔的床鋪上，看《仇斷大別山》，三番忘了吃飯，兩次不知熄燈——

她眼前床頭上，斜斜鈎掛的這件圓頂羅紋白雲紗蚊帳，就是個活證——

當年，大信徹夜看書，不知怎樣，竟將它前後燒出兩個破洞來：第一個孔，是她四妗用同色紗帳布補的，加上針黹好，幾乎看不出它什麼破綻，第二個孔卻是銀安和她合綴的；原來大信欲去報備時，銀安覺得是小事，不必正經去說，就悄悄尋了針線，自己替大信縫起來，正巧她從伸手仔門前走過，便被銀安叫進去：

「阿貞觀做做好心，來幫我們補這個！」

貞觀一看，原來銀安不知哪裡找來的一塊青色紗帳布，雖說質紋相同，到底不同色，剪得歪斜斜、凸刺刺的，又是粗針重線，竟是縫麻袋一樣：

「你不補還看不出呢！補了才叫人看清，蚊帳原來破一孔！」

她是說完才開始後悔，因為乍看時，銀安的手藝實在叫人好笑，可是想回來，大信是客，應該避免人家難堪……

因為有負疚，所以織補得格外盡心；當她弄好以後，竟然看也不敢看他一眼的走開——

然而那一晚，她翻來覆去，只是難入眠，幾次開眼看窗，天邊還是黯黑一片，小睏一會，又起身看鐘，真是苦睡不到天亮。

天亮了，見著大信，可以向他道歉，賠失禮……

貞觀此時想回來，才懂得外公、祖父，那一輩分的人，何以說：被人負，吃得下，睡得著；負了人，不能吃，不能睏。……

原來呢，是因為事過之後，還有良心會來理論。

然而隔天她再看到大信，他還是渾然無識的樣子，自己倒不好開口了。

當時她是不知，現在呢，她已經十九歲了，自認自己這樣的一個看法應該沒錯：

為什麼大信的人看起來親切？他本來就是個真摯的人……

胡亂思想，貞觀倒是因此趴著睡著，其實也無真睡，閉起雙眼就是。

當她再睜眼時，人一下躍身向前，嘴裡同時尖叫出聲，原來座燈不知何時倒向蚊帳，正燒炙出一團薰氣……

貞觀跳著腳去搶蚊帳，手被燙著時，才想到：應該先拔插頭……

4之1

蚊帳還是燒破了！

貞觀後來拿她外婆小鏡臺的紅緞圓布補，拇指般大的紅貢緞，是老人家事先鉸好放著，若有頭暈、患疼，將它攤藥膏，貼雙邊髮鬢。

這一來大人有證為據，直以為她是認真功課呢！除了心上歡喜，不免也要勸她身體重要，以後再來時，總不忘用舊日曆紙包四、五錢切片的高麗參帶來。

如此半個月下來，貞觀因為常有忘記的時候，正經也沒含它多少；參片她用個小玻璃罐裝，一直到罐仔已滿，送參的事仍未停止。

貞觀想道：再這樣積下去，有一天真可以開參行，做店賣藥了。

才想到開參行，只見銀城新婚的妻子走進來，貞觀不消細看，也知道又是送參的。

然而這次不同的是，隨著她人的出現，貞觀同時聞到了一股奇香。

「阿嫂，人參給阿嬤吃吧！我這裡還這麼多！」

新娘子笑道：

「我不敢拿回去，阿姑還是收下來好，不然老人家不放心，又要走一趟；若說前次的還剩存，更是要生氣了！」

貞觀說不過人家，只得收了；一面又問：

「另外這一包是……？」

「阿姑猜猜看！」

貞觀吸吸鼻子，一時卻又說不出什麼來。

「是新娘子洒香水？」

「亂講！」

貞觀只覺這香已浸漬了整個伸手仔，應該是很熟的一個名稱，照說不必再想，即可脫口叫出的！

新娘子見她難住了，竟欲伸手去解開結。

貞觀將伊拉住道：

「不用看，這香味明明我知曉，是從小聞到大的！」

她同時在心裡盤算著幾個名字：沉香，不像；檀香，不盡是；麝香，也都不全是……

她難道會有藏香不成？

姑嫂兩人相視而笑，貞觀最後只得說：

「到底是什麼？簡直急死人！」

新娘子只有揭謎底了，貞觀見她將打疊好的一個紅色小包裏，按著順序解開，裡面是——

暗香色的一堆粉末，用水紅玻璃紙包著。

貞觀不能認，失聲嘆道：

「這是什麼？」

新娘子笑道：

「是槐根末，混著各樣香料，包——」

不等伊說完，貞觀已接下道：

「包馨香用的！原來端午節到了！」

大概連她的外祖母都不能清楚說出，這項風俗習慣在民間已經沿襲下來多久了。貞觀甚至想：極可能高祖太爺公幾百年前自閩南移遷來時，就這樣了。

她是從六歲懂事起，每年到五月吃粽子前一天，即四處先去打聽：那處左鄰右舍，親戚同族，誰家有新娶過門的媳婦，探知道了，便飛著兩隻小腳，跑去跟人家「討馨香」；新娘子會捧著漆盒出來，笑嘻嘻的把一隻隻縫成猴仔、老虎、茄子、金瓜、閹雞等形狀的馨香，按人等分。

小時候，為了比誰討的馨香較多，貞觀常常是一家討完又去一家，身上結綵得叮叮咚咚，有鈕扣掛得沒鈕扣，一直到國小四年級，因為男生會笑她們，才不敢掛了，但還是照舊找新娘討馨香，只差的藏放在書包或口袋裡……

五、六年集下來，那一堆的端陽香袋，後來竟也是丟的丟，散的散，不知弄到哪個角落了；如今貞觀只還留著一隻黃老虎，一隻紫茄仔：老虎才龍眼般大，用黃色府綢布紮做的，背面和腳的四處，各以墨筆畫出斑紋；尤其雙眼如點漆，還是隻聰明老虎呢！

這樣一隻聰明老虎，還差些給銀城他們偷去；是連男生看了都會愛，牠通身上下的那種活意，也就只有看過了才能說。

茄子則是紫貢緞縫的；光說選這布料的心思，就好斷定做的人有多靈巧。茄仔因為本身皮發亮光，普通紫顏色的布，還不能全像，不夠傳神，再看頂上的綠蒂，簡直就是菜園裡新摘的……

她特別珍惜的這一紫一黃，一向就收在母親那隻楠木箱籠裡，這香味真的是從小聞到大的——

貞觀這一轉思，遂又問新娘道：

「阿嫂準備自己做馨香嗎？要縫多少個呢？」

新娘子在過門後的第一個端午節，要親自做好馨香，分送鄰居小孩的禮俗，到她祖母的那個時代，似乎還很認真的執守著。往後到她母親、姨妗那一輩，勉強還能撐住。然而這幾年來，不知是年輕新娘子的女紅、手藝差了，還是真的沒空閒，竟然逐年改了；不是娘家的母姊、兄嫂做好送來，就是新娘自己花點錢，請幾個針線好的阿婆代做——

因此，當貞觀聽新表嫂說準備親手做二百個馨香時，整個人一下感覺新鮮、驚奇起來。

從前，她每聽阿嬤、嬸婆，甚至自己母親自誇當年自己初做新娘，新縫紮的馨香，有多工整、美妙時，居然出過這樣的應話：

「怎麼就不分一個給我？」

大人們笑她：「阿貞觀，那時妳在哪裡呢？」

她道是：「我就算不在，妳們不會選一個好看的留著嗎？」

大人雖笑她說的孩子話，過後卻也覺得這話有理，於是彼此互詢的說：「對呀！怎麼就沒想到要留一個？做紀念也好呀！」

想來她這個表嫂膽敢自己做，定是身懷絕藝……

「阿嫂——」

貞觀不禁心頭熱起來：「現在先跟妳訂，我可是要好幾個！」

新娘子笑道：

「妳好意思討？馨香是要分給囡仔、囝仔的！」

貞觀賴道：

「我才不管！布呢？布呢？阿嫂，我陪妳去布店剪！」

新娘子說：

「早都鉸好了，在房裡，現在才裁布，哪裡趕得及？」

貞觀看著眼前的新娘，忽然錯覺自己又回到從前童稚的時光？當她跑到人家屋前，這樣抬頭看新娘，亦是如此問道：

「有什麼樣款呢？有沒有猴仔？有沒有閹雞？」

「有！有！」

卻聽她表嫂連連回答：「鼠、牛、虎、兔……十二生肖全部有！」

4之2

端午節那天，每到日頭正中晒時，家家戶戶，便水缸、面盆的，一一自井中汲滿水，這水便叫做：午時水。

傳說中：午時水歷久不壞，可治瀉症、肚疼等病痛。

另以午時水放入菖蒲、榕葉，再拿來洗面，浴身，肌膚將會鮮潔、光嫩，雜塵不生……

貞觀這日一早起，先就聽到誰人清理水缸的響聲；勺瓢在陶土缸底，努力要取盡最後點滴的那種搜刮聲。

照說是刺耳穿膜的，然而她卻不這樣感覺。

是因為這響聲老早和過往的生命相連，長在一起了，以致今日血肉難分。

再加上她迄今不減那種孩童般對年節、時日的喜悅心情，在貞觀聽來，那刮聲甚至要覺得它入耳動心。

灶下且不斷有蒸粽仔的氣息傳出，昨晚她阿妗、表嫂們也不知包粽仔包到幾點？

貞觀一路趿鞋尋味而來，愈走近廚房，愈明白腹飢難忍原來什麼滋味。

快到水缸旁，她才想起剛才的刮聲：水缸自然是空的……

正要轉換地方，銀月卻在一旁笑道：

「洗臉的水給妳留在那邊的桶裡！」

貞觀找著了水，一邊洗面，一邊聽銀月說：

「銀城在笑妳，說是這麼大人了，還跟阿嫂討馨香！」

貞觀正掬水撲面，因說一句：

「哦！他不要啊？那為什麼從前他都搶快在前面，把老虎先討走，害我只討到猴仔和金瓜？」

只顧說話，冷不防吃進一口水，不僅嗆著鼻子，還噴壺似的，從鼻子洒出來。

銀月向前來拍一拍她的後背，正要遞毛巾給她時，忽聽新娘子走近說道：

「五叔公祖人來，在廳上坐，阿公叫大家去見禮！」

貞觀拭乾了臉，心想：

這五叔公祖是誰呢？臺南那個做醫生的五叔公，難道還有父親嗎？

不對！

五叔公與外公是親兄弟，而外曾祖老早去世，照片和神位一直供在前廳佛桌上……

這個五叔公祖，到底是哪門的親戚？

然而，她很快的想通過來——

什麼五叔公祖，多麼長串的稱呼，還不就是五叔公嘛?!

只因婦人家的謙卑，後退，向來少與丈夫作同輩分稱呼；人家新娘子可是按禮行事，她卻這樣不諳事體，大驚小怪的——

新娘子聽說肖鼠的，只才大自己一歲，就要分擔這麼大一個家，真叫人從心底敬重。

嫁來這些時，看她的百般行徑，貞觀倒是想起這麼一句詩來：「其婦執婦道，一一如禮經。」

做女兒的，也許就是以此上報父母吧！因為看著新娘的人，都會對她的爹娘、家教稱讚。

大概她們人多，一下子又同時出現，加上久未晤面，五叔公居然不大認得她們，倒是對貞觀略略有印象：

「喔！就是水紅懷了十二個月才生的那個女兒？」

其餘幾乎是唔、唔兩聲過去，又繼續講他的來意；貞觀一些人陪坐半日，總算聽明白，五叔公是來討產業的。

當初外家阿祖留的二十五甲魚塭，由三兄弟各得八甲，五叔公因娶的臺南女子，就在那裡開業，剩的一甲本來兄弟各持三分三的地，五叔公反正人在他鄉，這魚塭一向由外公與三叔公不分你我，互相看顧，如今五叔公年歲愈大，事情倒反見得短了；

貞觀聽他末句這樣說道：

「——我又不登產業，祖宅，這邊房厝，一向是大房、三房居住，臺南那邊，我還是自己買的，這多出來的一甲歸我們，也是應該！」

這樣不和不悌的言語，豈是下一輩兒孫聽得的？難怪貞觀外婆一面叫人去請三叔公夫婦，一面遣她們走開。

貞觀樂得躲回灶下來吃粽仔。

銀城從前笑過她是「粽肚」；從五月初四，第一吊蒸熟離火的粽仔起，到粽味完全在這個屋內消失殆盡，七、八日裡，她有本事三餐只吃粽仔而不膩。

吃完粽仔，一張油嘴，貞觀這才舔著舌牙，回伸手仔來，倒是安安靜靜看了它幾頁書。

然而，當她無意之中眼尾掠過錶殼，心裡一下又多出一份牽掛：因為想到午時水來了。

貞觀咚咚直趕到後院古井邊，只見新娘和銀山妻子，還有銀月姊妹眾人，正分工合作，或者汲，或者提的——

貞觀小嚷道：

「我呢？我呢？就少我一份啊？銀蟾要來，也不叫一聲！」

兩個表嫂笑道：

「妳讀冊要緊，我們一下手腳就好了！」

銀蟾卻說：

「只怕妳不提呢！妳愛提還不好辦？哪！這個拿去！」

說著即把桶仔遞給她——

貞觀接過鉛桶，心裡只喜孜孜，好一股莫名的興奮；已經多早晚沒摸著這項了！

她走近井邊沿，徐徐將繩仔放下，再探頭看那桶仔已到了井盡頭，便一個手勢，略略歪那麼一下，只見鉛桶傾斜著身，水就在同時灌注入裡面去……

等貞觀手心已感覺到水在桶內裝著的分量，便緩緩的一尺、半尺，逐次收回牽繩；當鉛桶復在井面出現時，貞觀看著清亮如斯的水心，只差要失聲喊出：

啊！午時水！午時水！

如此這般，汲了又提，提了又倒，反覆幾遍後，諸多水缸、容器都已盛滿。

貞觀再幫著新娘去洗菖蒲時，忽地想起一事，便說聲：

「我去前廳一下就來！」

她其實是記起：頭先看到五叔公時，他右額頭上好像有那麼一個發紅小瘡。

這下該趁早叫阿公留他，等洗了這午時水再走，不然回臺南去，五婆婆不一定還給他留著——

廳裡出奇的靜；貞觀心底暗叫不好；五叔公一定不在了！

果然她才到橫窗前，只聽著三叔公的聲音道：

「哎！這個阿彥也一把年紀了，怎麼這種橫柴舉入灶的話，還說得出嘴，他也不想想？當初家裡賣多少魚塭，給他去日本讀醫學院的！」

她外公沒說話，倒是三叔公又說：

「其實親骨肉有什麼計較的？他需要那甲地，可以給他，可是為了地，說出這樣冰冷的話，他心中還有什麼兄弟？」

「唉——」

長長嘆息的一聲，貞觀聽出來是她外公的口氣：

「這世上如今要找親兄弟，再找也只有我們三個了，也只有我們做兄長的讓他一些——唉，一回相見一回老，能得幾回做兄弟？」

5之1

貞觀是每晚十點熄燈，睡到五更天，聽見後院第一聲雞啼，就又揉眼起來；如此煞有其事，倒也過了半個餘月。

怎知昨晚貪看《小鹿斑比》的漫畫，直延過十二點還不睡；因此今晨雞唱時，她人在床舖，竟像壞了的機器，動彈不得。

直挨到雞唱三巡，貞觀強睜眼來看，已經五點鐘了，再不起，天就亮了！

她抓了面巾，只得出來捧水洗臉；平日起身時，天上都還看得到星辰和月光。今兒可是真晚了，東邊天際已是魚肚子那種白，雖說還有月娘和星宿，然而比襯之下，竟只是白霧霧的一張剪紙。

灶下那邊微微有燈火和水聲，銀城的新娘自然已經起來洗米煮飯。

貞觀繞到後院，只見後門開著；連外公、阿舅等人，都已巡魚塭，看海去了。

她驀然想起：多少年前所見，魚塭在清晨新霧搭罩下的那幅情景。

貞觀閃出門就走，她還要再去看呢！

去！」

「阿姑——」

新娘不知幾時來到，伊追至門邊，叫貞觀道：「粥已經煮好了，阿姑吃一碗再

貞觀停步笑說道：

「阿嫂幫我盛一碗給它涼著，我轉一下，隨時就回來。」

沿著後門的小路直走，是一家煮仙草賣的大批發商。一個夏天，他們可以賣出三、四千桶仙草；貞觀每次走經過，遠遠就要聞到那股熱烘烘，煮仙草的氣息。

一過仙草人家的前門，即踏上了往後港灣的小路；那戶人家把燒過的粗糠、稻仔殼，堆在門外巷口，積得小山一樣……

兩個黑衣老阿婆正在清洗尿桶，一面說話不止。

貞觀本來人已走經過她們了，然而她忽地心生奇想，又倒轉回來；且先聽聽這大清早的晨間新聞：「說是半夜拿了他爹娘一百多個龍銀，不知要去哪裡呢?!」

「真真烏魚斬頭！烏魚斬塊！才十七歲，這樣粗心膽大！」

「是啊！毛箭未發，就已經酒啦，婊啦，妳還記得去年冬嗎？和王家那個女兒，雙雙在豬欄的稻草堆裡，被冬防巡邏的人發現。」

「夭壽仔，夭壽仔！」

「如今又黏著施家的，也是有身了；唉，古人說的不錯：和好人做夥，有布堪纏，和壞人做堆，有子可生……」

「夭壽仔，夭壽死囝仔，路旁屍，蓋畚箕仔，捲草蓆，教壞囝仔大小，死無人哭！」

……

貞觀怏怏的走開；原以為有什麼傳奇大事呢，聽了半天，卻是自己三叔公家的。

三叔公有兩個兒子，二老一向偏疼小兒子，小媳婦，誰知那個小表妗，好爭、抗上，說是入門不久，即吵著分家。

搬出去這些年，別的消息沒有，倒是不時聽見她為兒女之事氣惱。

她生的三女一男，那個寶貝平惠，從小不聽話，惹事端，小表妗為他，這些年真的氣出一身病來——

好好的一片心情，一下全被攪散了；貞觀覺得無趣，只好循著小路回來。

伸手仔的桌上並無盛著等涼的粥；貞觀待要找到飯廳，倒碰見銀蟾自裡面吃飽出來。

「免找了，粥老早冷了，阿嫂叫我先吃！」

貞觀笑她道：

「天落紅雨了，妳今日才這樣早起！」

銀蟾笑道：

「沒辦法，天未光，狗未吠，就被吵醒了；平惠不知拿了家裡什麼，小阿嬸追著他要打，母子兩人從叔公家又鬧過這邊來——」

話未說完，前厝忽地傳來怒罵聲，貞觀聽出正是小表妗的聲嗓：

「我這條命，若不給你收去，你也是不甘願，夭壽的，外海沒蓋仔，你不會去跳啊！」

眾人合聲勸道：

「差已差了，錯也錯盡；妳現在就是將他打死，也無用啊！」

小表妗哭起來表白道：

「我也不是沒管教；我是：打死心不捨，打疼他不懼！」

鬧了半天，平惠終於被他父親押回去，她外婆卻獨留小表妗下來：

「妳到我房裡坐一下，姆婆有話與妳講。」

貞觀跟在一旁牽她阿嬤，三人進到內房，她阿嬤又叫她道：

「妳去灶下看有什麼吃的弄來，半夜鬧到天明，妳阿妗大概還未吃呢！」

小表妗眼眶一紅：

「姆婆，我哪裡還吞得下？」

當貞觀從廚房捧來食物，再回轉房內時，只見她小表妗坐在床沿，正怨嘆自身的遭遇：

「前世我不知做什麼殺人放火的事，今生出了這個討債物來算帳！」

貞觀靜默替伊盛了粥，又端到面前來；只聽她阿嬤勸道：

「阿綢，古早人說：惡妻逆子，無法可治——」

話未完，小表妗直瀨瀨的兩行淚，倏的掛下來。

貞觀想：

伊大概是又羞又愧，雖然阿嬤的本意不是說伊，然而明擺在眼前的，小表妗自己不就是個活生生的惡妻嗎？她支使男人分家財，散門戶，拋父母，丟兄弟；不僅自廢為人媳晨昏之禮，又隔間人家骨肉恩義。

為什麼說──惡妻逆子，無法可治？

一個人再怎樣精明，歷練，出將入相，管得社稷大事，若遇上惡妻逆子，亦不能如何了，因為伊們與自身相關，這難就難在割捨不下，難在無法將伊們與自己真正分開──

她阿嬤見狀說道：

「姆婆不是有意說妳，妳也是巧性的人，姆婆今天勸人勸到底，乾脆壞話講個盡──」

小表妗哭道：

「姆婆，講好的不買──我知道啊──」

「這就對──」

她阿嬤牽起小表妗的手，說：「阿綢，人有兩條管，想去再想回轉；妳到底還是明白人！想看看，平惠小時候，妳是怎麼養他的？」

「……」

小表妗無話。

老人家又說：

「飼大一個兒子，要費多少心情，氣力？懷胎那十月不說了，單是生下來到他長成，中間這一、二十年，沒事便罷，若有什麼頭燒肺熱，著痧風寒，那種操心、剝腹，妳也是過來的——」

「……」

「今天，若是平惠大了，帶著妻兒到外面去住，少與妳通風問訊的，阿綢，妳心裡怎樣呢？」

「——」

小表妗突然放聲大哭起來，她阿嬤拍拍伊的肩頭，勸道：

「真實去外地謀生，找出路，還能說是不得已，如今同在莊上，而且雙親健在，你們這款，就講不過去了——」

小表妗愈哭愈傷心，貞觀只得找來手巾給伊拭淚。好一會過去，伊才停淚嘆道：

「姆婆，我差我錯了——」

說著，又有些哽著。她阿嬤勸道：

「知不對，才是真伶俐；妳也不要再想了，在這邊吃了中飯，再去找妳婆婆坐坐，伊還是疼你們——」

小表妗低頭道：

「姆婆，你帶我過去與我娘陪不是……我打算回去後整理物件，找個時辰搬回來——」

她阿嬤喜得瞇眼笑道：

「阿綢，姆婆真是歡喜，妳真是知前知後；從前，我還做媳婦時，平惠的太祖講過一句話——孝道有虧，縱有子亦不能出貴；孝子賢孫，亦是從自身求得——妳從此對那邊兩位老人好，天不虧人的！」

小表姈想想又問：

「可是，姆婆，平惠呢？我真不知怎樣管他才好？人家說——寵豬舉灶，寵子不孝——我並沒有逞寵他，如今，卻氣得我一身病——」

「氣子氣無影——」

她阿嬤笑道：「父啊母啊，說氣兒孫，都是假的，氣不久嘛；只要妳好了，兒子自然就好，古話說：會做媳婦的，都生貴子——是要享兒孫福的，哪裡還有受氣的？」

5之2

距離考試日期，就只剩三、五天了，貞觀的人看來還是舊模樣，既不像要緊事，卻也不能說她不在心，真實如何，連她自己也難說——。

這些時，家中上下，待她是款款無盡，知道她愛吃「米苔目」，三天二天就變弄出來，有甜有鹹……，另外還有一種藕粉，是銀城岳家自己做來吃的非商品，外面買不到的純正物，新娘子回去偶爾帶來，她才知世間有這般好吃物；藕粉以冷開水調勻，再以滾水攪拌，就成透明暗紅色，如果凍一般……，貞觀每次吃它，會覺得自己像在蓮花苞般清涼，外頭的夏日不足為懼。

姊妹們知道她有私房菜，下班後就愛擠到伸手仔吃晚飯，久了以後，伸手仔成了吃私菜的所在；新娘子甚至將後園剛結的絲瓜摘來，給她們煮湯。

這日黃昏，伸手仔裡，長椅、短凳排滿著，眾人手上一碗番薯粥，待要說開始，先看見銀城進來：

「好啊！有什麼好吃物，全躲到這邊來了?!」

眾姊妹擠出一張椅仔來讓坐，銀城卻只是笑道：

「別人娶的某都會顧丈夫，她這個人怎麼只知道巴結妳們？」

銀蟾應道：

「你沒聽過『小姑仔王』嗎？」

銀城更是笑呵呵：

「沒有啊，妳說來聽聽——」

銀蟾道：

「從來女兒要嫁出門時，做母親的，都這樣吩咐——入山聽鳥音，入厝看人面；做媳婦，要知進退；小姑仔若未伸手挾菜，千萬不可自己先動筷仔——所以啊，阿嫂哪裡管顧得到你？」

銀城故作認真狀：

「既然如此，妳們做妳們的王，我等見著丈母娘再與伊理論！」

銀月聽說，便怪銀蟾道：

「妳看妳——」

一面又說銀城：

「你聽她呢！阿嫂對你還不夠好啊？貪心不足，你還要怎樣？」

銀城還未開口，銀蟾先笑道：

「這項妳放心，他只是嘴邊講講罷了；人家——嫌雖嫌，心肝生相連——」

「誰的心肝生相連？」

眾人聞聲，抬頭來看，卻是住後巷路的一個婦人，正在門口探頭。

「阿藤嫂，來坐啊！」

「免啦——」

婦人客氣一番，只招手叫銀月：「妳出來一下，我有話與妳講！」

銀月只得出門外去，兩人細語半天，等婦人離開後，才又回來坐好。

貞觀早就注意到銀城的臉色有些異樣，此時，聽他出聲問道：

「什麼事情？」

「——」

銀月停了一會，才說是：「伊講——後巷路的阿啟伯……偷摘我們的菜瓜——」

銀城變臉道：

「壞瓜多籽，壞人多言語；妳們莫聽伊學嘴學舌——」

才說完，新娘子正好進來；銀城見著，轉向妻子說道：

「以後妳注意一些，將後門隨時關好，莫給這些婦人進來；她們愛說長說短，盡講些有孔無筍的話；家裡這麼多女孩子，會給她教壞——」

新娘子靜默無一言，眾姊妹卻齊聲駁道：

「伊要進來，哪裡都行進來；阿嫂關門，伊照樣可以叫門啊——」

「叫門也不要給她開！」

眾人道：

「哪裡有這樣不通人情的?!再說，我們也不是沒主意的人，什麼不好學，得去學伊……你呀，莫要亂說我們！」

「……」

姊妹們雖然嘴裡抗議，心內還是了解，銀城是為著大家好；因為阿藤嫂的行徑不足相學，而且要引以為戒。

飯後，眾人各自有事離去，留下貞觀靜坐桌前默想；她今日的這番感慨，實是前未曾有的。

阿啟伯摘瓜，乃她親眼所見；今早，她突發奇想，陪著外公去巡魚塭，回來時，祖孫二人，都在門口停住了，因為後門虛掩，阿啟伯拿著菜刀，正在棚下割著——

摘瓜的人，並未發覺他們，因為祖孫二個都閃到門背後。貞觀當時是真愣住了，因為在那種情況下，是前進呢？抑是後退？她不能很快作選擇——

然而這種遲疑也只有幾秒鐘，她一下就被外公拉到門後，正是屏息靜氣時，老人家又帶了她拐出小巷口，走到前街來。

貞觀人到了大路上，心下才逐漸明白：外公躲那人的心，竟比那摘瓜的人所做的遮遮掩掩更甚！

貞觀自以為懂得了外公包容的心意：他怕阿啟伯當下撞見自己的那種難堪。

可是，除此之外，他應該還有另一層深意，是她尚未懂過來的；因為老人家說過：他們那一輩分的人，乃是——窮死不做賊，屈死不告狀。

祖、孫二人，從前門回家以後，阿啟伯早已走了；貞觀臨回伸手仔時，外公停腳問她道：

「妳還在想那件事？」

「嗯，阿公——」

「莫再想了！也沒有什麼想不通；他其實沒錯，妳應該可以想過來。」

「……」

「還有——記住！以後不可與任何人提起——」

「我知道——阿公。」

——

當時她的頭點得毫無主張；但是此刻，貞觀重想後巷路婦人告密的嘴臉，與外公告誡自己時的神情，她忽地懂得了在世為人的另一層意思來……

貞觀坐正身子，將桌前與書本並排的日記抽出，她要把這些都留記下來。

貪當然不好，而貧的本身沒有錯；外公的不以阿啟伯為不是，除了哀矜之外，是他知道他沒有——家中十口，有菜就沒飯，有飯就沒菜；晒鹽的人靠天吃飯，落雨時，心也跟著浸在苦水裡……

她是應該記下，往後不論自己做了母親、祖母，她都要照這樣，把它說給世世代代的兒孫去聽，讓他們知道：先人的處世與行事是怎樣寬闊餘裕！

也就在同時，貞觀想起《史記．周本紀》裡的一行文字：

「守以敦篤，奉以忠信，奕世載德，不忝前人。」

6之1

這一夜裡，說也奇怪，貞觀盡夢見她父親；他穿的洋服、西褲，一如平時的模樣，不同的是他的人無聲無息，不講半句話。

貞觀正要開口喊他，猛然一下，人被撞醒了；她傾身坐起，看到身旁的銀蟾，倒才想起來：

昨晚臨睡，銀蟾忽出主意，想要變個不同平日的點心來吃，於是找著灶下幾條番薯，悉數弄成細籤，將它煮成清湯。

那湯無摻半粒米，且是山裡人家新挖上市的，其清甜、純美……銀蟾給她端來一碗還不夠，貞觀連連吃了兩大碗。

兩人因吃到大半夜，銀蟾乾脆不回房了；貞觀為了這些時難得見著她的人，倒是懷念從前的同榻而眠，二人便真擠著睡了。

姊妹之中，獨獨銀蟾的睡相是出名的，她們私下都喊她金龜仔，是說睡到半夜，會像金龜打轉一樣，來個大轉換：頭移到下處，兩隻腳變成在枕頭邊了。

貞觀看一看鬧鐘，分針已指著五點半，今天連雞叫都未聽見。明天就要考試了，要睡今兒就睡他個日上三竿吧！

當她理好枕頭，翻身欲躺時，倏而有那麼一記聲音，又沉重又飄忽的繞過耳邊，一路迤邐而去——

貞觀差些爬起來，衝至門前，開了門閂追出去看個真實、究竟——然而，她直坐著床沿不動；人還是渾睡狀態，心卻是醒的。那聲音在清冷的黎明裡，有若冰涼、輕快的兩把利刀，對著人心尖處劃過去——心破了，心成為兩半；是誰吹這樣的簫聲？

她伸手去推銀蟾：

「妳起來聽——這聲音這樣好——」

銀蟾今兒倒是兩下手即醒；她惺忪著雙眼，坐起來應道：

「是閹豬的呀！看妳大驚小怪——」

說完，隨即躺下再睡；貞觀一想，自己果然好笑，這聲音可不是自小聽的！怎麼如今變得新奇起來？

這一明澈，貞觀是再無睡意，正準備下床開燈的同時，房門突然呼呼大響：

「誰人？」

從她懂事起，家中，這邊，還不曾有人敲門落此重勢——

「是我——貞觀——」

「來了——」

貞觀繫好衣裙，趕到門邊開門，她三妗的人一下閃身進來；

「三妗——」

「……」

剛才，她還來不及開燈，此時，在黎明初曉的伸手仔裡，門、窗所能引進的一點晨光中，貞觀看見她這個平素「未打扮，不見公婆」，扮相最是整齊的三妗，竟然頭不梳，臉未洗。

「三——」

「即刻換身赤色衣衫，妳三舅在外面等妳，手腳輕快點，車要開了——」

整串話，貞觀無一句聽懂，亦只得忙亂中換了件白衫，她三妗已經出去將面巾弄濕回來，給她擦臉。

「不用問了，我也不會講——」

貞觀這才看到她的紅眼眶：

「到底——」

「趕緊啊！到門口就知道了！妳阿舅一路會與妳講；我和銀月她們隨後就來！」

貞觀從後落一直走到前厝，見的都是一家忙亂的情形。

是怎樣天大地大的事呢？

大門口停了七、八輛車，有鹽埸的，有分局的，或大或小；二妗、四舅一些人紛紛坐上，車亦先後開出——

與貞觀同車的，是她三舅；舅甥二個靜坐了一程路，竟然無發一言……

貞觀知道：自己這樣遲遲未敢開口的，是她不願將答案求證出來；她的手試著輕放膝上，努力使自己一如平常。

當她的手滑過裙袋，指頭牴觸著裡面的微凸；她於是伸手進去將之掏出——是條純白起紅點的手巾，在剛才的匆忙中，她三妗甚至不忘記塞給她這項……在這一刻時，她摸著了手巾，也知得自己的命運。

貞觀忍不住將它摀口，咽咽哭起。

三舅的手，一搭一搭的拍著她：

「貞觀——」

「……」

不是她不應；她根本應不出聲。

「今早三點多，義竹鄉起火災，妳父親還兼義消，妳是知道的——」

豆大的淚珠，自貞觀的眼裡滾落：

「阿爸現在……人呢？——」

她清理良久，才迸出來第一聲問話，怎知嘴唇顫得厲害，往下根本不成聲音。

「……」

三舅沒有回答，他是有意不將真相全說給她知道；而她是再也忍不住不問：

「阿舅，我們欲去哪裡？」

「嘉義醫院——」

「阿爸——到底怎樣？」

「說是救火車急駛翻覆，詳細，阿舅亦不知——」

就在此時，前座的司機忽然回頭看了她一眼，就在這一眼裡，她看出一個雙親健在的人，對一個孤女的憐憫之情——

貞觀的眼淚又撲簌落下……

早知道這樣，她不應該去嘉義讀書，她就和銀蟾在布中唸，不也一樣？

早知有今日，她更不必住到外公家——

他們父女一場，就只這麼草草幾年，她這一生喊爸爸的日子，竟是那樣短暫易數——

身旁的三舅，已是四十出頭的人了，他還有勇健健的一個父親。

就連阿嬤六、七十的歲數，伊在新塭里娘家，還有個滿頭銀絲、健步如飛的高堂老父——她的外曾祖。

父親健在的人，是多麼福分，多麼命好！而今而後，她要羨慕他們這樣的人，要愧嘆自己的不如……

省立嘉義醫院裡面，是一片哭喊聲；三舅拉著她，病房一間找過一間，內科、兒科、外科……直轉到後角落來——

貞觀在轉彎角才看到早她一步的二姨、二妗；當她奔上前來，她父親平躺檯上的情景，一下落入眼裡：

「爸——」

像是斷氣前的那麼一聲，貞觀整個人，一下飛過眾人，趴倒跪到檯前來。

此時，她幾乎不能相認自己的母親，伊像全身骨骼都被抽走，以致肢體蜷縮成一堆；而她的兩個弟弟，跟在一旁，嚎聲若牛——

她相信父親若能醒來，見此情景，一定不會這樣丟著他們就去的——

姊妹幾個不知何時到來，靜在一邊，陪她落淚，當她們欲攙起她時，貞觀不肯。

她二姨近前小聲說道：

「妳母親已經昏過去三次了，妳再招她傷心？還不過去幫著勸——」

貞觀才站起，人尚未挨近前，先聽見一片慌亂；是自己母親昏厥在大妗身上……

6之2

車隊緩緩的移著。

招魂的人，一路在前，喃喃唸咒；夜風將他大紅滾黑，復鑲五色絲線的奇異道服，鼓播得揚擺不停。

在貞觀車前的，是她的兩個弟弟；他們手捧父親的神主牌位，頭一直低著。

貞觀和她外祖母坐在後隊的三輪車裡，風不斷將她臉上的淚水吹乾，然而目眶似乎供之不竭的，隨即又流濕下來——

就這樣讓它紛紛泗淋垂吧！

想到做父親的，一生不曾享福過，養她這麼大，尚未受過她一點半滴；人家阿姨、母親，若有一項半樣好吃糕餅食物，就惦記的帶回來給她們的父親，吃得外公盡在鑲牙，滿嘴補得不是金，就是銀……

同樣生為人子，自己就這樣不會做女兒；別的事項，也還有個情商、補救的，唯有這個，她是再無相報的時日了。

古書上說起新喪考妣的孝子，總說他們流淚流到眼裡出血，貞觀則是此時方得了解，她就是淚淌成河，淚變為血，也流不完這喪父的悲思。

椎心泣血，原以為古人用字誇張，在自己經歷狀況，才知真實！

淚眼模糊裡，貞觀望著招魂香搖晃而過的黑暗曠野，忽然心生奇想：她相信父親的魂魄，自然跟在大隊人馬後面，欲與他們一起回家。

「天恩啊，你要返來啊！跟著大家回返來啊！」

「天恩啊，回轉來，返咱們的厝來！」

車前車後的人，都同口合聲，跟著她阿嬤這樣叫喚著。

「爸——回來啊——爸——」

貞觀自己叫一次，哭一聲，眼淚把她襟前的一片全沾濕了——

車路這樣顛簸，她母親坐在後面車上，不知暈吐了沒有？

沿途木麻黃的黑影，夾著路燈圈暈，給人一種閃爍不定的錯覺；身隨車搖，如此一步一前，故鄉就在不遠處，那黑暗中夾雜一片燈海的光明所在……

回去了，故鄉還是明皓皓的水色與景致，而從此的她，卻是——煢煢孤露，長為無父之人，無父何怙——整句尚未想完，貞觀已經淚如湧泉，不能自已。

車隊駛過外公的家，直開到貞觀家門口才停；早有銀山嫂等人，先過這邊來，煮下一些湯水，吃食……她母親雖說勞頓不成人形，貞觀看她還是勉強招呼眾人食用。

而多數的人，也只是各各洗了頭面、手腳算數，看著飯食，同樣的噎咽難下。

一直到露重夜深，舅父們才先後離去。女眷們大多數都留下來；嘴上說的，這邊睡可以和貞觀母親做伴，事實上是要看住伊的人，只怕一時會有什麼想不開，去尋短見。

貞觀和銀月姊妹忙著從被櫥裡，翻出各式鋪蓋、枕頭，一一安置在每間房裡，床位不夠的，臨時就在地上打鋪。

頓時地下，床上，橫的、直的，躺滿人身；有翻來覆去，不能睡的；有無法入眠，乾脆傾身坐起說話、守更的；更有見景傷情，感嘆自己遭遇，哭得比誰都甚的。

尤其她孀居的大妗、二姨，那眼淚更是一粒一兩，落襟有聲。

一直到天透微光，四周圍仍不斷有交談的翳嗡聲傳出。貞觀一夜沒睡，那雙目，別說能闔，連眨動都感覺生澀疼痛。

當破曉辰分的第一聲雞叫響起時，貞觀忽地驚想起：

今日，不就是眾生趕考的日期……原先說好，是父親帶她去的，如今少了父親，自己一下變成塌天陷地的人，能有什麼心思？

自己竟花費六年，來準備這樣一場不能到赴的考試；蒼天啊蒼天！

貞觀費力的閉起眼，兩滴眼淚還是流下來——

她希望自己早些睡過去，但願這一切，從頭到尾都是假的，都是誰哄騙了她，拿她開了玩笑。

就連剛才的淚，亦是夢中流滴，只要她這麼闔眼歇睏一下，等到天明再起，她還會是從前的阿貞觀，那個有父親可稱喚的驕傲女兒！

7之1

百日之後，她二姨正式搬過這邊來，與貞觀母子同住，自此朝夕相依，姊妹做伴。她二姨丈去世那年，貞觀還未出生呢；怎樣的緣故，並未聽人提起；二姨唯一的兒子，如今在高雄醫學院，說是成家以後，就要接伊去住。

且說銀月姊妹每日上班經過這裡，總會進門請二位姑母的安，也探一探貞觀，說幾句話再走。

這日大家都來過又走，單單一個銀蟾押後趕到，貞觀不免說她：

「乾脆妳把鬧鐘放在床下，也省得天天這樣！」

銀蟾分明道：

「今早我可是六點多即起的，怎知東摸西摸，又拖到現在，剛才是出門時被四嬸喊住，她叫妳沒事去一趟呢！」

外公家離此不過兩百公尺，雖說這三個月來，她是少去了，但偶爾經過，走動仍舊難免；如今她四妗這樣正經差人來說，還是頭一回。

「有什麼事嗎？」

銀蟾先是沒想到上面來，此時看貞觀模樣，倒被她問住了：

「沒有啊！有事情怎麼我會不知道？」

說著她自己又想了一遍，才與貞觀道：

「大概有什麼好吃的留給妳；我再不走要遲到了！」

貞觀看她上了腳踏車，風一樣的去得快，自己只得返身來陪母親、二姨吃早飯，又洗過碗筷，這才稟明意思，往她外公家走。

她外公家大門口，正好有個黑衣阿婆端了木盆出來，貞觀認出是個專門到各家廚房收洗米水，拿回去餵豬吃的老婦人。

阿婆見著她帶孝的絨線，開口問道：

「妳就是水紅的女兒?!」

「我是！阿婆。」

老婦人放了米湯，拉起貞觀的手，仔細看了她好一下：

「妳長得這樣像妳阿爸……」

貞觀覺得老人的手在抖，過一會才知道，伊原來是要抽出手去拭眼淚。

「妳阿爸是我這一生見過，心腸最好的人——」

「……」

貞觀無以為應，她低下頭去，又抬了起來，卻見阿婆的淚水，滲入伊臉上起皺的紋溝裡，流淌不下。

她幫她擦了淚水，顧不了自己滴在手掌心的淚。阿婆等好了，又說：

「妳大的弟弟在臺南讀一中，聽說成績怎樣好呢！唉！也是妳阿爸沒福分。」

等伊發覺貞觀已是兩眼皆紅時，連連說道：

「妳莫這樣了——都是我老阿婆招惹妳！」

「沒——有——」

貞觀才擦眼淚，只聽老婦人又問：

「水雲現在不是住妳厝裡？」

「是啊！二姨來和我們做伴。」

老婦人嘆氣道：

「水雲也可憐啊！二十出頭就守寡；妳那個二姨丈，好漢英雄一般，六尺餘，百斤重，一條老虎吃不完，也是說去就去，人啊！——」

阿婆走後，貞觀猶在門前小站些時，等心情略略平復了，這才踏步入來。

出大廳即是天井，貞觀人尚未走到，先見著她四妗自內屋出來：

「四妗！」

「妳可來了；阿嬤昨晚還唸妳呢！」

「我去看阿嬤。」

「等一下。」

她四妗阻她道：「半夜鬧頭疼，翻到四、五點才睏的，妳先來我房裡，有一封信要給妳。」

貞觀其實沒聽見伊最後一句講什麼，以致當四妗將信遞到她手上時，她還摸不清來路：

「這是——」

是一封素白的信，看看字跡，從不曾見過。不對！這字這樣熟識，這不是自己的筆跡嗎？她哪時給自己寫信來了？

「奇怪是不是？也沒貼郵票？」

她四妗反身去關衣櫥，一面又說：「是大信寄來的，夾在給我的信裡。」

原來是那個魚刺哽咽喉的男生！那個看武俠故事，燒破蚊帳的！

這字為何就與自己的這樣像？世間會有這般相似的字嗎？——

貞觀將它接過，在手中捏弄半天，一時卻不知如何處理。

她四妗問她：

「妳不拆開來看嗎？大信託我轉給妳——」

「要啊——我在找——剪刀——」

她四妗又說：

「姑丈的事，他到前天才知的，妳坐在這裡看吧，四妗先去買菜。」

「哦——」

四妗走後，貞觀摸著了剪刀，摸著、摸著，終於把封口鉸開——世上或許有字體相似之人，但會相像到這般程度嗎？

她展信來讀，心上同時是一陣戰慄：

貞觀：

這麼久沒有大家的消息，我因為有個指導教授生病（他今年七十，一直獨身），這些時都住到宿舍裡陪他，家中難得回去，昨天才聽家母說起令尊大人之事，甚悲痛，在此致問候之意，希望妳堅強，並相勸令慈大人節哀！

大信　上

她將信看了二遍，一時便摺好收起，怎知未多久，卻又取出來，重行再看——。

生命裡的奇蹟，也許就是這樣發現的吧？

7之2

經過這樣一次大變故，貞觀母親雖說逐漸、慢慢的好起，然而，體力與精神，都較往前差很多，因此她外婆生病的這些時，她母親要她住到這邊來，早晚侍奉湯藥，多少盡一點女兒心。

老人家這次鬧頭疼，是患兩日即好，好了又發……如此拖了半個餘月，惹得一家人擔憂不說，連她住臺南的大姨，都趕回來探望。

姊妹之間，她大姨與貞觀母親最是相像，說是從前做女兒時，大姨丈從外地跑來，想偷看女方，怎知大姨婚嫁之齡，豈有街上亂走的？這下媒人只有指著貞觀母親——那時還十二、三歲，說是：這是伊小妹，生的就是這個模樣。

在貞觀父親剛去世時，大姨到她家住了整整十天；貞觀每早晚聽伊這樣，相勸自己母親——水紅，死的人死了，活的還要過日子！

而回來的這幾日，娘家的兄嫂、弟婦，個個異口同聲留伊，她大姨還是入晚即到貞觀家睡——為了重溫姊妹舊夢，更對遭變故的人疼憐。

這晚，外婆房內擠滿請安的人；貞觀坐在床頭，正聽眾人說話，抬頭卻見她大姨提了衣物進來。

「大姨，妳不多住一天嗎？」

「不行啊，車班老早看好了，我還叫銀城去買車票——今晚，我就睡這裡。」

她三妗笑道：

「——我就知哦：是來吃奶的！」

眾人都笑起來；她大姨坐到床邊，才又說：

「要說斷奶，我可是最早的一個！要笑妳應該笑阿五，他吃到七、八歲，都上國校了，還不肯離嘴，阿娘在奶頭上抹萬金油、辣椒，他起先是哭，還是不放，阿娘沒辦法，只好由他——」

眾人又都笑起。

「是怎樣斷的？」

「他每日上學堂，都先得吃幾口，才要出門——」

「站著吃嗎？」

「當然站著；七、八歲了，阿娘哪裡抱得動，後來有同窗來等他一起上學，大概怕人看見，抑是被人笑了，這以後才不吃了——」

連她阿嬤都忍不住笑起，一面說：

「水蓮，怎麼妳都還記得？」

「……」

一房間的人，只有她五妗有些不自然；貞觀看伊先是不好意思，因為人家說的正是伊丈夫，可是事情也實在有趣，所以伊想想也就跟著笑起來——

「小兒子就是這樣！阿娘那時幾歲了？四十都有了，時間又隔得久，哪裡還有奶！」

「……」

入夜以後，請安的人逐一告退；銀蟾姊妹乃道：

「大姑睡這邊，我們去銀月房裡——」

「哪有需要呢——」

她阿嬤和大姨同聲說道：「這裡夠闊的！再多兩個亦不妨！」

貞觀早換了睡衣，傍著她大姨躺下，先還聽見母女二人談話，到後來，一邊沒回聲，原來老人家入眠了。

阿嬤這兩日是好了，只是精神差些，到底是上年紀的人……

伊的頭疼看似舊症，事實是哭貞觀父親引起的；她父親幼喪父母，成家後，事岳母如生身母親，阿嬤自然特別疼這個女婿——

貞觀拉一下蓋被、看看銀蟾二人已睡，乃轉頭問她大姨：

「妳看過二姨丈嗎？」

突然這麼一句，她大姨也是未料著，停了好一下，才說：

「妳是想著什麼了？臨時問這項？」
「我──早就想問了，……一直沒見過大舅和二姨丈！」
房內只剩下一小盞燈，貞觀在光暈下，看著大姨的臉，忽覺得伊變做母親。
「阿貞觀，照妳說的，我們姊妹三個，誰人好看？」
貞觀想了一想，說是：
「二姨皮膚極好，大姨和媽媽是手、腳漂亮……還有眉毛、眼睛，唉呀，我也不會比──」
她大姨笑道：
「妳這樣會說話！其實，水雲還是比我們兩個好看，從前未嫁時，人家叫伊黑貓雲──」
本省話，黑貓是指生得好，而且會妝扮、穿著的女子──
她大姨這一句話，使得貞觀極力去想：二姨再年輕二十歲時，該是如何模樣？如果伊不必早歲守寡，如果沒有這二十年的苦節，她二姨真的會是四、五十歲一個極漂亮的婦人；然而，現在──
貞觀覺得伊像是：年節時候，石磨磨出來的一袋米漿，袋口綑得牢緊，上面且壓著大石頭，一直就在那裡瀝乾水分……
她大姨又說：
「妳聽過這句話嗎──黑貓欲嫁運轉手──」

運轉手是指開車的司機；好看的女子，要嫁就要嫁司機？這是什麼時尚？

貞觀問道：

「怎樣講呢？大姨。」

「現在當然是過時了，它是光復前幾年，民間流傳的一句話；戰亂時，交通不便，物資實施配給，會開車的人特別紅呢！」

貞觀不難明白：從前，祖父他們，到臺南要走三天，到嘉義要走一天半，在那樣的時日裡，一個車輛駕駛者，會是怎樣贏得女子的傾心，怎樣的使人對他另眼相看待。

二姨丈原來是開車的！

「是怎樣呢？」

「戰爭最激烈那年，……妳們都還未生呢！出世在那個時勢，也是苦難！」

「……」

「水雲帶著孩子，回這邊外家避空襲，妳二姨丈剛好那日閒暇，就在自家魚塭，偷網了幾斤魚，從大寮直走路，提來這裡——」

貞觀打斷話題道：

「不對啊！既然二姨丈家的魚塭，怎麼能說是偷呢？」

她大姨笑道：

「妳們現在是好命子，要吃什麼有什麼，那個時候哪有呢？日本人說兵士打仗，好物品要送到前線，物資由他們控制，老百姓不能私下有東西！」

「……」

「舉一個例，妳三叔公那邊後院，不知誰人丟了甘蔗渣，日本人便說他家藏有私貨，調去問了幾日夜，回來身上截截黑——」

「……三叔公到底有沒有吃甘蔗？」

「哪裡還有甘蔗吃呢？」

「……」

「更好笑的日本人搜金子，他們騙婦人家：金子放在哪裡，全部拿出來——」

「誰會拿出來?!」

「就是沒人拿，他們一懊惱，胡亂編話，說是——不拿出來沒關係，我們有一種器具，可以驗出來，到時，妳們就知苦——」

這樣哀愁的事，是連貞觀未曾經歷的人，聽了都要感嘆——

「配給，到底怎樣分呢？」

「按等分級；他們日本人是甲等，吃、穿都是好分，一般老百姓是丙等——」

「乙等呢？」

「那些肯改祖宗姓氏，跟著他們姓山本、岡田的，就領二等物資——」

「認賊做父——」

貞觀哇哇叫道：「姓是先人傳下，豈有改的？也有那樣欺祖、背祖的人嗎？」

「有啊，世間的人百百種——」
「……」
貞觀停了一會，又問回原先的話：
「二姨丈既是走路來，是不是半途遇著日本兵？」
「……」
她大姨搖搖頭，一時說不出話來；貞觀想著，說道：
「大姨——我們莫再講——」
「——我還是說給妳知道，妳二姨丈是個有義的人；他來那日，天落大雨，又是海水倒灌，街、路的水，有二、三尺高……」
「……」
貞觀不敢再問，她甚至靜靜躺著，連翻身都不敢翻一下。
「妳二姨丈披蓑戴笠，沿途躲飛機和日本兵，都快走到了——」
「……」
貞觀的心，都快跳出腔來。
「——是在莊前，誤將魚塭做平地，踏陷下去……到第三天，才浮起來——」
「……」
貞觀閉起眼，想著二姨丈彼時的困境：
半空有炸彈、飛機，地面有崗哨、水患；大寮里到此，要一個小時腳程；他這樣一路驚險，只為了對妻、子盡情——

人間有二姨丈這樣的人，世上的百般事情，又有什麼不能做呢？

「百日之後，居然還有人來給水雲說親……唉，這些人！」

貞觀心內想：

二姨是幾世做人，都想他的情想不完，伊豈有再嫁的？

姨、甥兩個相對無言，都有那麼一下了，貞觀忽地推被坐起，就著燈下看錶。

「唉呀，十點過了——」

「有什麼事嗎？」

「阿嬤要聽〈七世夫妻〉的歌仔戲，叫我喊伊起來——」

她一面說，一面下床來扭收音機；她大姨打著呵欠道：

「再轉也只有戲尾巴了，聽什麼呢？明晚再說吧——妳幾時來臺南玩?!」

「好啊——」

貞觀應一聲，正準備關掉旋鈕，此時，那會說話的機體，突然哀哀一陣幽怨；是條過時的老歌：

「——春天花蕊啊，為春開了盡——」

……

前後怎樣，她都未聽明白，因為只是這麼一句，已經夠魂飛魄散，心折骨驚了——

春天花蕊啊，為春開了盡——

旋律和唱詞，一直在她心內迴應；她像是整個人瞬間被磨成粉，研做灰，混入這聲韻、字句裡——

應該二姨是花蕊呢？還是姨丈？

貞觀由它，倏地明白：情字原是怎樣的心死，死心；她二姨夫婦，相互是花蕊、春天，都為對方展盡花期，綻盡生命！

房內的人都已入睡；貞觀悄聲在靠窗的一邊躺下，當她抬頭望夜空，忽地想起「此情問天」來——

8之1

這兩年是在臺南過的。

當初，貞觀決定出外時，她母親並不答應；她於是學那祝英台，在離家之前，與老父立約在先。

貞觀與她母親，也有這樣的言契：

「二年半過，弟弟畢業了，我隨即返來。」

因為有這句話，她母親才不堅持了，加上她二姨一旁幫著說：

「臺南有水蓮在那裡，妳有什麼不放心的？再說，照我看來，阿貞觀心頭定，腳步碇，是極妥當的人——」

她母親未等說完，即言道：

「我哪裡是不放心？我是不捨得……到底我只有她一個女兒！」

貞觀聽出話意，便撫她母親的手道：

「媽，我去臺南，可以做事、賺錢，也好照看阿仲，他們男生粗心……」

那時，她大弟弟眼看就升高二，貞觀因為自己大學未考，全副的希望，就放在他身上。

她母親又說：

「妳才幾歲的兒，能賺幾文錢？」

貞觀沒應聲，尤其她大姨早在稽徵處給她找了工作，是臨時的造單員。

她母親停停又說：

「女兒我生的，她的心我還會不知嗎？妳也不必急著分我身上的擔，倒是我問妳，妳自己心裡怎麼想呢？」

貞觀嚥嚥口水，心想：

我能怎麼想呢？您是守寡晟子的人，我即使無力分憂，也不會一直做包袱啊！

她母親道：

「妳父親生前賺的辛苦錢，我儉儉、斂斂，存了一些，加上那筆撫卹金；它是妳父親生命換的，我婦人家不會創，只有守，將它買下後港二甲魚塭丟著，由妳舅、妗代看，以後時局若變，錢兩貶值，妳姊弟也有根本；妳若想再升學，該當補習，或者自修，做母親的，我都答應，家裡再怎樣，總不會少你們讀冊、買書的錢——」

說到辛酸處，她母親幾次下淚，淚水照見貞觀的臉，也照出她心中的決定來：

「媽，我那些成績，也不怎樣，還考它什麼呢？倒不如像銀月她們早些賺錢，準備嫁妝——」

她本意是要逗她母親發笑，然而話說出口，又難免羞赧，便停住不說了。

當晚母女同床，說了一夜話，第二天，又相偕上街，剪了花布，做幾件衣裳。到出門那天，兩個阿妗陪她母親直送她到車站，貞觀坐上車了，她母親隔著窗口，又叮嚀一句：

「真曉事的人，要會接待人，和好人相處，也要知道怎麼與歹人一起，不要故意和他們作對，記得這句話——惡馬惡人騎，惡人惡人治——」

她等車子開遠了，才拿手巾按目眶，只是輕輕一按，誰知眼淚真的流下來——

住臺南這些時，貞觀每年按著節令回去：上元、清明、端陽、普渡、中秋，然後就等過年；如此這般，兩年倒也過了；如今——

弟弟都已經升高三，往下一算，就只剩存三個餘月，近一百天！

故鄉還是故鄉，她永遠具有令人思慕、想念的力量，然而——

使得今日，貞觀變得戀戀、棧棧，欲行難行的是：當初她並未分曉臺南是怎樣一個地方。

她每天走半小時的路程去上班，黃昏又循著舊路回大姨家，其實那路不長，別人十來分即可走完的，偏偏她會走，像是纏足、縛腳的阿婆一樣。

怎知臺南府竟有這樣的景致，滿街滿巷的鳳凰木，火燒著火一樣，出門會看見，抬頭要看見，不經心，不在意，隨便從窗從戶望出來，都是火紅紅、燒開來的鳳凰花。

思想前史，貞觀不禁懷念起早期開臺的前輩、先人；他們在胼手胝足、開蕪、墾荒之際，猶有餘裕和遠見，給後世種植下這樣悠揚、美麗的花朵，樹木。

貞觀每每走經樹下，望著連天花蔭，心中除了敬佩，更是感激無涯盡。

為了走路一項，她大姨夫婦幾次笑她：

「也沒見過世間有這樣的人，放著交通車不坐，愛自己一步一步踢著去！」

她笑著給自己解圍：

「我原先也坐車的，可是坐不住啊！一看見鳳凰花，就會身不自主，下來走路了！」

凡間的花，該都是開給人看，供觀賞的，只有鳳凰樹上的，貞觀感覺它是一種精神，一種心意，是不能隨便看著過去的。

說是這樣說，人家未必懂得她；連她給銀蟾姊妹寫信，回信居然寫道：

「——既然妳深愛，乾脆長期打算，嫁個臺南人算了！」

銀蟾這樣，貞觀愈是要懷念伊；姊妹當中，她最知道銀蟾的性情。

伊有時愛跟自己負氣、撒嬌，那是因為她們兩個最好。

她其實也是說說罷了，二人心下都明白：無論時勢怎樣變遷，故鄉永遠占著最重要的位置；故鄉的海水夜色，永遠是她們心的依靠。

8之2

貞觀這日下班回來，先看見弟弟在看信。

桌上丟著長信封，貞觀一見，驚心想道：

又是這樣的筆跡……原來，世上字體相像者，何其多也——

她想著問道：

「阿仲，是誰人寫的？」

「哦，阿姊，是大信哥哥——」

她弟弟說著，又從抽屜裡拿出一封：「這封是給妳的！」

原以為會是誰，原來還是那人！

「你幾時與他有聯絡？」

她弟弟笑道：

「大信哥哥是我的函授老師呢！都有一學期了，阿姊不知啊？」

「……」

「是升高三的暑假，四妗叫他給我寫信。有他這一指點，今年七月，我的物理、化學，若不拿個九十分，也就對不起三皇五帝，列祖列宗——」

貞觀心內一盤算，說道：

「咦，他不是大四了嗎？」

「是啊，預官考試，畢業考……一大堆要準備，不過沒關係，他實力強——」

她弟弟說到這裡，笑了起來；紅紅的臉，露出一排白牙齒。

「說是這樣說，你還是自己多用心！」

貞觀一邊說，一邊鉸開封緘來看；二年前，大信給過自己一封信，當時，她沒想著要回他，如今——

貞觀：

久無音訊，這些時才從阿仲那裡，知道妳一些近況。

我升初二那年，到妳們那裡做客，吃魚時哽著魚刺，也許妳已淡忘了，我可是記得很清楚：誰人拿來的麥芽糖！

看妳的樣子是不欲人知，我也只好不說，然而這麼久，一直放在心上不是辦法，趕快趁早正式給妳道聲：多謝。

大信敬具

貞觀看過，將之收好，隔日亦即提筆作覆，言語客氣，主要的在謝謝他教導弟弟費心，沒過幾天，他的信卻又來了。

貞觀：

回家時，看到桌上躺著妳的信，嚇了一跳（其實是吃了一驚！），然後就很高興了。（原先不能想像妳會回覆呢！）

稱我劉先生，未免太生分、客氣，還是叫名字好，妳說呢。

聽說妳喜歡鳳凰花，見了要下來走路，極恭敬的，如此心意，花若有知，該為妳四時常開不謝。

臺南的特色如果說是鳳凰，臺北的風格，就要算杜鵑了；但是妳知道嗎？鳳凰花在臺南府，才是鳳凰花，杜鵑花也唯有栽在臺北郡，才能叫做杜鵑花，若是彼此易位相移，則兩者都不開花了。（妳信不信？）

我實驗室窗外，正對著一大片花海，現時三月天，杜鵑開得正熱，粉、白、紅、紫，簡直要分它們不清。

寄上這一朵，是我才下樓摘的，也許妳收到時，它已經扁了！

祝

愉快！

大信　敬上

貞觀的雙手捧著花魂來看，那是朵半褐半紅的杜鵑，是真如大信說的，有些乾了。

這人也有趣，只是他的信不好回，因為連個適當些的稱呼也沒有。

到底應該如何叫呢？她是連銀城他們的名，都很少直接呼叫的。

想了三、五日，貞觀才寫了封短信：

兄弟：

祖父，高祖那一輩分的人，也難得人人讀書、認字；可是，自小即聽他們這樣吟唱：

五湖四海皆兄弟——

想來，我們豈有不如他們高情的？

花收到了！說起來也許你愛笑，長這麼大，這還是我第一次見識！

真如你說的，臺南沒有杜鵑，臺北沒有鳳凰，或許每樣東西都有它一定的位置吧?!

祝

好

貞觀　謹啟

信才寄出三天，他又來了一封；貞觀心裡想：
這人做什麼了？畢業考大概要考第一名了；都準備好了嗎？

貞觀：

想起個問題來，我竟不能想像妳現在如何模樣，九年前看到的阿貞觀，才小學畢業，十二、三歲的小女生！

鳳凰花到底有多好呢？妳會那樣在心？能不能也寄給我們臺北佬看看？

就妳所知，我是老大，還是大家庭中，老大的老大，妳了解這類人的特性否？固執、敏感，雖千萬人而吾往矣——習慣於獨行夜路，無言獨上西樓，月如鈎，心如水，心如古井水，井的寧靜下，蘊藏著無限的狂亂，無限的澎湃，卻又汲出信、望、愛無數。附上近照乙幀，幾年不見，還能相認否？

大信　敬上

附的是一張學士照，貞觀不能想像，當年看《仇斷大別山》，燒破蚊帳的男生，如今是這樣的泱泱君子，堂堂相貌。

富貴在手足，聰明在耳目——大信的眼神特別清亮，內斂十足而不露，看了叫人要想起：「登科一雙眼，及第兩道眉」的話來。

最獨特的還是他的神采，堪若雜誌中所見，得諾貝爾獎的日本物理家——湯川秀樹。

然而這信卻給她冰了十來日。

這段期間，貞觀趕回故鄉，因為銀月即做新娘，必須給伊伴嫁。

姊妹們久久未見，一旦做堆，真是日連著夜，早連著晚不知要怎樣才能分開。

迎親前一晚，五人且關做一間，喳喳說了一夜的話；其實連銀杏一共是六人，差的是她年紀小，十四、五歲，才上初二，說的話她聽不熱，而且也插不上嘴，又知道人家拉她一起是為了湊雙數，因此進房沒多久，便蒙頭大睡。

新郎迎娶那日，貞觀眾人，送姊妹直送嫁到鹽水鎮；親家那邊，大開筵席，直鬧到下午三、四點，車都排好在門口等了，房內新娘還只是拉著她，放不開手。

貞觀見她低頭垂淚，心下也是酸酸的，只得一面給她補粉、拭淚，一面說：

「點啊點水缸，誰人愛哭打破缸——」

一句話，總算把銀月逗笑了。

回程眾多車隊，貞觀恰巧與她四妗同座；聽得她開口問道：

「大信有無與阿仲寫信？」

「有啊，都是他在教的！考上第一志願時，讓他好好答謝先生！」

「唉！」

她四妗卻嘆了一口氣：「其實這些時，他自己心情不好——」

貞觀聽出這話離奇，卻也不好問什麼。

她四妗道是：

「他班上有個女孩子，大一開始，與他好了這幾年，總是有感情的，如今說變就變，上學期，一句話沒講，嫁給他們什麼客座教授，一起去美國了——」

「——」

「其實這樣沒腸肚的人，早變早好，只是他這孩子死心眼，不知想通也未？」

「……」

貞觀悄靜聽著，一時是五種滋味齊傾倒；然而她明白，自己看重大信，並不是自男女情愛做起頭，她一直當他是同性情之人。

因而今日，她應該感覺，自己與他同此心，同此情：可憐了我受屈、被負的兄弟！

又過一日，銀月歸寧宴親，舉家忙亂直到日頭偏西，司機從門外幾次進來催人，新娘才離父別母，洒淚而去。

貞觀自己亦收好行裝，準備和大姨夫婦返臺南；她一一辭過眾人，獨獨找不著銀蟾。

銀蟾原來在灶下，貞觀直尋到後邊廚房，才看到她正幫著大師傅一些人，在收筵後雜菜。

大宴之後的鮮湯、菜餚相混，統稱「菜尾」。「菜尾」是連才長牙齒，剛學吃飯的三歲孩童，都知道它好滋味；貞觀從前，每遇著家中嫁、娶大事，連日的「菜尾」吃不完，一日熱過一日，到五、六日過，眼看桶底將空，馬上心生奇想，希望家中再辦喜事，再娶妗、嫂；不只是「菜尾」的滋味，還為的不忍一下就跟那喜氣告別……

如今想起來，多麼可愛，好笑的心懷——

「阿銀蟾，我要走了！」

銀蟾回頭見是她，起手盛個大碗，端過五間房來，又拉了她道：

「來把這碗吃了再走！」

「阿彌陀佛！吃不下了！」

銀蟾不管，把湯匙塞給她道：

「車上就又餓了！妳一到臺南，再想吃它也沒得吃呢！」

「可是——」

銀蟾看她那樣，倒是笑起來：

「可是什麼？連三歲小孩都知道它是好滋味。」

說了半天，最後是兩人合作，才把它吃完；貞觀不免笑銀蟾道：

「等妳嫁時，菜尾都不必分給四鄰了，七、八桶全留著新娘子自己吃！」

「是啊！吃它十天半個月！」

兩人哈哈笑過，銀蟾還給她提行李，直直送到車站才住。

回臺南已是夜晚九點，她大姨坐車勞累，洗了身即去安歇。貞觀一上二樓，見她弟弟未睡，便將家中寄的人參給他，又說了母親交代的話；等回自己房來，扭開電燈，第一眼看見的，是桌上一只熟悉信封；弟弟不知何時幫她放的。

她坐定下來，其實並未真定，她感覺自己的心撲撲在跳。

臨時找不到剪刀，又不好大肆搜索，怕弄出聲響，只好用手撕。撕也是撕不好，歪歪剌剌，她今晚這樣心神不寧，因為不知道大信要說什麼。小呆一會，她終於將紙展開，就著燈火，一個字，一個字詳細讀來：

貞觀：

買了一本《李賀小傳》，頗好！

前些天還看了唐人傳奇、明代小說，《牡丹亭》、《長生殿》等等。

讀一段散文、一篇小說，並不是輕而易舉的事，讀者被誘惑、被強迫，從現實、安定（麻木？）的心境中，投身入一種舊日情懷，一種憧憬，一種悲痛，無論如何，他陷入洶湧激流裡。閱讀之際，上面是現實的人生，下面是蝴蝶的夢境，浮沉其間，時而陷入激流之下，亢奮、忘我、昇華（註）、時而浮出塵世，還我持重、克制的人生……

穿梭在這兩層之間，是一種拉扯，一種撕裂，但若能趨向和諧，倒也是很好的。

化學家註：昇華，Sublimation，化學名詞，指由固體直接變成氣體，（不經液態）是一個突然而令人讚嘆的過程，譬如說，將頑石般的心腸，化為一腔正氣。

祝

愉悅

大信

貞觀忽然掩信閉目起來，她為什麼要拆這樣一封信？她不應該看它的，大信所有給她的好感，是從這封信開始的！

——時而浮出塵世，還我持重、克制的人生——

怎樣有禮的人啊！

這般相近的心懷，相似的性情；他說的幾本書，她也正看著呢！連看書都不約而同了，她又如何將他作等閒看待？

8之3

化學家：

附上二瓣鳳凰花，我對它們是——初見已驚，再見仍然。

另寄上我們辦公室同仁合照一幀，既是你欲知端的，就試著猜吧！

貞觀　敬上

三天過後，臺北來了一封限時信：

貞觀：

鳳凰花原來這麼好，我竟感覺它：前世已照面，今生又相逢。

看來要想辦法搬到臺南住了；不是嗎？我們一個教授說：讀書的目的，為了要與好的東西見面：好事、好情、好人、好物。

照片看到了，唯一可以確定的是：那些打領帶的傢伙，必定不是妳！

猜得多好啊！我不要再猜了！（其實我還是知道妳是哪個！哈！）

大信

如果這次銀月結婚，她沒回去，即使回去了，只要沒和四妗同車，聽不到伊的那段話，貞觀應該是很快給大信回信的；然而今日——

她既已知道他內心的曲折，又對他的人逐日看重，再要回去原先的輕眉淡眼，實在不容易。

想了幾日沒結果，正在難堪，他的信倒來了：

貞觀：

給妳說個杜鵑花城的故事：這是一個朋友的戀愛。

剛進入大學那一年，（花城新貴）他少年狂妄，她靈秀脫俗……嚴冬過去，當第二個春天掃盡落葉的時候，他們便脫掉少年羞澀的外衣，瘋狂的愛了起來……校園裡，滿是兩人的足跡，林蔭大道、園藝所、老校長的墓，還有六號館旁一個亭子；這亭子對他們來說，更具有特別的意義，因為一切的盟誓、言契，都是在那裡說就的！

無論到哪裡，他們都會帶一本漂亮的書，這樣比較安心，也可枕著頭，笑看椰林過客……

可是她寧可靠著他的肩膀。

偶爾也會丟開眾生，躲到沒人的地方，這樣可以避開有色的眼光（那些腦筋不健康的傢伙！），才沒多久，他忙著老教授的後事，她竟在一個月內他嫁，隨即去國離家。原先他們互訂終身，約好一起出去的，她一定是忘了……也好，兩人互不見白頭，倒也是很好的結局！

我的朋友把這種感傷傳給我，然而，——出生在這樣動盪時代的人，是不應該淹沒在如此平凡的悲劇裡——

信等於沒有寫完，貞觀可以想知，他內心的混亂和掙扎！

他不想瞞她，卻又無從啟齒，於是打了這樣不高明的比喻；試想：除非當事者，誰人又如何得知，愛侶之間的信誓？

貞觀覺得酸楚；她未曾料到，他會有這樣一段過去，然而對大信的人，她還是愛惜和敬意。

大信的昭明、陽氣，正是從這裡見出的；他真是個明亮的人！

心知如此，她卻又要跟自己賭氣，於是回了他這樣一封信：

男主角：

這麼偉大的戀愛，真是永生永世啊！（令人感動！）

《水滸傳》裡，梁山眾人曾有這樣的盟誓：一日之聲氣既孚，終生之肝膽無二。想來你一定更能體會。

愛是沒有錯愛的！那人既是你心上愛過，就可以終此一生無所改！

真愛應該是沒有回頭的，只要清晰確定：這人深合吾意，甚獲吾心，那麼能夠愛，就已經很夠了，也不一定要納為己有；是莊子說的：若然者，藏金於山，藏珠於淵——

只要她是人世的風景，只要她好好活著，人生何其美麗！

祝

堅定！

貞觀　敬上

信剛寄出時，貞觀並不覺得怎樣不妥，然而等了七、八天過，大信還無回音，她才想出來自己做錯了；既是他不明說，她又何必去點破它呢？世事真真假假，她即使詳情盡知，又怎樣了？

原來她也只是個傻人，是人世萬迷陣裡的痴者；生命中的許多事，其實是可以不必這麼當它真的！

第十天，信終於姍姍來到：

貞觀：

接到妳的信，有些生氣（一點點），妳何苦逼我至此？

好吧！那個故事裡的人是我！我都承認，這些時，我一直以一種待罪的心……愛，愛，愛，妳以為這字這麼簡單嗎？人在達到真實境前，妳知道他路上要跌幾多跤嗎？

其實我沒有生氣，還只是感心妳：妳說了也好，妳不說我更難過。

再十天就畢業了，這些時，謝師宴吃得腦袋、胃袋一起下垂！

臺南好嗎？

大信

貞觀一算，弟弟的畢業典禮在即，她來臺南，前後已兩年零四個月。

世事原是不可料知的；她與母親言約時，怎知曉臺南有這樣的風景、地理，怎料得會在此郡，與大信相熟起來？

不管怎樣，如今都到了告別的時候；臺南府就這樣一直記在心上吧！她今番才了悟；好地方可也不一定要終年老月常住；是只要曾經住過，知道了伊的山川日月、風土人情，也就相知在心，不負斯土了。

貞觀當下收拾好一切，她是決意離去。

不止為了自己有言在先，她真正亂心的是：她感應到大信將相尋而來……她必須終止這樣一段感情；大信是寶藏，愈深入只有愈知曉他的好。……而她卻是驕傲和負氣：不要了——

她也許跟他生氣，也許跟自己生氣；火過為灰，他已經是燃燒過的。為何他們就相識在先呢？也罷！就讓兩人為此，一起付出代價吧！

第二日，貞觀去辦公室遞了辭呈，轉身出來時，忽想到明日已不在此，這臨去投影，於是順著街路，逐一走著；一個下午，差些踏穿了半個臺南府。

回來吃了晚飯，她才把話與大姨夫婦稟明；夫婦兩個甚是駭異：

「不是好好的，如何就要走了？」

貞觀苦笑道：

「我也不想走，可是來時已經跟媽媽說了——」

她大姨笑道：

「原來為這項！沒什麼關係，妳母親那邊由我來說——」

「可是不行啊！」

貞觀急著道：「上次回去給銀月伴嫁，都與阿公、阿嬤說好了；兩位老人都叮我早些回去的！」

她大姨是孝順女兒，聽說如此，也就不再堅持，只說是：

「既然這樣，就再多住幾天吧！我……也是捨不得妳！」

認真說起她大姨，貞觀又要下不了決心了。

她剛來上班那個月，尚未領薪，她大姨怕她缺錢用，每晚等她睡下，悄悄過房來，隨便塞些錢在她衣服袋子裡。

貞觀每每在隔天清晨，穿衣服摸見；起先她只是猜想，不能確定；直到有一晚，大姨進房時，她尚未入睡，人躺在大床上，她大姨隔著蚊帳，也不知她瞌眼裝假，又將錢放入她的小錢包——

貞觀等她轉身出了房門，才傾坐起來；望著離去的大姨身影，滿目滿眶都是淚水。——

如此一個月，直到她領著薪津……

想到這樣的恩義，貞觀立誓：

我要讓自己生命的樹，長得完好、茂盛，用來回報至親之人。

就這樣，貞觀又多住了幾日，她在臨上火車，才在臺南車站投下這封信：

大信：

恭喜你大學畢業！

我已離開此地，雖說鳳凰是心愛的花，臺南是熱愛的地，然而，住過也就好，以後做夢會相見。

貞觀

9之1

貞觀回鄉月餘，家中倒有兩件非常事：一是弟弟大專聯考，高中了第一志願；一是三十年來，死生不知的大舅，有了消息。

大舅當年被日本軍調往南洋作戰，自此斷了音訊；光復後，同去之人，或有生還的，詢問起來，卻又無人知道。可憐她大妗，帶著兩個兒子，守了他漫漫三十年。

如今天上落下的消息，一封日本國東京都寄出的航空郵便，把整個家都掀騰起來：

男國豐跪稟

父母親大人萬福金安：

不孝被征南洋，九死一生，幸蒙祖上餘德，留此殘軀以見世。流落異地初期，衣無以溫，食無以飽，故立願發誓：不得意、展志，則不還鄉。雖男兒立志若此，唯遺憂於兩位大人者，所耿介在心也。今所營略具規模，深思名都雖好，終為異地，尤以故國之思，三十載無一日竟，心魂馳於故里，不勝苦之。回返之前，特馳書以奉，又兄弟姊妹各如何，素雲如何，不孝在此，另有妻室兒女，徒誤伊青春三十年，所負疚耳。返國之行，唯男婦惶惶未敢同之，其雖為日本女子，頗知得我漢族禮義，男與之合，未奉親命，雖亂世相挾，亦難免私娶之嫌，肅請二位大人示意，以作遵循。

不孝　國豐謹稟

信傳閱了半天，又四四正正，被放回廳堂佛桌上；差不多的人，全都看過，反而是最切身相關的，靜無一語，未相聞問；貞觀大妗，一來識字不深，二來眾人一口一聲，聽也聽它明白了！

貞觀甚至想：

如果還要找第三個原因，那就是相近情怯吧?!

事情來得這般突然，別說她大妗，換了誰，都會半信半疑，恍如夢中。

家中有這樣大事，自然所有的人都圍坐一起；貞觀先聽她阿嬷問外公道：

「老的，你說怎樣好呢？」

她外公看一下她大妗，說是：

「要問就問素雲伊；這些年，我只知大房有媳婦，不知大房有兒子；所有他應該做的，都是她在替他……妳還問我什麼？」

「……」

這下，所有的眼光，都集中到她大妗身上；貞觀見伊目眶紅紅的，只是說不出話來。

「素雲——」

「阿娘——」

婆媳這一喚一答，也都刹那止住，因為要說的話有多少啊，一下子該從哪兒起？

「——妳的苦處，我都知道，總沒有再委屈妳的理；國豐——」

「阿娘——」

她大妗又稱喚一聲，至此，才迸出話來，然而，隨著這聲音下來的，竟是兩滴清淚：「我四、五十歲的人，都已經娶媳婦，抱孫了，豈有那樣窄心、淺想的？再說，多人多福氣——」

伊說著，一面拿手巾的一角擦淚，大概一時說不下去了。貞觀阿嬤於是挪身向前，牽伊的手道：

「妳怎樣想法，抑是怎樣心思，都與阿娘吐氣，阿娘與妳做主！」

其實，貞觀覺察：大妗那眼淚，是歡喜夾摻感激；大舅一去三十年，她不能想像他還——同在人世，共此歲月與光陰……

光是這一點，就夠伊淚眼潸潸了。

「阿娘，男人家——」

「妳是說——」

「他怎樣決定怎樣好！我是太歡喜了，歡喜兩位老人找著兒子——」

「……」

「——銀山兄弟，可以見到爹親……有時，歡喜也會流淚——」

「……」

大妗才停住，廳上一下靜悄下來，每個人都有很多感想，一時也是不會說。

隔了一會，她阿嬤才嘆氣道：

「妳就是做人明白，所以妳公公和我，疼妳入心，家裡叔、姑、妯娌和晚輩，也都對妳敬重——」

「……」

「那個日本女人回來不回來，妳阿爹的意思，是由妳決定。」

她大妗本來微低著頭，這一聽說，立時坐正身子，稟明道：

「堂上有兩位老大人，家中大小事，自然是阿爹、阿娘做主！」

「………」

「至於媳婦本身的看法：這些年，國豐在外，起居、飲食、冷熱各項，都是伊服侍的；有功也就無過了——」

「……」

「——再說，國豐離家時，銀山三歲，銀川才手裡抱呢，我和國豐三、五年，伊和他卻有三十年！」

「……」

「若是為此丟了伊，國豐豈不是不義?!我們家數代清白，無有不義之人！」

「……」

貞觀到入晚來，還在想著白天時，她大妗的話；她翻在床上，久久不能就睡。

「阿嬤！大舅的事，妳怎樣想？」

「怎樣想？」

老人家重複一遍，像是問伊自己：「就跟做夢一樣！」

9之2

這日七月初七，七夕日。

日頭才偏西未久，忽的一陣風，一捲雲，馬上天空下起細毛雨來。

這雨是年年此時，都要下的，人們歷久有了經驗，心中都有數的，不下反而才要奇怪它呢！

貞觀原和銀蟾姊妹，在後邊搓圓仔，就是那種裝織女眼淚的；搓著、捏著，也不知怎樣，忽的心血來潮，獨自一人往前廳方向走來。

她的腳只顧走動，雙手猶是搓不停，待要以手指按小凹，人忽地止住不動。

在這鎮上，家家戶戶，大門是難得關上的；貞觀站立天井，兩眼先望見大門口有個人，在那裡欲進不進，待退不退，看來是有些失措，卻又不失他的人本來生有的大模樣。

貞觀一步踏一步向前，心想：

這兩日，大舅欲回來，家中一些壯丁，三分去了二分，赴臺北接飛機了，這人如果要找銀川、銀安，可就要撲空了……。且問他一問。

「請問是找誰？」

這樣大熱天，那人兩隻白長袖還是放下無捲起，一派通體適意的安然自在。

「我——」

他竟是定定先看了貞觀兩眼，一見她不喜，且有意後退不理睬，這才笑道：

「貞觀，吾乃大信也！」

就有這樣的人，找上門來叫妳個措手不及——

可是，來者是客，尤其現在這人更加了不得！弟弟考上，他是功勞簿上記一大筆的，她母親和眾人一直感念他，正不知要怎樣呢；再說，人家是四妗娘家的姪兒，不看四妗也看四舅……如此便說：「啊——是你！請入內坐，我去與四妗說——」

說著，替他拿了地上的行李，直領至廳上坐下，又請出阿公、阿嬤等眾人。

這一見面，有得他們說的；她自己則趁亂溜回後邊繼續搓圓仔。

這人說來就來，害她一些準備也沒有……

她是還有些惱他，但是奇怪啊！兩人的氣息仍舊相通感應，不然，怎麼會好好的這裡不坐，突然間跑到前頭去給他開門？

剛才忙亂，她連他的面都不敢看清……這樣，兩人就算見面了嗎？

揀個這樣的大日子來相見，他是有意呢？還是無心撞著？……

搓圓仔雖可以無意識，可是搓著、搓著，銀蟾就叫了：

「原來妳手心出汗，我還以為粿糰濕，阿嫂沒把水瀝乾！」

貞觀自己看看，只見新搓出來的圓仔，個個含水帶淚的，也只有笑道：

「快些搓好了，我要回家叫阿仲！」

「欲做什麼？」

「臺北人客來了，是四妗的姪仔，當然阿仲要來見老師！」

貞觀是回到家來，才知弟弟早她一步，已經給銀禧叫去了，原來自己走小路回家——

她母親正準備祭拜的事，一面與她說：

「阿仲臨時走得快，也未與他說詳細，這孩子不知會不會請人家來吃晚飯？……還是妳再去一趟？」

貞觀幫著母親安置一碗碗的油飯，一面說：

「還操這個心做什麼？今晚哪裡輪得到我們？人家親姑母和姪兒，四妗哪裡會放？四妗不說，還有阿嬷呢！怎麼去跟伊搶人客？」

她二姨一旁笑她母親道：

「是啊，妳還讓貞觀去？今晚任他是誰，去了反正就別想回來！到時看妳那鍋油飯，有誰來幫忙吃？」

她母親笑道：

「這是怎樣講？」

她二姨笑道：

「那邊來了上等人客，正熱呢！反正開了桌，請一人是請，請十人也是請，乾脆來一個留一個，來兩人留雙份，妳自己阿仲都別想會回來吃，妳還想拉伊的？」

果然七點過後，她大弟還不回來；這邊眾人只得吃了晚飯，因看到鍋裡剩的，不免說是：

「妳看！只差阿仲一人，就剩這許多，要是貞觀再去，連明天都不必煮了！」

貞觀笑道：

「他們男生會吃，我可是比不上，阿仲如果真把人客請來，媽媽才是煩惱；這鍋不知夠不夠人家半飽？」

說著，說著，又到了〈范蠡與西施〉的歌仔戲時間；她母親和二姨，雙雙回她們房裡去，小弟亦關了房門，自去做他的功課。

貞觀一人無味，只得回轉自己房裡靜坐。

到現在，她的心還亂著呢！本來今晚要跟銀蟾做洋裁，誰知來了個不速之客，他這一撞來，她是連心連肺，整個找不著原先的位子放了。

桌上的小收音機，是阿仲自己做的實驗，她才隨手一轉，〈桃花過渡〉的歌一下溜溜滑出：

原來，桃花待要過江；擺渡的老人招她道：渡妳也行，先得嫁我！

桃花道是：嫁你不難，咱們先來唱歌相褒，你若贏了隨你，你若是輸，叫我一聲娘，乖乖渡我過去——

貞觀聽得這一男一女唱道：

正月人迎尪，單身娘子守空房，嘴吃檳榔面抹粉，手提珊瑚等待君。

二月立春分，無好狗拖推渡船，船頂食飯船底睏，水鬼拖去無神魂。

三月是清明，風流女子假正經，阿伯宛然楊宗保，桃花可比穆桂英。

四月是春天，無好狗拖守渡邊，一日三頓無米煮，也敢對阮葛葛纏。

五月龍船鬚，桃花生水愛風流，手舉雨傘追人走，愛著緣投戇大呆。

六月火燒埔，無好狗拖推渡人，衫褲穿破無人補，穿到出汗就生蟲。

七月樹落葉，娶著桃花滿身搖，厝邊頭尾人愛笑，可比鋤頭掘著石。

八月是白露，無好狗拖推橫渡，欲食不做叫艱苦，船坯打斷面就烏。

九月紅柿紅，桃花生水割著人，割著阿伯無要緊，割著少年先不堪。

十月十月惜，阿伯戇想阮不著，日時懶怠無人叫，暝時無某睏破蓆。

十一月是冬至，大腳查某假小蹄，八寸鞋面九寸底，大過阿伯的船坯。

十二月是年冬，精糍做粿敬祖公，有尪有婿人輕鬆，阿伯你就扇冬風。

……

聽著，聽著，貞觀不禁好笑起來：

這女的這樣潑辣、愛嬌，這男的這樣沾沾自喜，可是，也只能覺得二人可愛，他們又不做壞事，只是看重自己——

還未想完，先聽到房門「咚咚」兩聲響，貞觀隨著問道：

「誰人？」

「阿姊，是我！大信哥哥來家裡坐，妳不出來坐坐嗎？」

……這個人，他到底要她怎樣？探親、遊玩，他多的是理由住下，她不是不歡迎，她是無辭以對啊！

如果沒寫那些信，那麼他只是家中一個客人，她可以待他禮貌而客氣，如今心下那樣熟知了，偏偏多出那個枝節來，這樣不生不熟的場面，到底叫人怎樣好？

她真要是生氣，倒也好辦，可以霍然了斷，偏是這心情不止這些，尤其那日聽了她大妗那些言語，明白了人生的無計較，她更是雙腳踏雙船，心頭亂紛紛起來——

貞觀換了一件草青色，起黃、白圓點的斜裙洋裝出來，客人坐在她母親的正對面，見了她，站了起來，才又坐下。

貞觀給他倒來一杯冰水，才看到他手中早有一杯；看看在座人人都有，便自己喝了起來。

眾人說話，貞觀只是喝水，到她換來第三杯冷飲時，她母親忍不住說她：

「剛才叫妳多吃一碗，妳又說吃飽了，如今還喝那麼多冰水?!」

貞觀沒說話；大信卻笑道：

「吃冰的肚子跟吃飯的肚子，不一樣的！我家裡那些妹妹都這樣說——」

她母親、弟弟和二姨全都笑起來；貞觀自己亦在心裡偷笑著。

未幾，大信說要去海邊看海，她母親和二姨異口同聲叫貞觀姊弟做陪。

貞觀應了聲出來，人一逕走在前面領先，怎知沒多久，後面的兩個亦跟上了！

三人齊齊走了一段，忽又變得弟弟在前，她和大信兩人落後。

貞觀惶惶害怕的，就是這樣直見性命的時刻。

她將腳步放慢，眼睛只看著自己的鞋尖，誰知大信亦跟著慢了；不知為什麼她的心情這樣複雜，心中卻還有信賴與寬慰。

然而當她見著他式樣笨拙的皮鞋，卻又忍不住好笑起來。

今晚七夕夜，身邊是最透靈的人，和一雙最難看的鞋子——

大信終於發話了：

「咦！妳有無發覺這件事？陽曆和陰曆的七月七日，都跟橋有關！」

貞觀笑一笑道：

「是啊！你不提起，我差些沒想著！」

大信又說：

「剛才我也聽見〈桃花過渡〉，實在很好!!奇怪！以前怎麼就忽略呢？小學時，收音機天天唱的！歌曲和唱詞都好……妳會唱嗎？」

貞觀心裡想：

會唱也不唱給你聽——然而嘴上不好說，只有笑笑過去。
兩人走過夜晚的街，街燈一盞盞，遠望過去，極像天衣上別了排珠釵。
大信又說：
「不知妳怎樣想，我卻覺得伊和擺渡的，是真匹配！」
「伊是誰？」
「桃花啊！」
「喔！」
「像桃花這樣的女子，是舉凡男子，都會愛她！」
「……」
「妳說呢?!」
「我怎麼會知道？畢竟我是女子，女子如何得知男子的心？」
大信笑起來：
「豈有不知的？佛書不是說拈花微笑嗎？是笑一笑即可的，連話都不必一句、半句！」
貞觀再不言語。
大信又道：
「聽了這歌，如同見她的人；桃花這個女子，原來沒有古今、新舊的，她一逕活在千年來的中國，像是祖母，又像妹妹——」

「——甚至渾沌開天地，從有了天地開始，她就在那裡唱歌罵人了！」

貞觀這下再忍不住笑了起來；這一笑，是對桃花稱讚，對身邊的人喝采。

大信笑道：

「咦！妳笑什麼！」

貞觀回說：

「桃花有知音如你，桃花才真是千年人身；可以不入悲喜，不墮劫數！」

「還有，還有！妳尚未說完！」

「——我喜歡她那種絕處逢生；比較起來，他們才是真正的生活者，好像世事怎樣，都不能奈何她，……甚至被丟到萬丈懸崖了，他們不僅會堅韌的活下去，還要——」

「——還要高唱凱歌回來，對不對？」

「……」

他這一銜接，真個毫無隙縫；世上真有這樣相似的心思嗎？貞觀則是愈來愈迷惘。

三人來到碼頭，看了漁船和燈火，又尋著海岸線，直走過後港灣。

沿途，大信都有話說，貞觀心想：

這人來說話的吧！他哪裡要看海？

折轉回去時，已經九點半過了；她弟弟卻在路上遇個小學同窗，到那人家中去坐；剩的兩個人，愈發的腳步似牛隻——

到了家門口，貞觀止住腳，回眸問大信道：

「時間不早，就不請你進去了；你認得路回外公那裡嗎？」

大信笑道：

「說不認得，妳會送我嗎？」

「這——」

貞觀果然面有難色：「——真不認得，只好等阿仲回來——」

大信笑道：

「妳放心！我連路上有幾根電線桿都數了，賽過妳們這裡的臺電工人！」

貞觀亦笑：

「我就知道你裝假！」

兩人相視一笑，又揮了手說聲再見；當大信舉步欲離去時，貞觀站立原地，說了一句：

「好走——祝你生日快樂！」

可以想像得知的，當大信聽了後面一句話，他整個人變得又驚又喜，一下就衝到貞觀的面前來。

貞觀覺得：這人像條弄錯方向，以致彈跳回來的橡皮圈。

「啊！妳……我忍了一個晚上，才沒說出來，妳是怎麼知道的？」

「我怎麼不知道?」
貞觀料知會有此問,不禁笑道:「誰不知你和漢武帝同月同日生!!」
大信更是意外:
「愈說愈緊張了,妳快點明吧!」
「不可!此乃祕密——」
大信只好笑起來:
「妳不說……我心臟都快停了!」
「有這樣大的牽連?!……那,好吧——」
貞觀這一說,自己亦覺好笑:「九年前,我就知道了!那天亦是七夕,眾人陪你看海回來,大人都睡了,獨獨四妗到灶下煮了一枚雞蛋、一枚鴨蛋給你吃!」
「哦!」
大信吐了一口氣:「就為了它,妳就知道我過生日?」
「是啊!南部這邊是這樣風俗!」
「在臺北卻是吃豬腳麵線!」
貞觀解說道:
「那是二十歲以後,開始算大人了,才吃的,之前,小孩只吃那二項;雞蛋代表雞,鴨蛋代表鴨,等於吃了一隻雞、一隻鴨!」
大信啊哈笑道:

「一隻雞，一隻鴨；中國文化，真是深邃不盡，美國人大概永遠都不能了解，也無法了解，何以一枚雞蛋，就要算一隻雞了！」

「幾何算不出，代數也算不出。」

這一說，兩人不禁互笑起來：

「我們民族性是：無論做的什麼，總覺得他長遠夠你想的……啊！阿仲回來了！」

大信後來還是她弟弟送走的，二人一走，貞觀回屋內淋浴、更衣，直到躺身在床，仍無睡意；她心中放有多少事啊！

想著大舅即將回來，想著大妗的人和她的情意……由大舅又想著自己父親和二姨丈來。

死生原來有這樣的大別；死即是這一世為人，再不得相見了——而生是只要活著，只要一息尚存，則不論艱難、容易，無論怎樣的長夜漫漫路迢迢，總會再找著回來。

銀山有父，得以重見親顏，而母親和二姨，永遠是傷心斷腸人。

從她母親又想回到弟弟身上：阿仲即將北上註冊，……由臺北這個城邑，不免要聯想：它竟栽長、撫育出似大信這般奇特、豪情的男子……。

貞觀伸手關窗，心反而變得清平、明亮。

9之3

午後二、三點，正是眾人歇中覺時間。

貞觀躺在自己房內，似睡似醒的，耳朵內斷續傳來裁縫車的踩聲；是她二姨在隔壁房裡，正改一件過時的洋裝——

……春宵夢，日日相同；
好夢即時空，消瘦不成人……
歹夢誰人放，不離相思巷……
……再想也是苦痛，再夢也是相思欉；
春宵夢，日日相同；
月也照入窗，照著阮空房；
……

貞觀初次聽時，不敢確定這是誰在唱，然而歌聲反覆一遍又一遍。她終於聽清楚了，真是二姨的聲嗓！

人生自是有情痴!!時光都過去二、三十年了，二、三十年，幼苗會長成大樹，有志者，足以成非常事。

而她的二姨，還一逕在她守貞的世界裡，苦苦不能相忘對伊盡情義的丈夫……

鍾情怕到相思路，

盼長堤草盡紅心，

動秋吟，

碧落黃泉，

兩處去尋。

貞觀唸起前人句子，只覺聲喉也黯啞起來——

此時，忽聽得前屋有人說笑：貞觀極力辨認，才聽出是阿仲與大信。

他兩人今日一早，即釣絲、漁竿的，捲了說要釣魚去，臨出門，一前一後，都來問過她。

為什麼不去——

她到現在連自己都還不甚明白呢；相近情更怯……這句話恐怕再不能形容完整；

在七夕夜之前，她只是隱約唸著，心中還自有天地，七夕以後，大信那形象，整個排山倒海，滿占了她的心……

但是，她不要事情來得太快，她當然不想天天見著他的人；稍稍想著就方寸大亂，她哪堪再兩相晤對？

貞觀起身拉了抽斗，翻出大信從前寫的每封信，正要一一看來，卻聽見：

「阿姑！阿姑！」

是銀山五歲的女兒在拍她的門!!

貞觀收好信，來開房門，果然見到了小女孩！

「阿鑾子！」

她雙手抱起姪女兒，一面啄她的胖臉問道：「媽媽，阿嬤呢？誰帶阿鑾來的？」

女孩黑水晶般的眼睛望著她，淡紅的嘴唇堅定回道：

「阿鑾自己來的！阿鑾要找阿姑和姑婆！」

貞觀見此笑道：

「找伊們欲做什麼？」

女孩回說：

「找阿姑要縫『穀粒』，找姑婆是要跟伊討米！米是要做『穀粒』的。」

這樣的層次分明，見諸於稚心童懷，貞觀聽了更是疼愛：

「妳會『揀穀粒』了？」

「阿蠻現在不會，可是阿蠻長大就會，阿姑現在先縫好，等阿蠻長大——」

「揀穀粒」乃婦女閨中的戲耍！以各色布料五片，縫成粽子形狀，裡面包以重物，或沙或米，或雜糧豆類，大小約為銅錢狀，其玩法不一，有先往上抛其中一粒，餘四粒置於桌上，手反勢立即接住上空墜下者，再以之往上抛，手揀桌上其中一粒，與抛上者合握於掌，揀出一粒置於旁，如此反覆又抛，將四粒揀盡為止。再者，即揀二粒，會合抛上者，共三粒，重複兩次揀完。第三遍只用三粒，多出二粒置一旁不用，先逐一揀著，放於左手心，然後左右手交換穀粒，並且快速再移轉之，此時，左手的一粒，已再握於右手，而右手原有的二粒得向上抛之，且須巧妙落於右手腕之兩旁，然後掌心的又上抛，再抓起分開的二粒合握之。最後一遍是往上抛者，須落於掌上背，然後拇指、食指合夾桌上所有四粒其中之一，將之甩飛過手掌背，而掌上原有者，不可因而落下，落下即輸。

貞觀自七歲入學起，每次玩這項，都輸在這個甩的動作裡……

她想著又問女孩道：

「家裡不是有米缸？媽媽怎樣講？」

女孩委屈道：

「媽媽不肯給阿蠻，只說不可耍米……」

貞觀摸她的臉道：

「這就是!!米是五穀，是種來給人和阿蠻吃的，不可以拿它戲耍——」

「……」

小女孩聽得入神了，貞觀繼續說：

「有些人縫的穀粒不好，丟來丟去，米就撒了一地，那樣，天公會不歡喜——」

她尚未說完，先聽得小女孩叫了聲：

「阿叔——」

她回過頭看，原來是大信；也不知道人站在身後多久了，只好隨便問聲：

「釣魚翁回來了——」

大信哂得鼻頭微紅，說笑道：

「是啊，趕回來上了一課，做旁聽生！」

她放了表姪女下來，姑姪兩個牽著走向前屋來，大信說道：

「妳不去看我們釣的魚嗎？」

貞觀訝然道：

「怎麼不放在那邊給四妗煮呢？」

「妳放心！兩邊都有份！」

前屋裡，阿仲已將所獲物悉數倒出，置在一個大鍋裡，貞觀一看：

「哇！赤翅、沙趖、九條仔、金線，今天什麼好日子，魚都落做一窟！」

小女孩伸手抓了一尾大的，回頭問貞觀：

「阿姑，阿鑾要吃這尾！」

貞觀笑著指大信與她道：

「妳得問阿叔，這魚是阿叔釣的。」

小女孩於是回身來問大信：

「阿叔，這尾給阿巒吃，好嚒？」

「好啊好——」

大信笑著比說道：「叫阿姑煮給阿巒吃——」

貞觀一面收魚，一面拉了小姪女去洗腥手；回來時，已不見阿仲，只有大信坐在廳前看報紙。

小女孩才坐下，忽又想著說：

「阿姑，我們來——雞仔子啾啾！」

她說著，一面拉貞觀的手扳著；貞觀只得舉右手向上，以左手食指抵右手心，做出骨架撐傘的形狀——

「嘻嘻！」

小女孩一面笑著，一面伸出自己的小小指頭，來抵她的手心，姑姪雙唸道：

一撮針，

一撮螺；

煙囪孔，

烘肉骨，
雞仔子啾啾——

到出「啾啾」聲時，所有抵手心的手指，都要快速移開，因為右手掌會像傘一樣收起來，若是走避不及，被抓住，就由那人做頭。

小女孩這次被貞觀抓了正著，只聽她咭咭聲笑個不住：

「輪到阿巒來做——」

她的手掌這樣小，只差不夠貞觀一根指頭抵，兩人又唸：

粗香，細香
點點胭脂，
隨人吃飯跑去避——

「避」字說完，貞觀縮回手指，小女孩自己抓了自己的，又咭咭自己好笑起來。

「阿姑，再來，再來!!」

大信在一旁笑道：

「真是要羨慕她——妳聽過這個故事嗎？妳一定聽過了！」

貞觀笑道：

「那有這樣說故事的，又是起頭，又是結尾——」

大信笑道：

「那故事是說：一歲到十歲，才是真正的人，是人的真正性情，十一歲以後，都摻了別的——」

「……」

這故事，貞觀其實是聽過的！

說天生萬物，三界，六道，原有它本來的壽元；人則被查訪，派定，只能活十年。

人在陰曹、冥府，聽判官這一宣判，就在案前直哭，極是傷心。

後來，因為猴子，狗啊，牛的等等，看人可憐，才各捐出牠們的十歲，來給人添上……這以後，十歲以上的人，再難得見著人原先的真性情……

然而貞觀想：

至人有造命訣；世上仍有大聖賢、大修為者，下大苦心的，還是把他們真正的十齡，作了無止境的提升與延伸。

談話間，大信加入了她們的遊戲；當他的手第三次被小女孩抓住時，貞觀忽的錯覺：眼前的男子，亦只是個十歲童男！

10之1

果然她大舅回來這日，最是見景傷情的，真是貞觀母親與二姨！她大姨亦從臺南趕來；見面恍如隔世，父子、夫妻、姊弟、兄妹、伯姪和舅甥，各都歡喜、流淚——

眼淚原來是連歡喜時，亦不放過人的；貞觀看她那個新日本妗仔，穿戴大和裙釵，粉臉上也是珠淚漣漣。

從頭到尾，都是她大妗在團轉著；她雖是逐一拿話勸人，自己卻一直紅著目眶；大舅面對她，心中自有愧意；貞觀見他幾番欲語，到底又停住了！

比起來，還是她大妗的無芥蒂叫人敬重，眾人見她親捧洗臉水，又端上吃食、湯水，待那日本女子如客——

人間相見唯有禮——貞觀如果不是從她大妗身上看到，亦無法對這句話作徹底理解。

而她的待大舅，已不止的夫妻恩義；貞觀尚覺得：他們且有姊弟情親；此時此刻，大舅即她，她即大舅；至情是可以一切不用說，因為一切都知道。

前廳是這樣熱淚相認的一幕，而後房裡，更躲了兩個藏身起來，偷洒情淚的姊妹；貞觀母親和二姨，在晤見了長兄之後，悄悄自人堆裡退出，各各找了房間避人。

死生大限，此一時刻，她們亦寧可那人另置家室，另有妻兒！

縱是這般，也還是人世長久不盡，即使兩相忘於江湖，也是千山同此月，千江同此水啊！

她二姨進了四妗的房去，貞觀跟在房門小站一會，還是尋了阿嬷的內房，來找自己母親。

她母親立於床沿，背對著門，臉面埋於雙手裡，極聲而哭……

貞觀悄來到跟前，遞給母親一方手巾，竟是不能出言相慰，自己也只是流淚而已！

人生何以有情？情字苦人，累人，是到了死生仍未休！

她想起了蘇武的詩句——生當復來歸，死當長相思——

世人原都這樣痴心哪！大舅是活著的！活著的就要找著舊路回來；父親和二姨丈再不得生還，既是身屍成灰，也只有生生世世長記憶了。

晚飯後，她外婆特意留她母、姨下來；伊生的五男三女，今日總算團圓、相聚；她當然理會得老人家心頭的歡喜。

貞觀才走出外家大門，門口處即遇著大信；他真是知她心意的人，知道她會在這種情況下退出身來。

貞觀看了他一眼，繼續又走；人世間有多少真意思，是在這樣的時刻裡滋生出來。

大信靜靜陪她走了一段路，街燈下，只見兩人的影子倏長倏短的變化著。

最後還是大信先開口：

「妳……好些了嗎？中午我看見妳流淚……真不知講怎樣的話適當——」

貞觀沒回答，心想：

中午那一幕，獨有他是外人避開了……哪裡知道人家還是看見！

大信又說：

「妳的心情，我都知道，可是……看到妳哭，心裡總是——怪怪的！」

貞觀揚頭道：

「沒有了啊！我不是已經好了？」

大信笑道：

「好，不說它了，其實我知道，看舅舅回來，妳還是很高興的！」

貞觀亦說：

「是啊！我從出生起，一直不曾見過他，可是今天，我一踏入大廳，看到有個人坐在那裡，我馬上跟自己說：對啊！這人就是大舅了！大舅就是這個樣啊！我還是見過他的！」

大信咦了一聲，問道：

「那麼——七夕那天我來，妳在門口見著我，第一眼是不是也想：對了，這人是大信，大信就是這個樣嘛！」

貞觀輕笑道：

「這個問題——拒絕回答！」

走著，走著，早走到家了；貞觀因知道母親、弟弟還在那邊，這裡家中無人，也就不便請他進去坐，正要抬頭說話，誰知大信提議道：

「妳要休息了嗎？我們去海邊看月……如何？」

「……」

貞觀沒說好，也沒說不好，低頭看一眼自己的腳，原來腳已答應。

二人一路行來，大信又說：

「同為男人，大舅種種的心情，我自認都能夠了解，除了倫理、親情和故土之外，我明白還有另一種什麼力量，促使他在歷經多少險夷之後，仍然要找著路回來——」

「你說呢?!」

「可是，一時我又說不出，說不清；而妳，本身卻是這力量其中的一股，妳是一定知道的！」

貞觀言是：

「我自是知道！因為這力量在我血脈裡流；不止大舅和我，是上至外公、阿嬤，下至銀城才出生二十天的嬰兒，這一家一族，整個是一體的，是一個圓，它至堅至韌，什麼也分它不開——」

「……」

「即使我死去的二姨丈和父親，在我們的感覺裡，他們仍是這圓的一周、一角，仍然同氣同息！」

「……」

「像大舅，他是這圓之中，強行被剝走，拿開的一小塊，儘管被移至他鄉繁殖、再生；然而，若是不能再回到原先的圓裡來，那麼——」

貞觀話未說完，大信忽替她說下去道：

「那麼，它只是繼續活命罷了！無論如何，他都不會快樂，不能快樂了……」

「……」

這種震懾，已經不是第一次，然而，貞觀還是說不出話來，大信見她無言語，於是問道：

「怎麼就不說了？」

因看他那樣正經，貞觀便笑起來：

「還說什麼？都被你說光了？」

兩人於是同聲笑起；大信又說：

「貞觀，我也是這樣的感覺，只是——不能像妳說得這般有力，這般相切身！」

寫信不說，這是他第一次叫她的名字；貞觀只覺得不很自在，略停一停，也只有笑道：

「那是因為你不在這圓內！」

大信不服道：

「誰說？我也是同攸息的——也不想想，我三姑是妳四妗！」

貞觀說不過他，就不再說了，倒是大信因此聯想起更大的事來：

「方才，妳拿圓作比喻，真實比對了，我們民族性才是黏呢！把她比做一盤散沙的，真是可惱可恨！」

貞觀說：

「出此話的人，定然不了解——我們自己民族本性的光明，這樣的人沒有代表性！」

大信拍拍手，作喝采狀；貞觀又說：

「不過，或許，中國還是有那樣的人，唉！不說了——」

「……」

二人同時沉默起來。

來到舊碼頭，只見裝發電機的漁船，隻隻泊岸停靠；大信忽地伸手去撫船身：

「我真愛這個地方，住在臺北的層樓疊屋，一輩子都不能分曉——間間通聲，戶戶相聞，是怎樣意思！」

「……」

「我甚至是從三姑丈那裡；不止三姑丈，是他們兄弟皆是；我自他們身上明白──《禮記．文王世子》篇內，所說──知為人子，然後可以為人父──的話！」

「……」

月亮終於出來了，海風習習吹拂；貞觀只覺自己就要唱出歌來：

嶺上春花，
紅白蕊；
歡喜春天，
放心開──

她看著身邊的大信，心內也只是放心啊！

他今夜又是白上衣，白底條紋長褲，還說那西褲是全國唯一。

也不知這人怎麼就這般自信！他是一個又要自負，又要謙虛的人！

男兒膝下有黃金，俯拾即是！胸府藏的萬寶山，極其貴重的！

大信正是這樣自信滿滿的人，然而，另方面，他又要謙抑、虛心……

照說，這些特質是矛盾而不能互存的，卻不知這人用了什麼方法，使它們在他身上全變得妥貼、和諧了！

兩人這般相似，好固然好，可是……

貞觀忽然想：

要是有那麼一天，彼此傷害起來，不知會怎樣厲害？

就說他這份倔強：

這些日子來，他一直努力讓她了解，他是看重她的，從前那女孩的事，只是他不堪的一個過去，是他從少年成長為青年的一個因素之一。

貞觀知道：他不輕言遺忘，不提對方缺失，並不代表他還記掛著伊，而是他淳厚的個性使然；是如此才更接近他的本性。

說忘記伊了，那是假的，但廖青兒三個字，卻已經變成同學錄上的一個名姓！

其實連那女孩的名字，都是他告訴她的：

那天——他把一本大學時代的記事簿借她，因為他在裡面塗滿漫畫。

貞觀一面翻，大信就在一旁解說；當她翻過後兩頁，看到上頭蓋了個硃砂印：

「廖——青——兒，哇！這名字好聽啊——」

「那是她的名字！」

「……」

語氣非常平靜，貞觀只能對他一笑，便又繼續翻看。

大信的意思是：一切已成過去，……然而他就是不說，他是想：妳應該了解哇！

有時，貞觀寧可他說了，自己好聽了放心；其實，也不是什麼不放心，她並非真要計較過去。

與其說負氣，還不如說心疼他；惜君子之受折磨——她是在識得大信之後，從此連自己的一顆心也不會放了；是橫放也不好，直放也不好。

這樣，她就要想起阿嬤的話來；老人家這樣說過：

寧可選擇被負的，不要看重負了人的；這個世間的情債、錢債，是所有的欠債，總有一天，都要相還的；這世未了有下世，這代未了有下代——

如此轉思，她終於明白：

大信原來完整無缺！他的人，可是整個好的！

——

「妳在想什麼？」

貞觀不能回答，只是鬼靈精一笑。

大信又問：

「妳知道我想什麼嗎？」

貞觀搖搖頭，大信於是笑起：

「妳聽過『一念萬年』嗎？」

「不是佛經上的？」

「正是！正是——」

大信深深吸進一口氣，方才唸道：「剎那一念之心，攝萬年之歲月無餘——」

「……」

「——明儒還有：一念萬年，主宰明定，無起作，無遷改，正是本心自然之用——的句子。」

——

兩人說說，走走，不覺又彎到後港岸來；貞觀這一路抬頭看月，心裡只差要唱出歌來：

月色當光照你我。
世間心識：
真快活；
定定——
天清清，
路闊闊。

……

——

10之2

七月十五，中元節。

黃昏時，家家、戶戶都做普渡，冥紙燒化以後的氤氳之氣，融入了海港小鎮原有的空氣裡，是一股聞過之後，再不能忘記的味道！

貞觀無論走到哪裡，都感覺到這股冥間、陽世共通的氣息——

這日，她母親特地多做幾樣菜色，除了祭供之外，主要想請大信來家吃飯！菜還在神桌上供祖先呢，她母親即叫貞觀去請人客——

貞觀一到外公家，先找著她四妗，說出來意，她四妗笑道：

「妳們要請他啊！那很好！菜一定很豐盛吧?!」

「還不錯！」

「四妗也去，怎樣？」

「好哇！」

貞觀拖了伊的臂膀，笑說道：「連四舅也去才好，我去與阿嬤說——」

「莫！莫！」

她四妗笑起來：「四妗跟妳說笑的——看把我有袖子拉得沒袖子——」

貞觀放手笑道：

「我可是真的！到底怎樣呢？」

她四妗道：

「等下回好了，今兒我哪裡有閒，妳還是先去找大信，他在伸手仔！」

伸手仔的門，通常是開著不關，貞觀來到房門前，先在外頭站住，然後揚聲道：

「誰人在裡面？」

口尚未合，大信的人，已經立到她面前來；他揚著雙眉，大嘴巴笑吟吟的，像一個在跟自己姊妹捉迷藏的八歲男生：

「啊哈！小姐居然來了！我以為妳不敢來！」

「我為什麼不敢來？」

「從我到的那天起，這裡每間房，妳都走過，就只這伸手仔沒踏進一步來，像是立願，發誓過！」

貞觀笑道：

「你莫胡說！我如今母命在身，來請軍師的！」

「軍師有那麼好請嗎？」

「還要排什麼大禮啊?!」

「至少得入內坐一下啊！」

「可是——」

大信看她猶豫，也不難她！

「那——總得把我手上這項收了吧?!」

貞觀看他手中拿的一方橡皮，一支小雕刻刀！

「這是做什麼？」

「刻印！」

貞觀訝然道：

「刻的什麼，能不能看？」

大信笑道：

「妳要看，總得入內去吧？還是真要我把道具全部搬出屋外來？」

他這一說，貞觀只得笑著跟他進伸手仔。

桌上亂得很，什麼用具都有；大信返身取了印色，復以圖印沾上，又找出紙張鋪好。

貞觀亦不敢閒坐，伸手將那紙頭幫他挪正，誰知這一出手，兩人的手小碰了一下，貞觀連忙又縮回來。

大信終於將字印蓋出來，貞觀這一看，差些要失聲叫出：

那白紙上方一抹硃紅印記，正中渾然天成的是「貞觀女史」四個隸書字體——
「啊！這麼好……可是，怎麼你就會了呢?!」
大信笑道：
「我也不知道，好像是一夜之間，突然變會的……妳要不要拜師傅？」
貞觀笑道：
「你先說是怎麼會的？」
「說起來沒什麼，是初三那年，我丟了我父親一顆印章，為了刻一個還父親，就這樣把自己逼會了！」
「……」
啊！世上原來是因為有大信這樣的人，所以才叫其他的人，甘心情願去做什麼——
大信又說：
「妳也知道，橡皮是輕浮的，新做出來的東西更覺得它膚淺，但是，妳再看看，為何這印記看起來這般渾然，厚實，具有金石之勢？」
貞觀道：
「我不知，你快說!!」
大信笑起來：
「這其中自有訣竅，印章刻好之後，須在泥地上磨過，這也是我摸索得來的！」

貞觀都聽得呆住了，卻見大信將那印記放到她面前，問道：
「咦！妳不收起來嗎？」
「這——」
「本來刻好後就要送給妳。」
貞觀聽說，將它雙手捧起，當她抬眼再看大信時，整個心跟著淒楚起來。她是明白，從此以後，自己再無退路。
大信一面穿鞋，一面說：
「說到刻印，就會想起個笑話來，我到現在自己想著都愛笑。」
「……」
「我大二那年，班上同學傳知我會刻印，一個個全找上來了，不止這樣，以後甚至是女朋友的，男朋友的，全都拿了來！」
「生意這樣好！」
「沒辦法，我只得自掏腰包，替他們買材料。那時，學校左門口，正好有間『博士』書局，我差不多每隔三、兩天，就要去買橡皮，久了以後——」
「負了一身債！」
「才不是！久了以後，『博士』的小姐，還以為我對她不懷好意——哈——」
大信說著，自己撫掌笑起。
貞觀跟著笑道：

「這以後，你再去，人家一定不賣你了！」

「又沒猜對!!這以後，是我不敢再去了，從此，還得辛苦過馬路，到別家買！」

二人說笑過去，即到前頭來稟明詳情，這才往貞觀家走來。

一出大街，貞觀又聞著那股濃烈氣味，大信卻被眼前的一幅情景吸引住：

一個小腳阿婆，正在門前燒紙錢，紙錢即將化過的一瞬間，伊手上拿起一小杯水酒，沿著冥紙焚化的金鼎外圍，圓圓洒下……

大信見伊嘴上唸唸有詞，便問：

「妳知道伊唸什麼？」

「怎麼不知道——」

貞觀睞眼笑道：「我母親和外婆，也是這樣唸的——沿著圓，才會大賺錢！」

大信讚嘆道：

「連一個極小的動作，都能有這樣無盡意思；沿著圓，大賺錢——賺錢原本只是個平常不過的心願——」

「可是有她這一說，就被說活了！」

「甚至是——不能再好，她像說說即過，卻又極認真，普天之下，大概只有我們才能有這種恰到好處！」

「……」

「怎麼了？」

「精闢之至！」

「我是說——妳怎麼不講了？」

「無從插嘴；已經不能再加減了嘛！」

大信聽說，笑起來道：

「在臺北，我一直沒有意會自己文化在這個層面上的美，說來，是要感謝妳的！」

貞觀笑道：

「也無你說的這麼重！我倒是想，照這樣領略下去——」

「——總有一天——」

「總有一天會變成民俗專家！」

大信朗笑道：

「我們的民情、習俗，本來就是深緣、耐看的——」

「……」

「是愈了解，愈知得她的美——」

說著，說著，早到了貞觀的家；她二姨在門前探頭，母親則在飯廳擺碗筷，見了大信笑道：

「你果然來了；我還以為你不好請呢？阿貞觀都過去那麼久！」

大信看了她一眼，溫良笑道：

「哪裡會？我從中午起，就開始準備了！」

她母親笑問道：

「為什麼？」

「今兒吃午飯時，我不小心，落下一隻箸，阿嬤就與我說——晚上會有人要請我……果然，貞觀就來了——」

聽他這一說，大家都笑起來。

吃飯時，因為阿仲上成功嶺不在家，她母親幾乎把所有的好菜，全挾到大信碗內，貞觀看他又是恭謹，又是局促，倒在心裡暗笑。

飯後，還是貞觀帶人客；二人東走，西走，又走到海邊來；大信問她道：

「妳知道今天什麼日子？」

「什麼日子——」

貞觀笑起來：「——不會是你的生日吧?!」

大信扮鬼臉道：

「今天是鬼節——鬼節，多有詩意的日子，試想：角落四周，都有淚眼鬼相對，那些久未晤面的鬼朋友，也好藉此相聚，聊天——」

「——」

還未說完，貞觀已經掩了雙耳，小步跑開。大信這一看，慌了手腳，連忙追上問道：

「妳會害怕？」

貞觀哼道：

「這幾日看《聊齋》，感覺四周已經夠——試喚即來了，你還要嚇我？」

大信聽說，故意拉嗓子咳嗽，又壯聲道：

「沒影跡的事，收回！收回！」

說到這，因看見面前正有隻船，停得特別靠岸來，便輕身一躍，跳到船甲板上去。貞觀本來也要跟著跨的，誰知低頭見了底下黑茫茫一片水光，那腳竟是畏縮不動了。

「哈！膽小如鼠！」

大信一面笑，一面說她，卻又伸長手，抓她下來。

月色照在水心，天和地都變得清明、遼闊；大信坐在船尾唱歌，歌唱一遍又一遍，貞觀只是半句未聽入；她一直在回想，剛才那一下，大信到底抓她的肩膀呢，還是拉她的衣袖……

還兀自猜疑著，只聽那人又發問道：

「想像中，我原以為妳是坐這船長大的，今日才知是個無膽量的！」

貞觀笑道：

「你且慢說我，我坐這船時，你還不知在哪裡呢！鎮上每年中秋，這些漁船都會滿載人，五、六十隻齊開過對岸白沙那邊賞月，我從三、五歲起即跟著阿妗、舅舅們來，到現在猶得年年如此，你還說呢?!」

大信叫道：

「啊！你們這樣會過日子！賞月賞得天上、底下都是月，真不辜負那景致！可惜——」

「怎樣了?」

「其實妳不應該說給我聽,我入伍在即,今年中秋,竟不能看這麼好的月亮——」

貞觀聽說,笑他道:

「風景到處是,在南在北,還不一樣那月?」

大信亦笑:

「我知道是那月,可是我想聽妳的根據;是聽了比較心安理得——」

「什麼心安理得——」

貞觀更是笑了:「乾脆說理直氣壯!」

兩人這一對笑,雖隔的三、二尺遠,只覺一切都心領神會了。

大信又說:

「趕快說吧!妳是一定有什麼根據的!」

貞觀想了一想,遂道:

「是有這麼一首偈語,我唸你聽:千山同一月,萬戶盡皆春;千江有水千江月,萬里無雲萬里天。」

大信喝采道:

「這等好境界,好文字,妳是哪裡看來的?」

貞觀故意相難,於是要與他說,不與他說的,只道是:

「是佛書！」
「哪一本？」
「《四世因果錄》！」
大信急得近前走了兩步：
「怎麼我就不知有這本書了？……可不可以借人？」
貞觀歉首道：
「失禮！此書列在不借之內！」
「啊！這怎麼辦呢——」
大信失魂道：「要看的書不在身邊，渾身都不安的！」
貞觀看他那樣，信以為真，這才笑起來：
「騙你的啦！要看你就拿去；佛書取之十方，用之十方，豈有個人獨占的?!」
大信亦笑道：
「我也是騙妳的！我就知道妳會借……可是等到回去，還是太慢，不若妳現在說了來聽?!」
這人這樣巧妙說過自己！……貞觀想著，於是說道：
「印度阿育王，治齋請天下僧道，眾人皆已來過，唯獨平埒爐尊者，延至日落黃昏之時。王乃問道：如何你來得這樣遲？平埒爐回答：我赴了天下人的筵席。阿育王叫奇道：一人如何赴得天下筵席？尊者說：這你就不知了！遂作偈如是——」

……

有那麼一下子，二人俱無聲息；當貞觀再回頭時，才知大信正看著她；他的眼睛清亮、傳神，在黑暗中，有若晨星照耀。

「妳知道我的感覺嗎？」

「怎樣的感覺？」

貞觀說這話時，已放眼凝看遠處的江楓漁火；故鄉的海水，故鄉的夜色，而眼前的大信，正是古記事中的君子，他是一個又拙樸、又幹練、又聰明、又渾厚的人……

大信重將偈語唸過，這才說道：

「千江有水千江月，此句既出佛經，偈語，是出家人說的，我卻還覺得：它亦是世間至情至痴者的話；妳說呢?!」

貞觀沒回答，心裡其實明白，他又要說的什麼。

「要不要舉例？」

貞觀笑道：

「你要說就說啊！我是最佳聽眾！」

大信正色道：

「妳不覺得，它與李商隱的『深知身在情長在』相同？」

有若火炬照心，貞觀不僅心地光明，且還要呵呵長嘆起。

大信於她，該是同年同月同日生的指腹之誓：同性為姊妹，為兄弟，異性則是男女，夫妻——

「妳無同感嗎？」

「我是在想——算你是呢？還是算不是?!」

大信忍不住笑起：

「我知道！妳是說：前者格局大，甚至天與地，都包羅在內；而後者單指一『情』字，畢竟場面小……對不對？」

貞觀笑道：

「自古至今，情字都是大事，豈有小看它的？不是說——情之一字，維繫乾坤——算了，就算你是吧！」

——

回來時，二人抄著小路走，經過後寮裡的廟前，只見兩邊空地上，正搭著戲棚演對臺戲。

大信問道：

「這廟內供的誰啊？」

貞觀笑指著門前對聯，說是：

「你唸唸就知！」

兩人同舉首來望，只見那聯書著：

太乙賢徒，與師法而滅紂
子牙良將，遵帥令以扶周

「是哪吒?!」

大信先將手晃搖一下，做出拿混天綾的樣子，才又說：

「嗯——」

「知道是誰了？」

貞觀笑著點頭，又在人堆裡小望一下，這才說：

「阿公和舅舅，可能也來呢！你要看看嗎？還是想回去？」

「好啊！」

看他興致致的，貞觀自己亦跟著站定來看。

東邊戲棚上，正做到姜子牙說黃天化；只見子牙作道家打扮，指著黃天化說是：

——你昨日下山，今番易服！
我身居相位，不敢稍忘崑崙之德——

另外，西邊戲棚則做的情愛故事。

臺上站有一生一旦，小旦不知唱了一句什麼，大概定情之後，有什麼擔憂，那生便唸：

免驚梟雄相耽誤，我是男子無糊塗！

那旦往下又唱：

——熱愛情絲——

名聲、地位、

阮不愛執！

生便問伊：愛執什麼？

旦唱：

愛執——英雄——你一身。

貞觀人在大信身邊，站著，看著，心亦跟著曲調飄忽，她這是第一次，當著這麼眾人之前看他；在挨挨、擠擠的人群堆裡，唯有眼前這人於自己親近——她看著他專注的神態，思想方才小旦的唱詞，忽對天地、造化，起了徹骨徹心的感激！

11之1

銀城兒子做滿月的這日。

大清早，貞觀才要淘米煮飯，即見著她二妗進來：

「二妗，您這樣早？」

她二妗笑道：

「妳還煮呢?!眾人正等妳們過去——」一面說，一面就拿了她的洗米鍋子過一邊去。

「咦！油飯不是中午才有嗎？」

「妳不去，怎麼會有油飯？」

她二妗更是笑起來：「哦！妳還想時到日到，才去吃現成的啊？那怎麼可以？二妗正等妳過去幫忙燜油飯呢！」

貞觀說：

「幫忙是應該！可是我會做什麼呢？家裡有那麼多大廚師，灶下連我站的地方都沒有，我只好去吃油飯算了！」

「妳還當真啊！趕快去換衣服——」

她二妗一面推她出廚房，一面往她母親房裡走：「妳阿舅昨晚弄來什麼好吃的，吩咐今早煮了給大家吃；再慢就冷了！」

話未完，她母親和二姨已先後推門出來，姊妹雙雙笑道：

「豈止冷了，再慢可能就要刮鍋底！」

貞觀從進房更衣，到走到外公家門前，前後不過十分鐘，誰知她一入飯廳，裡面已經坐滿了人。

男桌上最顯目的，除了她大舅外，當然是大信。大舅是因為貞觀自小難得見著的關係，大信則為了他盤據貞觀心上。

當她坐定，同時抬起頭時，正遇著大信投射過來的注視，貞觀不禁心底暗笑，這人眼裡有話呢！不信等著看，不出多久，他準有什麼問題來難人——

飯後，貞觀幫著表嫂們洗碗，又揀了好大一盆香菜，延挨半日，看看廚下再無她可替手的了，這才想到離開，卻聽她三妗叫住她，同時遞上支菜刀，說道：

「阿嬤吩咐的，中午的湯要清淡一些才好，不然大熱天，油飯又是油漬漬；想要多吃一碗也不能，妳就去後園仔割菜瓜吧！這裡有袋子！」

貞觀接過用具，一面笑道：

「這麼大的袋子，到底要多少才夠？」

「妳管它——」

她三妗回身又去翻炒油飯，豆大的汗珠，自她的額上、鼻尖滴下：「反正大的就割，有多少，煮多少，妳大舅說他——足足三十年沒吃過菜瓜，連味都未曾聞過！」

貞觀拿了刀和袋子，才出廚房不遠，就見著大信的人。

「妳好像很忙；我問個問題，怎樣？」

「好啊，樂意回答！」

大信看一眼她手上的物件，問道：

「我來的第二天清晨，就聽見外邊街上，有一腔銷魂鎖骨的簫聲一路過去，以後差不多每早都要聽著，到底那是什麼？」

貞觀聽問，故意避開重點，笑著回說：

「哦，原來你起得這般早！」

大信也被她引笑了：

「每次都想到問妳，每次見面，卻又是說天說地過去；今晨我醒得奇早，準備跑出來一探究竟——」

這心路是貞觀曾經有過的，因此她再不能作局外觀了：

「結果呢？」

「我追出大街時，他已隱沒在深巷裡，而那簫音還是清揚如許，那時，真有何處相找尋的悵惘——」

「……」

「妳還是不說嗎？」

「是閹豬的！」

大概答案太出乎他的意料，以致大信有些存疑。

「我知道妳不會騙我，可是——」

「可是什麼？」

大信見她兩眼一轉，倒是好笑起來：

「我不是懷疑，我在想：怎麼就這樣好聽呢！」

貞觀笑道：

「我第一次聽這聲音，忘記幾歲了，反正是小時候，聽大人說是閹豬的，心裡怎樣都不能接受——」

話未完，大信已經朗聲笑起；貞觀看他笑不可抑的樣子，想想實在也好笑，到底撐不住自己笑了起來；大信又問：

「妳知道我為什麼要唸化學？」

貞觀轉一下眼珠，試猜道：

「因為——因為——」

大信笑道：

「我高中三年，化學都只拿的六十分，臨上大學時，發憤非把它弄個清楚不可——

就是這樣清純的理由，啊哈！」

他說完，特別轉頭看了貞觀一下，兩人又是心識著心的笑起來。

到了後菜園，只見籬笆內外有三、二小兒在那裡嘻笑、追逐；貞觀略看了一會，便找著菜瓜棚，開始切割藤蔓；藤絲轉繞，牽牽掛掛的瓜果和莖葉；貞觀選著肥大的，正待動手，卻聽大信在身後叫她：

「妳知道我現在怎樣想？」

貞觀連頭也沒回，只應一句：

「想到陶淵明了！」

「不對！」

「不會想到司馬光和文彥博吧？這兩人都做到宰相的！」

大信哈哈笑道：

「宰相也有他童稚的幼年啊！就算妳答對一半；我在想妳小時候什麼樣子。」

貞觀哼他一聲，繼續割瓜；背後大信又說：

「其實妳還是對的，我也想到了陶淵明：田園將蕪胡不歸？」

貞觀聽說，一時停了手中的事，熱切回顧道：

「他那些詩，你喜歡哪句？」

「『衣沾不足惜，但使願無違』——妳呢？」

「應該也是吧?!」

兩人正說得熱鬧，大信忽叫了起來：

「快呀！妳快過來看！」

貞觀心想：這人有這樣的忘情，大概是什麼人生難得見著的——她於是放下利刀，興趣十足的走近大信身旁，這一看：

原來是朵才從花正要結為果實，過程之中的小絲瓜；它的上半身已變做小黃瓜那般大小了，下半身卻還留著未褪的黃花瓣！

黃花開處結絲瓜，偏偏這個臺北人沒見過；貞觀忍不住笑他。

「咦，妳笑什麼？」

她連忙掩口：

「我笑我自己知道的！」

大信嘆道：

「瓜面花身——生命真是奇妙啊！」

貞觀其實是想到「身在情長在」的話；原來身在情在，身不在情還是在……花雖不見，這幼嫩小瓜，即是它來人世一趟的情——

大信笑說道：

「妳想什麼我知道！」

貞觀且不言，返身回原處，拾起刀把，將刀背敲二下，這才道是：

「你知道嚒?!那更好，我就不用說了！」

回來時，大信幫她提著袋子，直到離廚房三十步遠，才停住道：

「好了，我回伸手仔。」

貞觀謝了一聲，接過絲瓜袋，直提入灶下來；偶一回頭，看到那人竟是寸步未移；她於是調皮的擠了擠眼睛，才跨步進去。

廚房這邊，油飯正好離灶起鍋，貞觀交了差，找著一張小椅子坐下，身未坐定呢，她三妗早裝了小小一鍋油飯，捧到她面前。

「妳四妗的姪仔呢？」

「好像是在伸手仔！」

「阿妗手油，妳把它端給人客吃！」

貞觀接過小鍋，卻問道：

「不是得送給厝邊、四鄰嗎？」

「唉，顧前難顧後啊！上班的還未回到家，前廳又有人客；是你阿嫂娘家的人送禮來，沒辦法，妳還是先去伸手仔吧！」

貞觀站起來，一面找碗筷，一面說：

「等我回來再去送好了！」

她出了廚房，彎彎、折折，才到伸手仔門前，大信已經蹦跳跳出來。

「咦！你鼻子這樣靈？」

「鼻子也靈，油飯也香！」

貞觀這次是謹諾有禮的，將它直端進房內桌上，又安好碗、筷，隨即反身向外走，嘴上說道：

「請慢吃，我走了！」

「小等！小等！」

大信連聲叫住她：「不行啊！這麼多，我又不是食客，怎樣，妳要不要幫我吃一半？」

貞觀笑道：

「歉難從命；我還得左右鄰居，一一分送！」

「我也去——如何？」

大信說這話時，純粹為了好玩，等看到貞觀面部的表情，這才恍然大悟起來：這些時，她能夠海邊、大街，四處陪他走著的，原來只為的他是客；此間淳樸的民風，唯獨人客至高無上！然而今天，他若幫上手，則無疑易了客位，等於貞觀向父老、眾人明過路來：這人是我私友——她和他也許會有這樣的一天，但絕對不在這個時候。……

兩人心裡同時都明白到這點，所以當貞觀尚開不得口時，大信馬上又說：

「妳去送好了，我站在這邊大門口，一樣看得見的。」

貞觀那心裡，有些疼惜，又有些感動，她微低著頭，胡亂點一下，即跨步走出，再也不敢多看大信一眼；她相信在那個時候，只要這麼一瞥，她的情意即會像飛湍、瀑布，一瀉至底。

廚房裡，一盤盤的油飯早分好等著她送，貞觀一一接過，按著屋前、厝後，逐戶送來。

大信見她每次端著盤子回來，上頭竟都盛有半盤面的白米，感覺奇怪：

「妳這是哪裡來的！」

「是——你不先猜猜看嗎？」

「嗯，難道——真是人家回送的？」

貞觀笑道：

「極對!!這正是他們的回禮；中國人是有來有往，絕對沒有空盤子，由你端回來的。就說這一盤，我拿去時，前屋只有小孩子在，他們不知有此舊俗，只會收了油飯，道謝，我亦轉身出來，誰知小孩的母親在後院晾衣衫，大概聽見他們去報，居然趕量了一合米，追出大門口來倒給我——」

話才說完，只見大信合掌道：

「小小的行事，照樣看出來我們是有禮、知禮的民族！禮無分鉅細、大小，是民間、市井，識字、不識都知曉怎樣叫做禮！」

貞觀動心道：

「你這一說，我更是要想起：小時候和銀蟾兩人沿著大街去送油飯的情形。」

「有沒有送錯的？」

「才沒有！」

「那——」

他尚未說完全，眼底和嘴角已盡是笑意；貞觀見此，知道這人又要說笑話了；果然往下即聽他說：「如果接油飯的也是小孩，不知禮俗，妳們有無催人家：快去量些白米來倒上——」

話未完，貞觀已找來了橡皮筋，彈打了他手臂一下，一面又說：

「我在想：這禮俗是怎樣起的，又如何能沿襲到今天，可見它符合了人情！鄰居本在六親之外，然而前輩、先人，他們世居街巷，對閭里中人，自有另一種情親，於是在家有喜慶時候，忍不住就要分享與人；而受者在替人歡喜之餘，所回送的一點米糧，除了中國人的『禮尚往來』之外，更兼有添加盛事與祝賀之忱！」

「妳再說——我英國不去了！」

兩人原在廳上一對一答，大信卻突然冒出這麼一句話來。

貞觀知道：他老早申請到了倫敦大學的獎學金，是等兩年的預官服畢，即要動身前往——

靜默的時刻，兩人更是不自在起來；貞觀想了一想，還是強笑道：

「這也不怎樣啊！反正知道了自己的好，也要知得別人的——還是可以出去看看，只要不忘懷，做中國人的特異是什麼，則三山、五海，何處不能去？」

她嘴裡雖這麼說著，然而真正哽在她心中的，卻也是這一樁：

兩年之後，他將去國離家，往後的路還長，誰也無法預料；難料的讓它難料，大信的人她還是信得過，然而世事常在信得過之外，另有情委……她大舅不就是個例子?!

就為的這一項，所以至今，她遲遲未和大信明顯的好起來；她是不要誓言，不要盟約的，她要的只是心契；如果她好，則不論多久，大信只要想著她的人，再隔多遠的路，他都會趕回來——

回來的才是她的，她的她才要；可是有時貞觀又會想：

也許男子並不是這麼想法，這些或許只是年輕女子的矯情與負氣；而女心與男心，畢竟不盡相同……

管他呢！貞觀其實最了解她自己：她並不是個真會愁事情的人，再大的事，她常常是前兩天心堵、發悶，可是到了第三天，就會將它拋上九霄雲外——

大信一時也說不出什麼適當話，只道：

「不管這些了！反正還有二年……」

「……」

「——到時我做個答案，看風將答案吹向哪邊！」

「好啊——隨緣且喜！」

「所以妳要到伸手仔，幫我吃油飯；還有一大鍋呢！」

貞觀走了兩步，又停住道：

「咦！午飯時間都到了，哪有自己躲到一邊吃的理？」

「那——怎麼辦？」

看他的神情，貞觀又是愛笑：

「我把它端回廚房焙一下，你要繳公庫，或者納為私菜都行！」

「也好！」

回到伸手仔，貞觀才端了鍋子要走，大信卻說：

「急什麼，坐一下再去！」

說著，一面拿椅子，一面轉身去倒茶；貞觀不免笑他：

「你別忙了；我快分不清誰人是客？」

話才說完，大信已將茶水倒來，置於桌前；二人對坐無語，一時也不知說什麼好。

桌上有個方型小鐘，乳白的外殼，上下有金色銅柱；她四妗也不知從哪裡翻出來給大信用的；貞觀伸手把玩，誰知沒兩下，就把它背面一個轉子弄掉到地上——轉子直滾至大信那一邊，貞觀才站起，大信卻已經彎身撿了回來；他一面扭鐘的螺絲，一面問她：

「妳看過元好問的〈摸魚兒〉吧？」

貞觀坐回位子，略停才說：

「他的名字好像很嚕囌，可是詞的名字又是活跳，新鮮——」

「妳知道他怎樣寫下〈摸魚兒〉的？」

貞觀搖搖頭；大信乃笑道：

「元好問赴試并州，路上碰著一個捕雁的人，捕雁的人說他才捕了一隻雄雁，殺了之後，怎知脫網飛走的雌雁，一直繞在附近悲鳴，只是不離開，最後竟然自投到地上而死……元於是向捕雁的人買下牠們，合葬於汾水之上——」

話才完，貞觀已大呼冤枉道：

「人家書上只說有兩雁，並無加註雌雄之別，怎麼你比捕雁的還清楚！」

大信大笑道：

「誰叫妳裝不知；我不這麼說，妳會招嗎？」

貞觀為之語塞；大信於是自書頁裡找出一方摺紙，一面說：

「我把它的前半首寫下，妳就拿回家再看吧！可不行在路上偷拆！」

貞觀笑道：

「這是誰規定？我偏要現在看！」

大信撫掌大笑：

「正合吾心！可是，妳真會在這裡看嗎？」

「……」

貞觀不言語，搶過他手中的紙，一溜煙飛出伸手仔；她一直到躲進外婆內房，見四下無人，這才閂了門，拆開那紙。

摸魚兒　半闕

問人間，情是何物，
直教人生死相許？
天南地北雙飛客，
老翅幾回寒暑，
歡樂趣，離別苦；
之中更有痴兒女，
君應有語，
渺萬里層雲，
千山暮景，
隻影為誰去？

11之2

晚飯後。

貞觀跟著阿嬤回內房，老人方才坐定，貞觀即悄聲問道：

「阿嬤，以前的事情，妳都還記得嚒?!」

「是啊——」

「那妳記得我小時候，生做怎樣？」

「我想想——」

老人一面接過銀山嫂遞給的濕面巾擦臉，一面說：

「妳的臉極圓——目睛金閃閃——」

「不是啦……」

貞觀附在她耳邊道：「我是說：好看抑是歹看？」

老人呵呵笑道：

「戇孫妳——爹娘生成、生就的，豈有歹看的？每個兒女都是花！」

「阿嬤——」

貞觀伸手給伊拔頭釵，一面撒嬌道：「妳就說來聽，好嚒?!」

「好！好！我講——」

老人瞇瞇笑道：「妳倒不是真漂亮，可是，就是得人緣！」

「？……」

「以前的人說：會生的生緣。所以聰明女子是生緣不生貌。」

「為什麼這樣講呢？」

「阿姑——」

銀山嫂一旁替老人應道：「上輩的人常說：生緣免生水，生水無緣上曲虧——妳沒聽過嗎？」

「……」

她表嫂說完，已捧了盆水去換；貞觀坐在床沿，猶自想著剛才的話意。

古人怎麼這般智慧？這話如何又這般耐尋；原來哪——生成絕色，若是未得投緣，那真是世間最委屈的了。……

真是想不完的意思；前人的言語無心，他們並未先想著要把這句話留下來，但是為什麼它就流傳到今天呢？是因為代代復代代，都摻有對它的印證！

「貞觀——」

她阿嬤理好頭鬃，一面又說：「時間若到，妳記得開收音機！」

「咦——」貞觀想起道：「阿嬤妳又忘記?!〈七世夫妻〉才剛唱完！」

「沒忘記！沒忘記!!是新換的〈鄭元和與李亞仙〉！」

她阿嬤已是七十的年紀，可是伊說這話時，那眉眼橫飛的興奮莫名，就像個要趕到廟口看戲的十三歲小女子。

「妳還要聽歌仔戲？人家大舅都給妳買彩色電視了。」

「他就是有錢無地用！買那項做什麼？我也不愛看，橫直是鴨子聽雷！」

說到大舅，貞觀倒是想起一事未了，她拉拉外婆的白雲對襟衫，又看看無人到來，這才貼近老人耳旁，小聲言道：

「阿嬤，妳勸大妗跟大舅去臺北啊！夫妻總是夫妻，以前是不得已，現在又一人分一地，算什麼呢？人家琉璃子阿妗——」

她阿嬤道：

「妳以為我沒勸伊啊？阿嬤連嘴舌都講破了，我說：國豐在臺北有一堆事業，妳們母子、婆媳就跟著去適當，省得他兩邊跑，琉璃子也是肚腸駛得牛車，極好做堆的人，凡事都有個商量呀！」

「大妗怎麼說？」

「伊說千說萬，不去就是不去，我也是說不得伊回轉！」

「——」

貞觀不再言語；她是認真要想著她大妗時，就會覺得一切都難說起來。

她外婆小想又道：

「沒關係，反正我來慢慢說伊，倒是妳和銀蟾——」

話未完，銀蟾已經洗了身進來，她湊近前來，拉了老人的手，搖晃問道：

「阿嬤，妳說我怎樣了？」

「說妳是大房的嬸婆——什麼都要管！」

銀蟾聽貞觀如此說她，倒是笑道：

「妳是指剛才的事啊？」

貞觀笑道：

「不然還有哪件？」

剛才是銀城回房時，摸了兒子的尿布是濕的，就說了他妻子兩句，誰知銀城嫂是不久前才換的尿布——伊半句未辯駁，忙著又去換，倒是銀蟾知得詳細，就找著銀城，說了他一頓——

銀蟾笑道：

「不說怎麼行？不說我晚上做夢也會找著銀城去說的！」

她一面說，一面蹲了身子去點蚊香，又想起叫貞觀道：

「幾百天沒見到妳了，晚上在這邊睡好了，我去跟三姑說！」

「妳怎樣說？」

銀蟾瞪起大眼睛道：

「當然說阿嬤留妳！」

大信是明日一早即走的，貞觀本來就有意今晚留此，可以和他多說兩句話——

銀蟾一走，她外婆又說：

「阿貞觀，妳和銀蟾今年都二十二、三了，現在的人嫁娶晚，照阿嬤看，不如趁現在幾年，到外面看看世界，我跟妳大舅說過了，叫他在臺北的公司，給妳們姊妹留兩個缺——」

貞觀停了一下，才問：

「銀桂不去嗎？」

「伊是一到年底，對方就要來娶人了，銀蟬人還小，等她知要緊一些，再去未慢！」

臺北在貞觀來說，是個神祕異鄉；它是大信自小至大，成長的所在；臺北應是好地方，因為它成就了似大信這般恢宏大度的人——

何況，小鎮再住下去，媒人遲早要上門來，銀月、銀桂，即是一例。

「阿嬤，大舅有無說什麼時候要去？」

「妳看呢？」

貞觀想了一想：

「等過了中秋吧！」

祖、孫正說著，忽聽門口有人叫道：

「阿嬤有在嗎？」

貞觀聞聲，探頭來看，果然是大信！
「阿嬤在啊！請進來！」
她外婆也說：
「是大信啊！快入內坐！」
大信一直走到床前才止，貞觀人早已下來，一面給他搬椅子。
大信坐下說道：
「阿嬤，我是來與您相辭的，我明日就得走了！」
她外婆笑瞇瞇道：
「這麼快啊？不行多住幾日嗎？等過了中秋也好啊！」
老人家是誠意留客，大信反而被難住了，貞觀見他看著自己，只得替他說道：
「阿嬤，他是和阿仲一樣，得照著規定的時間去報到；慢了就不行！」
「哦！這樣啊——」
老人聽明白之後，又說：「那——你什麼時候再來呢？」
大信看了她一眼，說道：
「若有放假，就來！」
「這樣才好——」
她外婆說著，湊近大信的臉看了一下：「咦！你說話有鼻音，鼻孔塞住了？」
「沒關係，很快就會好！」

「這怎麼行？一定你睡時不關窗，伸手仔的風大，這個瑞孜也不會去看看——」老人說到這裡，叫了貞觀道：「妳去灶下給大信哥煮一碗麵線煮番椒，煮得辣辣的，吃了就會好！」

貞觀領令應聲，臨走不免看了他一眼，心想：這樣一個古老偏方，也不知這個化學家信呢不信？

這下她看了正著；原來大信生有一對牛眼睛，極其溫柔、敦厚——

貞觀看輸人家，很快就走出內房，來到廚間；灶下的一瓢、一鍋、一刀、一鏟，她此時看來，才明白阿妗、表嫂；甚至多少舊時的女人，她們可以每餐，每頓，一月，十年，終而一生的為一人一家，煮就三餐飯食，心中原來是怎樣思想！

辣椒五顆太多，三顆嫌少，添添減減，等端回到房門口，才想起也沒先嘗一嘗——

貞觀在忙中喝了一口，哇！天！這麼辣！

一進門，大信便上前來接捧，因為是長輩叫吃的，也就沒有其他的客套說詞；貞觀立一旁，看他三、兩下，把個大碗吃了個罄空一盡，竟連半點辣椒子皮都不剩存。

「哇！這麼好吃！」

他這一說，貞觀和她外婆都笑了起來；這樣三個人又多說了一會兒話，才由貞觀送他出房門。一出房門，二人立時站住了，大信先問：

「我明天坐六點的車，妳幾點起來？」

貞觀笑道：

「我要睡到七點半——」

大信想想才說：

「好吧！由妳——」

「……」

「其實——」

大信想想，大概詞未盡意，於是又說：「我也怕妳送我——」

「……」

他說這話時，貞觀咬著唇，開始覺得心酸；停了一會，這人又說：

「妳哪時上臺北？」

「還不一定呢——」

「希望妳會喜歡臺北——」

「——嗯！」

「那——我走了！」

「……好——」

「再——見——」

「……好——再——見！」

他說話時，腳一直沒移動，貞觀只得抬頭來看他，這下，二人的眼睛遇了個正著：

「好吧！妳回房間內！阿嬤還在等妳——」

「嗯……你自己保重！」

大信點一下頭，又看了貞觀一眼，隨即開步就走；那日，正是處暑交白露，黯黯上弦月，掛在五間房的屋簷頂上。

貞觀站在那裡，極目望著不遠處的伸手仔，忽地想起李賀的詩來。

衰蘭送客咸陽道，
天若有情天亦老。

11之3

四點正，貞觀即醒了過來。

她本想閉眼再睡的，怎知雙目就是闔不起，整個晚上，她一點醒，二點醒的，根本也無睡好！

早班車是六點準時開；大信也許五點半就得出發，這裡到車站，要走十來分。

早餐自然有銀城嫂煮了招呼他吃……不然也有她四妗！伊甚至會陪他到車站。

大信即使真不要自己姑母送他，貞觀亦不可能在大清早，四、五點時候，送一個男客去坐車！在鎮上的人看來，她和他，根本是無有大關係的兩個人——

那麼，她的違反常例，起了個特早，就只為了靜觀他走離這個家嗎？

那樣，眾人會是如何想像他們？

所有不能相送的緣由，貞觀一項項全都老早想到了，她甚至打算：

不如——狠狠睡到六、七點，只要不見著，也就算了！

事情卻又不盡如此，也不知怎樣的力量，驅使她這下三頭兩頭醒……

人的魂魄，有時是會比心智、毅力，更知得舍身的意願！

——都已經五點十五了！大信也許正在吃早餐，也許跟她四姈說話！也許……

也罷！也罷！

到得此時，還不如悄作別離；是再見倒反突兀，難堪！

漢詩有「參辰皆已沒，去去從此辭」的句子；貞觀可以想見：

此時——天際的繁星盡失，屋外的世界，已是黎明景象；街道上，有趕著來去的通車學生，有抓魚回來的魚販仔，有吹著長簫的閹豬人，和看好夜更，亟欲回家的巡守者……

而大信，該已提起行李，背包，走出前廳，走經天井，走向大門外。

他——

貞觀忽然仆身向下，將臉埋於枕頭之中，她此時了悟：

人世的折磨，原來是——易捨處捨，難捨處，亦得捨！

她在極度的淒婉裡，小睡過去，等睜眼再起時，四周已是紛沓沓。

銀山、銀川的妻子，正執巾，捧盆，立著伺候老人洗面。事畢，兩妯娌端著盆水，前後出去，卻見銀城妻子緊跟著入來；貞觀看她手中拿的小瓷碗，心下知道：是來擠奶與阿嬤吃！

貞觀傍著她坐下，親熱說道：

「阿嫂，阿展尚未離手腳，妳有時走不開，可以先擠好，叫人端來呀！」

銀城的妻子聽說，即靠過身來，在貞觀耳旁小聲說是：

「阿姑，妳不知！擠出來未喝，一下就冷了，老人胃腸弱，吃了壞肚腹啊！」

她一面說，一面微側著身去解衣服，貞觀看到這裡，不好再看，只得移了視線，來看梳妝臺前的外婆；老人正對鏡而坐，伊那髮分三綹，舊式的梳頭方法，已經鮮有傳人，少有人會；以致轉身再來的銀山嫂，只能站立一旁聽吩咐而已。

貞觀看她手上，除了玉簪、珠釵，還有兩蕊新摘的紫紅圓仔花：

「阿嫂，怎麼不摘玉蘭？」

銀山妻子聽見，回頭與她笑道：

「玉蘭過高，等妳返身拿梯子去給阿嬤摘！」

等她阿嬤梳好頭，洗過手，貞觀即近前去攙伊來床沿坐，這一來，正見著銀城妻子掏奶擠乳，她手中的奶汁只有小半碗，因此不得不換過另半邊的來擠。

貞觀看她的右手擠著奶房，暈頭處即噴灑出小小的乳色水柱……奶白的汁液，一瀉如注；貞觀不禁要想起自己做嬰兒的樣子——

她當然想不起那般遙遠的年月，於是她對自己的母親，更添加一股無可言說的愛來。

擠過奶，兩個表嫂先後告退，貞觀則靜坐在旁，看著老人喝奶；她外婆喝了大半，留著一些遞與貞觀道：

「這些給妳！」

貞觀接過碗來，看了一眼，說道：

「很濁呢！阿嬤——」

她外婆笑道：

「所以阿展身體好啊！妳還不知是寶——」

貞觀聽說，仰頭將奶悉數喝下；她外婆問道：

「妳感覺怎樣？」

貞觀撫撫心口，只覺胸中有一股暖流。

「我不會說，我先去洗碗——」

當她再回轉房內，看見老人家又坐到小鏡臺前，這次是在抹粉，伊拿著一種新竹出產的香粉，將它整塊在臉上輕輕緣過，再以手心撲拭得極其均勻。

貞觀靜立身後，看著，看著，看著，就想起大信的一句話來：

「從前我對女孩子化妝，不以為然；然而，我在看了祖母的人後，才明白：女子妝飾，原來是她對人世有禮——」

她外婆早在鏡裡見著她，於是轉頭笑道：

「妳在想什麼，這樣沒神魂？」

貞觀一心虛，手自背後攀著她外婆，身卻歪到面前去糾纏。她皺著鼻子，調皮說道：

「我在想——要去叫阿公來看啊！呵呵呵！」

祖、孫兩個正笑著，因看見銀山的妻子又進來！她手中拿的香花，近前來給老人簪上；貞觀於是笑道：

「哇！心肝大小瓣，怎麼我沒有？」

銀山嫂笑道：

「心肝本來就大小瓣啊——還說呢，這不是要給妳的?!」

她一面說，一面拉了貞觀至一旁的床沿來坐；貞觀頭先被牽著手時，還有些奇怪，等坐身下來，才知她表嫂是有話與她說；伊湊著頭，趁著給貞觀衣襟上別花時，才低聲說道：

「以為妳會去摘玉蘭呢！一直等妳不來——」

貞觀當然訝異，問道：

「什麼事了？」

銀山嫂雙目略略紅起，說道：

「小巒伊阿嬤這兩日一直收拾衣物，我們只覺得奇怪，也不敢很問，到昨晚給我遇著，才叫住我，說是伊要上山頂廟寺長住——」

「為什麼？」

貞觀這一聲問得又急又促，以致她表嫂哽著咽喉，更有些說不出聲：

「伊只說要上碧雲寺還願——叫我們對老人盡孝，要聽二伯，眾人的話——」

「這是為什麼？」

「我也不知曉！昨晚就苦不得早與妳說呢，妳一直沒出房門；這邊又有人客。」

「……」

「阿姑，我只與妳一人講，別人還不知呢！妳偷偷與阿嬤說了，叫伊來問，阿嬤一加阻止，伊也就不敢去！」

不論旁人怎樣想，貞觀自信了解她大妗，前日大舅和琉璃子阿妗要走時，伊還親自與他二人煮米粉湯——

銀山嫂一走，貞觀猶等了片刻，才與她外婆言是：

「阿嬤，妳叫大妗來，問伊事情！」

「怎樣的事情？」

「阿嫂說：大妗要去廟寺住——詳細我亦不知！」

她阿嬤聽說，一疊連聲叫喚道：

「素雲啊！素雲——」

她大妗幾乎是隨聲而到；貞觀聽她外婆出口問道：

「妳有什麼事情，不與我說了！我知道妳也是嫌我老！」

話未說完，她大妗早咚的一聲，跪了下去；貞觀坐在一旁，渾身不是處，只有站起來拉她。

她大妗跪得這樣沉，貞觀拉她不動，只得搬請救兵：

「阿嬤，妳叫大妗起來——」

眼前的婆媳兩個，各自在激動流淚。貞觀心想：阿嬤其實最疼這個大媳婦，然而，上年紀的人有時反而變成了赤子，就像現在：她外婆竟然是在跟她大妗撒嬌——

「阿娘，媳婦怎會有那樣的心呢？」

「若不是——」

她外婆停停，又說：「妳怎麼欲丟我不顧了！」

「阿娘——」

「有什麼苦情，妳不能說的？」

「我若說了，阿娘要成全我！」

「妳先說啊，妳先說!!」

她大妗拭淚道：

「光復後，同去的人或者回來了，或者有消息，只有國豐他一直無下落；這麼些年來，我日日焚香，立願祈求天地、神明庇佑，國豐若也無事返來……媳婦願上淨地，長齋禮佛，了此一身——」

連貞觀都已經在流淚，她阿嬤更是淚下涔涔；她大妗一面給老人拭淚，一面說道：

「——如今他的人回來了，我當然要去，我自己立的願，如何欺的天地、神佛——只是，老人面前，不得盡孝了，阿娘要原諒啊！」

她阿嬤這一聽說，更是哭了起來，她拍著伊的手，嘴裡一直說：

「啊！妳這樣戇！妳這樣戇!!」

房內早擁進來一堆人，她二妗、三妗、四妗、五妗……眾人苦苦相勸一會，她阿嬤才好了一些，卻又想起說道：

「不管怎樣，妳反正不能去；妳若要去，除非我老的伸了腿去了；如今，我是寧可不要他這個兒子，不能沒有媳婦，妳是和我艱苦有份的——」

「……」

貞觀早走出房門來，她一直到廚前外院，才扭開水龍頭，讓大把的水沖去眼淚；人世浮蕩，唯見眼前的人情多——

貞觀仆身水池上，才轉念想著大妗，那眼淚竟又是潸潸來下——

12之1

十二的月色已經很美了，十三、十四的月色開始撩人眼，到得十五時，貞觀是再不敢抬頭來看！

大信去了十餘日，貞觀這邊，一日等過一日，未曾接獲他半個字——這樣忙嗎？還是出了事？或者——不會生病吧！他的身體那樣好——到底怎樣呢？叫人一顆心要掛到天上去！

真掛到天上去，變成無心人，倒也好，偏偏它是上下起落無著處，人只有跟著砥礪與煎熬。

近黃昏時，眾人吃過飯，即忙亂著要去海邊賞月；上歲數或是年紀大些的，興致再不比從前，只說在自家庭院坐坐，也是一樣。

年輕一些的夫婦，包括她五妗和表兄嫂們，差不多都去，貞觀原想在家的，誰知拗不過一個銀蟾，到底給她拖著去。

若是貞觀沒去，也許她永遠都不能懂得，也許還要再活好久，她才能明白：心境於外界事物的影響，原來有多大！

再美的景致，如果身邊少了可以鳴應共賞的人，那麼風景自是風景，水自水，月自月，百般一切都只是互不相干了！

與大信一處時，甚至在未熟識他的人之前，這周圍、四界，都曾經那樣盎然有深意；大信一走，她居然找不著舊有的世界了；是天與地都跟著那人移位——

看月回來，貞觀著實不快樂了幾天；到得十八這日，信倒是來了。

貞觀原先還故作鎮定的尋了剪刀，然而不知她心急呢，還是剪刀鈍，鉸了半晌，竟弄不開封緘，這下丟了剪刀，乾脆用手來；她是連撕信的手都有些抖呢。

貞觀：

一切甫就緒，大致都很好！

讀了十六年書，總算也等到今天——報國有日矣！

祖母的古方真靈呀！我那天起床，鼻子就好了；最叫我驚奇的，還是知道妳會做這樣鮮味的湯水！（以後可以開餐館了！）

給妳介紹一下此間的地理環境：

澎湖也真怪，都說他冬天可怕，彷彿露出個頭，就會被颳跑似的；那種風，大概連什麼大詩人都顧不了靈感，還得先要隨便抓牢著什麼，以免真的「乘風歸去」。

可能一切的乖戾，都擠到冬天發洩去了，平時澎湖三島，倒是非常溫順、平和，除了鳥啾和濤聲有點喧譁外，四周可是很謐靜的，可惜地勢平緩，留不住雨露，造就不了黑山、白水、飛瀑、凝泉那般氣勢；國畫中常以一泓清沁，勾出無限生趣，澎湖就少這麼一味！

剛來時，看到由咕咾石交錯搭成，用來劃界的矮牆，很感興趣；矮牆擋不住視界，卻給平坦的田野增添了無盡意思！

平時天氣很好，電視氣象常亂預測澎湖地區，陰陰雨雨，笑死人呢！

……

貞觀原先還能以手掩口，看到後來，到底也撐不住的笑出來；只這一笑，幾天來的陰影，也跟著消散無存。

從前她看《牡丹亭》，不能盡知杜麗娘那種──生為情生，死為情死的折轉彎曲；她若不是今日，亦無法解得顧況所述「世間只有情難說」的境地。

情愛真有這樣炫人眼目的光華嗎？這樣起死回生的作用；幾分鐘前，她還在冰庫內結凍，而大信的一封信，就可以推她回到最溫煦的春陽裡。

信貞觀連看了幾遍，心中仍是未盡，正在沉醉、顛倒，銀禧忽闖到面前來。他這兩日，面部正中長一個大毒瘡，不能碰不能摸，鬧得她四妗沒了主意，五路去求診，西醫不外打針，中醫無非敷藥草，怎知疔瘡愈是長大不褪。貞觀看他紅腫的額面，不禁說他：

「你還亂闖，疔仔愈會大了，還不安靜一些坐著，看給四妗見到罵你！」

銀禧這才停住腳，煞有其事說道：

「才不會！媽媽和阿嬤在菜園仔。」

「菜園仔？」

「是啊——」

銀禧一面說，一面在原地做出跳躍的身勢：「她們在捉蟾蜍！」

「蟾蜍——」

她看著眼前銀禧的疔仔，忽然想明白是怎麼一件事：蟾蜍是五毒之一，她阿嬤一定想起了治療毒疔的古方來。

「走！銀禧，我們也去！」

她帶他去，是想押患者就醫；銀禧不知情，以為是看熱鬧、好玩，當然拉了貞觀的手不放。

貞觀一路帶著小表弟，一路心上卻想：

銀禧稱大信的母親妗，稱自己母親姑，兩邊都是中表親，他與大信是表弟兄，與自己是表姊弟，等量代換之，則大信於她，竟不止至友、知心，還是親人，兄弟……

菜園裡，她四妗正彎身搜找所需，她外婆則一旁守著身邊一隻茶色甕罐，罐口還加蓋了紅瓦片。

「阿嬤，捉到幾隻了？」

她外婆見是她，臉上綻笑道：

「才兩隻，妳也湊著找看看！」

「兩隻還不夠嗎？」

「妳沒看他那粒疔仔；都有茶杯口那麼大！」

貞觀哦了一聲，也彎下身子來找。未幾，就給她發現土叢邊有隻極醜東西，正定著兩眼看她；牠全身老皺、醜怪，又沾了土泥，乍看只像一團泥丸，若不是後來見牠會跳，差些就給牠瞞騙過去。

「哇！這兒有一隻！」

她阿嬤與四妗聽著，齊聲問道：

「青蛙與蟾蜍，妳會分別嚒？」

貞觀尚未答，因她正伸手撲物，等撲著了，才聽得銀禧叫道：

「阿姊，蟾蜍比青蛙難看！」

貞觀捉了牠，近前來給阿嬤驗證，一面笑說道：

「我知曉！青蛙白肚仔，這隻是花肚仔！」

她四妗亦走近來看，二人果然都說是蟾蜍無錯；她外婆於是舉刀在牠肚皮上一劃，瞬時，蟾蜍的內臟都顯現了，見著了。

心、肺、膽、肝；她阿嬤在一堆血肉裡，翻找出牠的兩葉肝來，並以利刀割下其中一葉，同時快速交予她四妗貼在銀禧的瘡疔上——

貞觀這下是兩不暇顧，又要看疔仔的變化，又要知道那少了半個肝的奇妙生物；她四妗因為把手按著貼的肝，以致貞觀根本看不清銀禧的顏面，她只得轉頭來看另一邊的狀況：

她外婆自髮髻上拔下針線時，貞觀還想：伊欲做什麼呢？不可能是要縫牠的肚皮吧?!那蟾蜍還能活嗎？當她往下再看時，真個是目瞪口呆起來。她那高齡的外家祖母，忽地成了外科醫生，正一線一針，將那染血的肚皮縫合起來。

「阿嬤——」

貞觀驚叫道：「妳縫牠有用嗎？蟾蜍反正——」

「不知道不要亂說——蟾蜍是土地公飼養的，我們只跟牠借一片肝葉療毒，還得放牠回去！」

「牠還能再生嗎？我是說牠的肝會再長出來？而且能繼續活下去嗎？」

她外婆正縫到最後一針來，貞觀看伊還極其慎重的將線打了結，然後置於地上：

「妳看，牠很清醒呢！等一會妳把牠們全放到陰涼所在，自然還會再活！」

說著，因見銀禧亂動，又阻止道：

「你看你！不行用手摸！」

貞觀這才注意到那肝竟自貼著疔仔……

「阿嬤，誰教妳這些？」

老人家笑道：

「人的經驗世代流傳啊——」

「阿嬤，要做記號嚒？或是綁一條線？」

「只有牠們都好好活跳著，銀禧的疔仔才能完全好起來！妳只要看銀禧一好就知！」

啊啊！

世上真有這樣的事嗎？兩者之間，從敵對變成攸息相關了?!

她捧起蟾蜍，認真的找著陰涼處，才輕放牠們下來，想到銀禧好時，牠們也已是生動、活跳——就只想立時回到伸手仔，去給大信寫信！

貞觀還是在攙了外婆回房後，才再折回伸手仔，她握著筆管，直就寫下：

大信：

男兒以身許國，小女子敬佩莫名！

《列女傳》裡說的：女子要精五飯，冪酒漿……區區一碗麵線，豈有煮不好的理？你大概不知情吧！我十歲起，即幫我母親煮飯，有一次，因為不知米粒熟了也未，弄了一勺起來看，竟將熱湯傾倒在身上……

銀禧顏面上長疔，祖母以古法給他療毒，是取下蟾蜍的肝來貼瘡口，再過幾日，該可以完全好起！（蟾蜍還是我幫四妗抓的！）

你一定還關心那被割走肝葉的蟾蜍們！祖母卻說牠們仍會再生；你相信嗎？

我是相信的！人類身為高等動物，然而我們有一些生命力，是不及這些低等生物的。小時候我抓螃蟹時，明明抓到手，而牠為了擺脫困境，竟可以自動斷足而逃；小學時期，我還看過校工鋤土時，鏟刀弄斷了土中的一尾蚯蚓，將牠割做兩小段，而那兩小段，竟還是蠕動不已，復鑽入土中，又去再生、繁衍……

諸形相較，人類真成了天地間最脆弱、易傷的個體了。

祝

好

貞觀

12之2

貞觀：

中秋快樂！

這兒的老百姓真厚禮，送來了兩打啤酒，夠大家腰圍加粗幾寸了；來而不往非禮也，昨天也上街笨手笨腳的買節禮，感想是：真有學問！

晚來與眾兄弟共饗之，食前方丈，吃得胃袋沉重兮兮的！

月色真好，可惜離家幾多遠，空有好月照窗前；妳那邊怎樣過的？

祝

愉悅！

大信

貞觀：

來信收到，甚歡喜。

我上過生物課，知得蟾蜍的肝葉確可再生；真如妳所說的，在諸些大苦難裡，惟有人最是孱弱如斯，最是無形逃於天地；然而，做人仍是最好的，佛家說：人身難得，只這難得二字，已勝卻凡間無數。

不能想像：妳膽敢捉蟾蜍的樣子，妳們女生不是都很怕蛇啦！青蛙、老鼠一類的？我們家最小的么妹，十三歲，是姊妹中最兇的，有一次她洗身時，在浴室內尖叫，我們都跑過去問究竟，她在裡面半天說不出話，後來才弄清楚，是隻小老鼠在吃水，我們說：「妳開門我們幫妳捉。」她說她不敢動，那我只好說要爬進去，誰知她大叫道：大哥！不行啊！我沒有穿衣服——。

這兩天的風雨，有些不按常理出牌，可憐它昨天才種了一窗子花，禁不起一夕猖狂，今晨紅紅、綠綠，全傾倒在迷濛濛裡；原指望它們能夠長大、茂盛，光耀我們那小門楣的！

現在是五更天，窗外是海，大海裡有一張鼓，風浪大時，鼓也跟著起鬨，每晚就在窗口震耳欲聾，彷彿就要湧進來似的，誰謂聽濤？耳朵早已不管用了。

海裡喧譁時，心裡的一張鼓也跟著嗚應；不是隨即入睡，就是睡不著。

明天再寫，明天再寫！

貞觀：這兩天甘薯收成，並且ㄔㄨㄚˋ成甘薯籤，有一家阿嬸和我們關係密切，我們供給她場地、水電，整條路鋪得雪白、雪白的，飄香十里。

妳身邊再有什麼好書，寄來我看，如何？

大信

兩封信是一起到的，貞觀從黃昏時接到信，一直到入夜時分，自己回房關上門，猶是觀看不足。第二天，她給他寄了書去，且在郵局小窗口，簡單寫了一紙：

大信：

書給你寄去，但是先說好，看過之後，要交心得報告！

那個晒甘薯籤的阿嬸，一定有個女兒……對不對？

與你說個傳奇故事，卻是極真實的；有個小學同學的阿嫂，原是澎湖三六九飯店的女兒，她做小姐時，因自二樓往下潑水，正好同學的大哥橫街而過，淋了個正著，他待要大罵，抬頭見是女子，隨即收口；小姐亦趕下樓道歉，二人遂有今日。……你要不要也去試試。(到附近走走?!)

祝

好運！

貞觀

第六天，大信才有回音來到：

貞觀：

書冊收到，謝謝。

會的，會有心得報告的！但是要怎樣的報告呢？但識琴中趣，何勞弦上聲。——懶者在清風過耳之際，品茗，閱卷，一下給他這麼個嚴肅任務，緊張在所難免，太殘忍了！

最近花生收成，整天常不務正業，幫他們挖花生，分了一些，吃都吃不完。花生田一翻過，綠色的風景就逐一被掀了底，東一塊，西一塊，土黃色的疤痕，看起來觸目驚心的。

妳猜得對！那家阿嬸是有個女兒，可惜只有七歲！哈！

剛才接到家裡么弟的信：大哥，近來好嗎？最近我的成績不太好，可是老師說作文寫得很好，叫我寫了拿去比賽——

老么才升四年級，每天只要擔心：習題沒寫，跑出去玩，會不會給媽媽發現。多好！他還有個笑話，老師叫全班同學寫日記，他拿了么妹的去抄，眾人笑他，他居然駁道：

我們是一家人，過的當然是同樣的生活……

也不知我小時候，有無他這樣蠻來的？

順便問一句：潑水之事有真麼？

大信

看了半天，也無提到他有無去那個地方，貞觀不免回信時，特意詢及：

大信：

再十天，就要去臺北了，是大舅自己的公司，我和銀蟾一起，算是有伴。臺北是怎樣一個城府呢？不勝想像的；《禮記》說——積而能散，安安而能遷——我希望自己可以很快適應那地方的風土、習俗！

這兩日正整理衣物、雜項的，有些無頭緒。那個地方，你到底去了沒有？

匆匆

貞觀

過了六、七天，大信又來一信：

貞觀：

十月四日，種下一畝芥蘭菜，昨天終於冒出芽來，小小、怯黃色的芽，顯得很瘦弱、嬌嫩的。（隔壁人家的蘿蔔，綠挺茁壯的呢！）頭二天，一直不發芽，急得要命，原來是種子沒用沙土覆蓋著，暴露在外所致。

生命成長的條件是：1.黑暗　2.水　3.溫度　4.愛，太亮了，小生命受不了的！

看到種下去的希望發了芽，心裡很愉快，那一天，這些愉快能夠炒了來吃，才是好呢！

那個地方早就去了；我還多帶了一把雨傘！……

貞觀已經忍不住笑出來，這個人，這樣透靈，這樣調皮——

——不過，不妨給妳個機會教育：不可信之女子，勿以私情媒之，使人託以宗嗣。知道嗎？

妳就要上臺北了嗎！真是叫人感奮的事！臺北有烏煙瘴氣，有長長的夜街，有一下三個月的雨季，但是住久了也會上癮的！因為臺北有臺北的情感！

雖說這樣，還是要叮妳一句：臺北天氣會吃人的！請多保重！

即祝

順遂！

大信

12之3

為作最後的流連，為了與情似母親懷抱的海水告別，貞觀乃於晚飯後，悄悄丟下眾人，走今晚之後，她又是異鄉做客，往後這水色、船燈，也只有夢裡相尋！

從前去嘉義，去臺南，心中只是離別滋味，再不似今番的心情！

她就要去臺北了，臺北是她心愛男子的家鄉，她是懷抱怎樣的虔誠啊！人生何幸，她可以遇著似大信這般恢宏男兒。

啊啊!!臺北；臺北的寬街闊巷，臺北的風露煙雲；又生疏又情親的城郡啊，一切只為了大信在彼生長——

船塢泊船處，有人正檢修故障的發電機；他那船桅杆上，掛著小收音機，黑暗之中，貞觀不僅聽著歌聲，還亮眼能見那船肚裡的電石光火：

青春夢，被人來打醒，
歡樂未透啊，隨時變悲哀！

港邊惜別，天星似目淚；
——
那人隨著歌韻，咿唔亂哼起，貞觀亦不禁仰頭來看視：天際果然有星光點點！天星真的是離別時的眼淚嗎？貞觀尚自想著，哪知眼淚就此落下襟來；今夜她這樣歡喜不抑，誰想還是流淚了；是與這片海水的情深呢！抑或那歌詞動人酸腸？

其實一念及大信，是連眼淚都只是歡喜的水痕和記號；而世間的折磨與困厄，竟因此成了生身為人的另一種著迷。

回來時已經九點正，她踏進外婆內房時，才看清屋裡有客！是前鄰黃家一個阿婆，來找老姊妹說話的；貞觀和銀蟾直站在牆角一旁，聽半晌才知道：是說的她家孫媳婦的不是。

「——老大嫂，妳也知情的，從前要擔一擔水，得走三里、五里的去挑，一滴水都是一滴汗換的；如今水源方便了，算是現代的人命好，命好也要會自己撿拾呀！有福要會惜福，她不是！每次轉開水道龍頭就是十來分，任它水流滿池再漏掉，我教她：抹肥皂時先關起，欲用再開，她竟然不歡喜——」

她外婆勸伊道：

「哎，也是少年不識事，只有等妳慢慢教。」

「我教她要聽嗎？才講兩句，就躲在房裡不吃飯，還得男人去勸她，當初欲做親時，我就嫌過了，他阿公還說是：肩縮背寒，終非良婦。誰知阿業他自己愛，好了，如今無架抬交椅，自己知苦了！」

「……」

「早就與他說過，娶著好某萬事幸，娶著歹某萬世凝；他就是不聽，哎，也是他的命！——」

她外婆又勸了一回，黃家阿婆才心平氣順，拿起手枴欲走，貞觀和銀蟾兩人直送伊回得黃家，才又折轉回內房。

二人回房裡，齊聲笑道：

「啊哈，阿嬤今日做了公親！」

「什麼公親?!」老人家瞇著眼笑道：「前人說：吃三年清齋，不知他人的家內事。還不是給伊吐氣出悶而已！」

伊一面說，一面自箱櫥裡抽出個漆盒來；貞觀極小時候，幾次見過這方盒，都只是隨眼一瞥，並不知得匣中何物；她這下是看著老人如此慎重、認真，一時也顧不了換睡衣，人即踴身近前，來與銀蟾同觀看。

匣蓋才開啟，貞觀兩人同時要啊的叫出聲，她看過母親頸間戴有個玉鎖，她也看過琉璃子阿妗的胸前佩個玉葫蘆，但她不曾看過近百件的大小玉器，全貯放一起的狀況！

玉的鈕扣、玉的蓮蓬、玉帽花、玉簪頭；最大的一件是雕著金童玉女的珮墜，如火柴盒大小，鏤刻極細，只見金童正彈腿踢毽子，玉女在一旁拍手而觀；最小的是個玉刻石榴；貞觀不能想像多久年代，身懷怎樣絕藝的匠人，才得以琢磨出這顆玉石；整粒石榴，只有釋迦籽一般大小，卻是渾圓、落實，尤以它的前萼與後端序狀，全部詳盡、細微，教人看了，要拍案驚奇起來。

其他如壺、瓶、桃、杏，都只有小指頭大，也是無一不玲瓏。

「阿嬤——」

銀蟾再忍不住說：「妳還有這許多壓塌箱底的寶貝，怎麼我們全不知？」

老人正伸手揀出匣中的兩塊玉珮，除了金童玉女外，另一個是鴛鴦雙伴圖；兩件都是極嬌嫩的青翠色，且是透空的鏤花；伊將珮墜先置於掌上，再分頭與貞觀二人說是：

「本來等出嫁才要給妳們，想想現時也相同；明天就去臺北了，也不能時常在身邊……」

這一說，房內的氣氛整個沉悶起來，貞觀看著銀蟾，銀蟾望著貞觀，兩人互視一會，才合聲勸老人道：

「阿嬤，妳也去啊！人家大舅、大伯幾次搬請妳去住！」

老人一聽，倒是笑起來：

「我還去？那種所在，沒有厝邊頭尾來說話；走到哪裡都是人不識我，我不識人，多孤單呀！」

貞觀可以想知：那種人隔閡著人的滋味，然而為了大信，人世即使有犯難和冒險，也變做進取與可喜了！

「好了！妳們免勸我；這兩件隨妳們愛，一人揀一件，掛在身軀，也像是阿嬤去了！」

銀蟾一聽說，先看了貞觀一眼：

「妳愛哪項？」

貞觀道是：

「妳先拿去，剩的就是我的！」

「其實妳的我的一樣，我就眼睛不看，隨便拿一個！」

銀蟾這一落手，抓的正是鴛鴦。

「哈！金童玉女是妳的！」

她一邊說，一邊取近了來給貞觀戴；貞觀身上原就掛有金鍊子，銀蟾趁此身勢，附著她身邊悄說道：

「我知道妳愛這個，剛才我看妳多看了它好幾下——嗯，好了！」

銀蟾的頭湊得這樣低，幾乎就在她頸下，貞觀任著她去，自己只是靜無一言。

她看著她微捲的髮，和寬隆的鼻翼——銀蟾到底是三舅的女兒，這樣像三舅……

正想著，銀蟾忽地停下來，抬頭看她：

「妳看什麼？」

「看妳的眼睛為什麼這麼大?!」

二人遂笑了起來；這一笑，彼此的心事都相關在心了。

一直到躺身在床，貞觀還是無倦意，她不由自己地摸一下頸間的玉，又轉頭去看窗邊：

燈已經熄了！她在黑暗中看出屋外一點微光隱隱；啊，長夜漫漫，天什麼時候亮呢？

13之1

臺北住下三個月了，貞觀竟是不能喜愛這個地方；大信每次信上問她：妳喜歡臺北嗎？她就覺得為難；是說是說不是，都離了她的真意思——

貞觀：

妳們住的那條巷子，從前做學生時我常走的；就是學校對面嘛！（學校對面為什麼有那麼多巷子？）

那裡有一家川菜館，從前我們常去的；另外張博雲齒科那邊底巷，從前住個老畫家，他喜歡在學校下課鐘響時，在巷口貼張紙條，寫著：請來吃午飯！我因為沒去過，到現在還分不清他是真請客呢，還是生意奇招？

從阿仲他們宿舍一出來，向右拐，即是化學館，館上二樓第三個窗子，是我從前做實驗的地方！

另外夜間部教室向操場的北面，有條極美妙的小路徑，兩旁植著白樺木，妳是否已發現？再附上《臺北觀光指南》乙冊，它還是我託妹妹買好寄來。（老妹真以為我這樣思鄉呢！）希望於妳們有用。

郵差來收信了，簡此！

大信

貞觀：

連著幾封信，如此認真的給妳簡介臺北，怎知真的就想起家來；長這麼大，還不曾這般過呢！

「昨夜幽夢忽還鄉」——誰人做這樣嘔人的詩句？昨晚倒真的做夢回臺北！與匆匆要去找妳，那知才走到巷口，就醒了過來！懊惱啊！

現在是五更天，窗外的海挑著萬盞燈火，起伏擺盪，卻又堅定明潔，沿著海灣曲線，遙遙相銜；今晚月色沉寂，海天同色，看不出是浮在海面的漁火，還是低垂的星餌，在引誘歡聚的魚群？

臺北可好？

大信

貞觀每接到這類的信，心裡總是惘然，不知怎樣覆他的好；大信是此方人氏，臺北有他的師親、父老，它於他的情感，自是無由分說；他是要貞觀也跟他一樣能感覺這種親！

他們彼此沒有明講，然而大信的這分心思，貞觀當然領會；偏偏她所見到的臺北人，不少是巧取，豪奪；貧的不知安分，富的不知守身……

因為夾有這層在中作梗，以致貞觀不能好好思想臺北這個地方，她只好這般回信──「現在尚無定論呢！等我慢慢告訴你──」

銀蟾就不同了；二人同住在宿舍裡；是阿仲幫她們找的一間小公寓，貞觀下班後，即要回來，銀蟾卻愛四處去鑽竄，以後才一五一十說給她聽。

星期假日裡，貞觀躲著房間睡，銀蟾卻可以憑一紙臺北市街圖，甚至大信寄來的紙上導遊，自己跑一趟外雙溪或動物園。

這日星期天。

貞觀睡到九點方醒，抬頭見上鋪的銀蟾還一床棉被，蓋得密集集──

她於是疊上腳去推她，一面笑道：

「長安遊俠兒還不出門啊？」

陽曆十二月，臺北已是涼意颼颼的；銀蟾被弄醒，一時捨不下棉被，竟將之一捲，團圍在身上，這才坐起笑道：

「可惜一路上，也無什麼打抱不平的事，『俠』不起來。」

貞觀卻是自有見解：

「也不一定要落那個形式啊！我覺得：若是心中對曲直是非的判斷公允、清正，也就沾俠氣；除了這，俠字還能有更好的解釋嗎？」

說了半天，二人又繞回到老話題來；銀蟾先問道：

「大伯和琉璃子阿姆，不時叫我們搬過那邊住；妳到底怎樣想呢？」

怎樣想——

當初要來臺北，她四妗一步一叮嚀，叫二人住到她娘家，即大信家中；她外婆和眾人的意思則是：自己母舅，阿伯，總比親戚那裡適當！

這住到外面來租屋稅厝，還是最不成理由的做法——

決定這項的，盡是貞觀的因素；她最大的原因是：這裡離弟弟宿舍，只一箭之地！

當然也還有其他；她不住大舅那裡，是要躲那個日本妗仔：伊正熱著給她做媒，對方是個日本回來的年輕醫生，貞觀見過二次，覺得他一切都很好！可是從她識事以後，她就有這樣的觀念——很好的人或物，也不一定就要與己身相關啊！它可以是眾人大家的，而彼此相見時，只是有禮與好意！

不住大信家則完全是情怯；怎麼說呢？她對他們的往後，自有一份想像；因為有指望，反而更慎重了——

想來這些個，銀蟾都知道在心，所以情願跟她；貞觀這一想，遂說道：

「住那邊，住這邊，反正難交代；說來還是這裡好，離阿仲學校近，三彎二拐，他可以來，我們可以去。」

銀蟾道：

「我心裡也這樣想呢！可是昨天上班，大伯又叫我去問，當著賴主任和機要祕書面前，我也不好多講，只說再和妳商量，有結論就回他！」

貞觀笑道：

「我是不搬的！看妳怎麼回！」

銀蟾眼波一轉，說是：

「妳怎麼決定，我反正跟妳；總沒有一人一路的理……」

貞觀聽她這樣說，因想起年底前銀桂就要嫁人，姊妹們逐個少了，人生的遇合難料！……心裡愈發對眼前的銀蟾愛惜起來。

這次北上，二人還先到鹽水鎮探望銀月；她抱著嬰兒，渾身轉換出少婦的韻味，貞觀看她坐在紫檀椅上，一下給她們剝糖紙，一下又趿鞋出去看雞湯……她的小姑、大嫂前後來見人客，進進、出出的，三人想要多說幾句貼心話，竟不似從前在家能夠暢所欲言。

「貞觀——」

「阿月——」

「妳們去臺北；什麼時候，大家再見面？」

貞觀尚思索，銀蟾已經快口回道：

「什麼時候？就等銀桂嫁——」

銀月問話時，原是期待幸福的心情，怎知答案一入耳，反而是另一種感傷；親姊妹又得嫁出一個——

貞觀這一轉思，真個想呆了；卻聽銀蟾喚她道：

「咦！妳著了定身法啦？」

貞觀只將枕頭堆疊好，人又軟身倒下，這才一面拉被子蓋，一面說：

「那邊日期看好沒有？」

銀蟾一時不知她指的何事：

「妳說什麼？」

貞觀乾脆閉起眼，略停才說：

「銀桂她婆家呀！」

「原來說這項——」

銀蟾說著，也將被子拉直，人又鑽入內去：「銀桂尚未講，這兩日看會不會有信來。」

貞觀見她躺下，不禁說她道：

「難得妳今兒不出門!!」

銀蟾本來蓋好被了，這下又探頭道：

「喔！妳真以為臺北有那麼好啊？可以怎樣看不倦？」

「可不是？三妗說妳：離開家裡這些時，也不心悶；天天水裡來，山裡去，真實是——放出籠，大過水牛公。」

銀蟾笑道：

「剛來是新奇，現在妳試看看！」

「怎樣了？」

「我也不會說，反正沒什麼！啊！這樣說臺北，大信知道要生氣！」

她說著，吐一下舌頭，忽的跳下床來：

「我感覺樓下有信，我去看看！」

當貞觀再看到銀蟾時，她手上除了早點，還握著兩封信：

「誰的？」

「妳猜！」

貞觀不理她，就身來看——一封是銀桂的，一封則是大信；銀蟾見她一時沒行動，於是笑道：「妳是先看呢！還是先吃？」

貞觀罵道：

「妳這個人——」

說著，踏下地來，只一縱身，即掠走其中一封；銀蟾笑道：

「剛才我也是多問的！當然是先看，看了就會飽，哪裡還用吃！」

貞觀笑道：

「妳再講，拿針把妳的嘴縫起來。」

當下，一人一信，兩人各自看過，貞觀才想起問道：

「銀桂怎麼說？」

「是十二月二十八日，離過年只有一、二天，銀桂叫我們跟大伯說一聲，提前兩日回去。」

「一下請了五天假，大舅不知准不准呢！」

「反正還有個餘月，到時再說！嗯，不准也不行啊！有些情事是周而復始的，以後多的是機會，有些可是只有那麼一次，從此沒有了；以後等空閒了，看妳哪裡再去找一個銀桂來嫁？」

「話是不錯，可是銀蟾，大舅有他的難，他准了我們，以後別人照這麼請，他怎麼做呢？」

「這——」

「暫時不想它，到時看情理辦事好了；不管請假不請，我相信大舅和銀桂都不會怪我們的。」

13之2

這日下班前，琉璃子阿妗打電話給貞觀。她早在日本之時，即與自己丈夫學得一口流利臺灣話，貞觀從她那腔句、語氣和聲調，理會出——生身為女子，在覓得足以託付終身，且能夠朝夕相跟隨的男人之後的那種喜悅——你是漢家兒郎，我自此即是生生世世漢家婦。

「貞觀子嗎？」

她習慣在女字後面加上個子；貞觀亦回聲道：

「是的，阿妗，我是貞觀。」

「銀蟾子在身邊嗎？妳們知今天什麼日子？」

「什麼日子，我不知哇；銀蟾也在，阿妗要與伊說嗎？」

「先與妳說，再與伊說；今天是妳大舅生日，阿妗做了好吃物，妳們要來啊，下班後和大舅坐車回來！阿妗很久沒見著妳們了！」

貞觀想了一想，只有說好；對方又說：

「大舅愛吃粽仔，阿妗今早也都綁了，不知妳們有愛吃嚒？」
「有啊！阿妗怎麼就會包呢？」
「去菜市場跟賣粽仔的老人學的，妳們快來啊，看是好吃，不好？」
話筒交給銀蟾後，貞觀幾次看見她笑，電話掛斷後，貞觀便問她：
「妳卜著笑卦了？只是笑不停？」
銀蟾笑道：
「琉璃子阿姆說她連連學了七天，今天才正式出師，怎知前頭幾個還是不像樣，都包成四角形，她怕大伯會嫌她！」
「那有什麼關係？四角的，我們幫她吃！」
「我也是這樣說！」
說著，下班鈴早響過，貞觀正待收拾桌面，忽地見她大舅進來；二人一下都站了起：
「大伯！」
「大舅！」
「好，好，她跟妳們說過了吧?!大舅在外面等妳們！」
家鄉裡那些舅父，因為長年吹拂著海風，臉上都是陽光的印子；比較起來，反而是這個大舅年輕一些。他的臉，白中透出微紅，早期在南洋當軍的滄桑，已不能在他身上發現；然而，兄弟總是兄弟，他們彼此的眉目、鼻嘴，時有極相像的——

坐車時，她大舅讓銀蟾坐到司機旁邊，卻叫貞觀坐到後座：

「貞觀，妳與阿舅坐！」

貞觀等坐到母舅身旁，忽地想起當年父親出事，自己與三舅同坐車內的情形——舅舅們都對她好；因為她已經沒有父親。

「貞觀今年幾歲？阿舅還不知哩！」

「二十三了——」

「是——三十八年生的；彼時，阿舅才到日本不久，身上沒有一文錢——」

貞觀靜聽他說下去，只覺得每個字句，都是血淚換來：

「那時的京都不比此時，真是滿目瘡痍，阿舅找不到工可做，整日飢餓著，夜來就睡在人家的門前……到第六天，都有些昏迷不知事了，被那家的女兒出門踏著，就是琉璃子——」

貞觀想著這救命之恩，想著家中的大妗，啊，人世的恩義，怎麼這樣的層層疊疊？

「彼時，……琉璃子還只是個高中女學生，為了要跟我，幾番遭父兄毒打，最後還被趕出家門，若不是她一個先生安頓我們，二人也不知怎樣了，也許已經餓死……她娘家也是這幾年，才通消息的——」

貞觀的淚已經滴出眼眶來，她才想起手巾留在辦公桌內未拿……於是伸手碰了前座的銀蟾一下，等接住銀蟾遞予的時候，才摸出那巾上已經先有過淚。

「大舅，你們能回來就好了，家裡都很歡喜——」

車子從仁愛路轉過臨沂街，這一帶盡是日式住宅，貞觀正數著門牌號，一放眼，先看到琉璃子阿妗已迎了出來，她身邊竟站了那個瘦醫生和阿仲。

「貞觀子，銀蟾子。」

她一口一聲這樣喚著她們；貞觀第一次在家中見到她時，因為大妗的關係，對她並無好感，以後因為是念著大舅，想想她總是大舅的妻小，總是長輩，不看大舅，也看眾人，逐漸對她尊存；然而今夜，大舅車上的一番話，聽得她從此對她另眼看待，她是大舅的恩人，也就是她的恩人，她們一家的恩人……

「阿妗——」

下車後，貞觀直拉住她的手不放，銀蟾的態度亦較先前不同；日本妗仔上下看了貞觀好一會，才回頭與她大舅道：

「貞觀子今晚穿的這領衣衫真好看！」

一時眼光都集到貞觀身上，銀蟾於是說：

「我的也好看啊，阿姆就不說?!」

日本妗仔笑呵呵道：

「誇獎是要排隊，有前後的，阿姆還沒說到妳嘛！」

她說話時，有一種小女子的清真；貞觀看著她，心裡愈是感覺：她是親人——回到屋內，貞觀問弟弟道：

「你是怎麼來的？」

阿仲看一眼身旁的醫生，說是：

「是鄭先生去接我！」

日本妗仔笑道：

「是我請開元去接阿仲；啊，大家坐啊！」

長形的飯桌，首尾是男、女主人；銀蟾示意阿仲坐到姊姊身旁，她自己亦坐到貞觀對面，這一來，鄭開元就被隔遠了。

每一道菜端出時，貞觀都看見她大舅的歡娛，誰知粽仔一上桌，他忽然變了臉色；貞觀低下頭去，卻聽他以日語，對著琉璃子阿妗斥喝著——

貞觀聽不懂話意，日本阿妗極盡婉轉的予他解釋：

「喔，他們也不是客，不會誤會的……多吃幾個不也相同，下次我知道綁大粒一些……好了，你不要生氣——」

她一面說，一面不斷解開粽葉，然後三個粽子裝做一碟的，將它送到每個人面前。

貞觀這才明瞭——她大舅是怪伊粽仔綁太小，像是小氣怕人吃的樣式。

「阿舅，阿妗初學，小粒的才容易炊熟，而且臺北人的粽仔就是這樣一捻大，不像臺南的粽仔，一個半斤重。」

她弟弟亦說：

「是啊，一個半斤重，也有十二兩的……從前我住大姨家，什麼節日都不想，想的只是端午節；吃一個粽仔抵一個便當！」

席間眾人，包括她大舅在內，都不禁笑了起來。飯後，眾人仍在廳上閒坐，日本妗仔已回廚房收碗盤，貞觀趿了鞋，來到裡間尋她。

水臺前，她仍穿著銀絲洋服，頸間的紅珊瑚串已取掉，腰上新繫了圍裙，貞觀站在她身後，看著她濃黑的髮髻上還有一支金釵，一朵紅花，真個又簡單又繁華。

「阿妗——」

她嘴裡正哼著〈博多夜船〉的日本歌，聽貞觀一喚，人即轉身過來；

「怎麼廳裡不坐呢？這裡又是水又是油的！」

貞觀逕是來到跟前，才說：

「阿妗，銀丹得等何時才回來？我們真想要見她！」

銀丹是琉璃子阿妗與她大舅的女兒，今年才十七歲，他們夫婦欲回國時，銀丹的日本祖母把伊留了下來，說是等她唸好高等學校再去——

「銀丹子嗎？本來說好明年六月的，阿妗又擔心伊的漢文不行，回來考不上這裡的大學。」

正說著，只見銀蟾亦走了來；貞觀問她道：

「阿仲還在吧?!你們說些什麼？」

「鄭先生問他，十二兩的粽仔，裡面到底包的什麼？」

琉璃子阿妗聽說，不禁好奇問道：

「真有那麼大的粽仔？」
「有啊，我在臺南看過！」
日本妗仔想著好笑起來，又問銀蟾：
「阿仲說包什麼呢？」
「包一隻雞腿，兩個蛋黃，三個栗子，四朵香菇，五塊豬肉——啊，南部的人真是豪氣！」
回來時，琉璃子阿妗要鄭開元送他們，貞觀客氣辭過，誰知這人說是：
「我反正順路，而且小簡也休息了！」
小簡是大舅的司機；貞觀心想，真要堅持自己坐公車回去，倒也無此必要！
這一轉思，遂坐上車來；阿仲在前，她和銀蟾在後，車駛如奔，四人一路無話，直到新生南路，阿仲學校的側門方停。
阿仲下了車，又道再見又稱謝；阿仲一走遠，瘦醫生忽問二人道：
「小姐們要去看夜景嗎？」
要啊，當然要——貞觀心想：總有一天，她要踏遍臺北的每條街衢，要認清臺北的真正面貌，但是要大信陪在身旁才行；她要相熟臺北，像大信識得她的故鄉一樣！
鄭開元一直轉望著她們，是真要聽著答案；貞觀伸出手，黑暗中扭了銀蟾的手臂一下，銀蟾這才清清聲喉，回說道：
「不行啊，我們愛睏死了！」

13之3

貞觀：

昨晚表演了一齣〈月下追周處〉，今晨起來時，人有些昡暈，且有一個鼻孔是塞住的，叫人不禁要念起辣椒煮麵線來。

別急！別急！剛才收到妳的信，看過之後，果然春暖花開，鼻塞就此好起；不信嗎？要不要打賭？（準是我贏妳輸！）因為十分鐘前，才弈了一盤好棊。

其實贏了棊，也不一定代表這人神智清醒；從前我陪老教授下棊，他這樣說過我——這個人，不用心的；這不正是《莊子．天地》篇說的——德人者，居无思，行无慮？阿仲也和妳們去十八羅漢洞？我還以為他只會拿書卷獎（書呆獎呢？），照片看到了，那麼一堆人，要找著妳，委實不容易；最前頭的兩個就是大舅和琉璃子阿妗？

那個地方，從前我可是去過的；是不是有一線吊橋，走起來人心惟危的，還要抱著石壁走一段？

祝
愉悅

大信

貞觀：

今晚昏頭醉腦的（我猜我的酒量很大，但偶爾只取一瓢飲！），正是難得的寫信良機，雖然今晨才寄出一信。

這個月本來有假可以回臺北，但是想想：三、五日不成氣候，乾脆集做一處，到年底時，正好十來天，就去海邊過年如何？我一直想知道妳從來是怎樣過的；臺北這幾年變得很多，再不似小地方可以保住舊俗。

妳說家鄉那邊，上元仍有「迎箕姑」的舊例，為此，我特地找了釋義來看，果然有記事如下——吳中舊俗，每歲燈節時，有迎箕姑或帚姑之類事。吳俗謂正月百草俱靈，故於燈節，箕帚，竹葦之類，皆能響卜。——從上項文字，不僅見出沿襲的力量，更連帶印證了血緣與地理；蕭氏大族原衍自江蘇武進（即蘭陵郡），吳中亦指的江蘇，可敬佩的是：他們在離開中原幾多年之後，這其間經歷了多少浩劫，戰亂，而後世的子孫，妳們故鄉的那些父老，他們仍是這般緬懷，牽念著封邑地的一切！我們民族的血液裡，是有一種無以名之的因子；這也是做中國人的神氣與貴重。

妳農曆二十六回去嗎？我還不很確定呢，反正比妳慢就是；海邊再見了。

祝

新年快樂

大信　鞠躬

14之1

銀月早她們一天到；貞觀二人只才踏進大門，就已經感覺：家有喜慶的那種鬧采采——

銀月身穿豔色旗袍，套一件駱駝絨外衣，正抱著嬰兒在看雞鴨；貞觀一近前，放了提袋，伸手先抱過她懷中的嬰兒；嬰兒有水清的眼睛，粉紅的嘴，有時流出口涎，貞觀在他的團圓臉上啄了一下，才以手巾替他揩去：

「喔——喔——喔，叫阿姨，叫阿姨！」

銀月理一下衣襟，一面笑道：

「早哩！才三個月大；等他會叫妳，還是明年的事呢！」

嬰兒的雙目裡，有一種人性至高的光輝，貞觀在那黑瞳仁裡看到了自己的形象，她正掀著鼻子，親愛他天地初開的小臉——

「妳們再不到，銀桂的脖子都要拉長了；大伯他們後天才回來嗎？」

「大舅是這樣交代。」

「坐那麼久的車，累了吧?!剛才我還去車站探了兩次。」

「沒辦法，車班慢分；姊夫呢？」

「他明天才到！咦，銀蟾不見了！」

銀蟾原來先將行李提進屋內，這下又走出前庭來與她爭抱嬰兒；

「妳好了沒有！抱那麼久，換一下別人行不行？老是妳抱，他都不認得我這個阿姨——喔，小乖，阿乖——」

嬰兒閃一下身勢，卻是哭了起來；銀蟾手腳忙亂的又是拍，又是搖：

「莫哭啦，乖乖啦，阿姨疼喔！」

銀月見兒子哭聲不止，只得自己上前來抱了回去，一面嘆道：

「從前聽阿嬤說——手抱孩兒，才知父母時。現在想起來，單單這句話，就夠編一本冊了；乖啊乖，媽媽疼，媽媽惜！」

說著，姊妹相偕入內，來見眾人；這樣日子，貞觀母親自是返家幫忙，母女、姊妹相見，個個有話，直說到飯後睡前才住。

當晚，除去銀月帶著囝仔不便，其餘五姊妹又都擠著一間房睡；為了討吉祥，還牽了銀山的小女兒過來，湊了六數。銀杏轉眼十七、八歲，已上了高二，正當拘謹、靜默之時，問一句才答一句；其餘兩對，竟然燈火點到天明，四人亦說話到天明；喜慶年節，向來不可熄燈就寢，燈火一直讓它照著，從日裡到夜裡，從夜裡又到日裡，真個是連朝語未歇，也是沒睡好，也不知哪裡來的，就有那麼多的話要說——

第二天，舉家亦是忙亂，直到三更才睡下，寅時三更，貞觀惺忪著兩隻眼，捲了棉被，回外婆房裡，才進門，差些給房中一物絆倒了。是一小爐炭火，在微黯的內房裡，盡性燒著；銀蟾卻是忽出去，忽進來，也不知亂的何事：

「這是做什麼——」

貞觀說她道：「雖然阿嬤怕冷，她棉被裡反正有小手爐，妳這下弄這個，不怕她上火？我今早還聽見她咳嗽呢！」

她說這話時，銀蟾剛好走到小爐前，正要蹲身下來；火光跳在她的臉上，是一種水清見底的表情；貞觀這才看明白：原來她手中拿的兩粒橘子——

「是要弄這個，妳也不早講！」

「我也是剛剛才想起——本來都躺在床上了，因為嘴乾睡不著，想著吃橘子，才剝一半，忽的想起這一項，就趕到灶下，搬了小烘爐起火——」

烤的橘子，說是吃咳嗽；貞觀兒時吃過，也不知是真有效呢，抑是時候一到，自己好起，反正滋味好，吃過之後就要念念不忘了——她看銀蟾將橘子置入炭火中，又以灰掩好，果然不多久，空氣中就揚開來一陣辛氣香味。

屋子裡，整個暖和起來；貞觀看視著炭火，薪盡火傳，頓時覺得再無睡意。

銀蟾本來與她同坐床沿，此時豁的一下站起身來要出去；貞觀問道：

「幾點了，妳欲去哪裡？」

銀蟾回頭與她笑道：

「咦！只烤兩個怎麼夠，我們也要吃啊，菜櫥裡還有一大堆，我都去把它搬來！」

五、六隻橘子全烤完時，已是天亮雞啼；二人一夜沒睡，愈發的精神百倍；銀蟾望著房裡多出來的一堆紅黃皮囊，不禁笑道：

「昨兒我們推著阿嬤起來吃時，我看她並不很清醒；這下她若起床見著這一堆，一定吃一驚，以為自己一下真能吃那麼多——」

貞觀笑著罵她道：

「妳還說，妳還說；沒咳嗽的，比咳嗽的吃得還多，真是天地倒反！」

二人說過，亦盛了盆水，洗面換衫；直到交了巳時，男家已到門前迎親，貞觀等人，陪著母、妗、姨、嫂給姊妹送嫁，直送到學甲鎮；中午還在男家吃了筵席，等回到家裡，都已經黃昏了。

不知是感傷呢，抑或疲累、暈車，貞觀的人一進門，就往後直走，來到阿嬤內房，攤開棉被，躺身就睡。

背後，銀蟾尚著的三吋半高跟鞋，咯咯跟進來問道：

「妳不吃晚飯啊？今兒前院、後頭，同時開了幾大桌；妳就是不吃粒，也喝些湯——要不要，若是要，我就去與妳捧來！」

貞觀拿被蒙臉，說是：

「妳讓我睡一下。」

銀蟾道：

「妳這一睡，要睡到天亮的——」

「天黑天亮都好！」

「可是——」

「妳不要說了好不好？我要先躺一下，有什麼好吃的，妳就留著不會?!」

銀蟾終於出去了；貞觀這一睡，真個日月悠悠，夢裡來到一處所在，卻是前所未見——

只見大信的人，仍是舊時穿著，坐在田邊陌上唱歌；貞觀問他：

「你唱的什麼啊？」

大信那排大牙齒綻開笑道：

「我唱校歌呢！」

「騙人，這不是〈望春風〉？」

「〈望春風〉就是校歌；校歌就是〈望春風〉！」

他說到最末一個字，人已經站起來跑了；貞觀追在後面要打他，怎知腳底忽被什麼絆住了，這一跌跤，人倒醒了過來——

她睜眼又閉起，伸手摸一下床、枕；另外翻換了個身勢來睡。

這次要結結實實睏它一睏！不是嗎？夢裡千百景，之中有大信！她心裡一直這樣惦念他！

然而——

一直到她飢腸轆轆，輾轉醒來，再也沒有做一個半個。

貞觀恨恨離床，起來看了時鐘，哇，三點半了，怪不得她腹餓難忍！

銀蟾在她身旁，睡得正甜；也不知給她留了什麼？只好自己摸到灶下來——

廚房倒是隱約有燈火，貞觀幾乎遠遠即可見著，也不知誰人和她同症狀，這樣半夜三更的，還要起來搜吃找食。

她這樣想著，也只是無意識，等腳一跨入裡間，人差些就大叫出來：

「——是你！」

大信坐在一個小矮凳上，正大口的吃著米粉，她四妗則背過身，在給他熱湯。貞觀是到了此時，才真正醒了過來：

「我沒想到會是你！」

看她驚魂未定，大信的一口米粉差些嗆著咽喉，他咿唔兩聲，才說句：

「我也是沒想著——」

她四妗把湯熱好，返身又去找別項，一面說：

「貞觀這兩日未歇睏，今兒晚飯也沒吃，先就去睡；咦，妳吃什麼呢？誰人收的這一大碗雜菜……一定是銀蟾留給妳——」

貞觀早坐身下來，先取了湯匙，喝過一口熱湯，這才問大信道：

「你幾時到的？外面這麼冷——」

大信看著她，笑道：

「坐夜車來的，到新營都已經兩點半了，舊小說裡講的——前無村，後無店，乾脆請了計程車直驅這裡，不然又得等到天亮——」

「誰起來給你開的門？」

「三姑丈！」

貞觀乃笑道：

「四舅一定吃一驚！」

大信亦笑道：

「可不是，只差沒和妳一樣叫出聲罷了——」

二人這樣款款談著，只是無有盡意；廚房入夜以後，一向只點小燈；貞觀望著小小燈火，心中想起——今夕復何夕，共此燈燭光——來。

當下吃過消點，只得各自去歇息不提。

到得第二天，貞觀一覺醒來，腦中還是模糊不清，也說不出昨晚的事是夢是真。她就這樣對鏡而坐半天，手一直握著梳子不動，看鏡裡的一堆亂髮，正不知從何處整理起——

冷不防銀蟾自身後來，拿了梳子一順而下，一面說是：

「我給妳梳好看一些；大信來了。」

話本來可以分開前後講的，偏偏銀蟾將它混做一起；貞觀不免回頭望一下床鋪，原來她阿嬤早不知幾時出房去了，難怪銀蟾膽敢說得這樣明——

「妳看到了？」

「是啊；一大早起來，就見著他的人——」

銀蟾只說一半，忽的眼睛亮起來：「咦，不對啊，妳這話裡有機關；妳看到了？……好像他來的事，妳老早知道在心，而且已經見過面了……到底怎樣呢？妳不是現在才起床？」

貞觀不回應；銀蟾又說：

「喔，我知道了，相好原來是這麼一回事——」

貞觀罵道：

「妳要胡說什麼了？」

「妳先別會錯意——」

銀蟾嘻嘻笑道：「我是說，要好的人，心中打的草稿都會相像；連打噴嚏都會揀同一個時呢！妳信不信啊！哈！」

頭早就梳好了，貞觀起先還想打她一下，後來卻被銀蟾的話引得心裡愛笑，又不好真笑出來，只得起身拿了面盆出來換水。

不想就有這個巧，偏在蓄水池邊就遇著大信，二人彼此看了一眼，大信先說道：

「小女孩子早啊！」

貞觀一聽說，拿起水瓢將手指沾水，一起甩上大信的身，問道：

「你這樣叫我，什麼意思？」

大信並不很躲，只略閃著身，笑說道：

「昨晚妳那睡眼惺忪，還不像小女生嗎？愈看愈像了，哈，今晨我還有個重大發現，妳要聽嚒？」

貞觀佯作不在意：

「可聽可不聽！」

大信又笑：

「妳的額頭形狀叫美人尖，國畫上仕女們的一貫特徵，啊，從前我怎麼沒看到？」

貞觀彎身取她的水，也不答腔，心裡卻想：你沒看到？大概眼睛給龍眼殼蓋住了——

大信又說：

「說實在，妳昨天看到我，有無嚇一跳？」

「才不止嚇一跳——」

貞觀的頭正探向水缸，臉反而轉過來望大信，是個極轉折的身勢：「我還以為自己做夢呢！真真不速之客！」

大信笑道：「我嚇妳一跳，妳可嚇我十幾跳：看到妳穿睡衣，我差點昏倒——」

架在她腰旁的盆水早滿了，貞觀頭先未注意，因為顧著講話。手一直不離水瓢仔，這時一聽說，只恨不得就有件傳奇故事裡的隱身衣穿，好收了自己的身，藏將起來。

她丟下水瓢，三步作二步的，很快跑掉——

14之2

三十這一天，女眷們大都在廚房裡準備除夕夜的大菜，以及過年節所需的紅龜、粿粽。

貞觀亂烘烘的兩頭跑；因為小店賣的春聯不甚齊全，她母親特意要她三舅自寫一副，好拿來家貼：

「門、窗、牆後、家具等項，都可以將就一些，大門口的那副，可是不能大意；對著大街路，人來人去的，春聯是代表那戶人家的精神啊！」

她母親就是這樣一個人，事有大小，她都在心裡分得極詳細。不止她母親，貞觀覺得，舉凡所見，家中的這些婦人：她大妗、阿嬤等等都是；她們對事情都有一種好意，是連剪一張紙，摺一領衣，都要方圓有致，都要端正舒坦。

春聯的事，本來是她弟弟做的，不巧她二舅昨日網著十尾大鱸魚，因念著從前教貞觀姊弟的那位生物老師極好，又逢著年節，她母親就揀出幾尾肥的，讓阿仲送去。

貞觀來到這邊大廳，見大信正和她三舅貼春聯，她三舅見是她，手指桌上摺好的一副說道：

「早給妳們寫好了；妳母親就是這樣，平仄不對稱的不要，字有大小邊的不要，意思不甚好的不要，墨色不勻的不要，人家賣春聯的急就就寫，哪裡還能多細心？妳回去與她說，阿舅寫她這一副，紅紙丟了好幾刀，叫她包個紅包來！」

貞觀一面攤了春聯來看，一面笑說道：

「別項不知！要紅包這還不簡單！回去就叫媽媽包來。」

舅、甥正說著，卻見她三妗提一隻細竹提籃進來，叫貞觀道：

「妳來正好，我正要找人給妳們送去；這個銀安也是愛亂走，明明跟他叮過，叫他給三姑送這項！」

她母親不會做紅龜仔，貞觀從小到大，所吃的粿粽，全是母舅家阿嬤、阿妗做好拿去的；她三舅因看了提籃一眼，說她三妗道：

「妳不會多裝一個籃仔啊？從前說是還小，如今可都是大人了；阿仲昨日站我身邊，我才看清楚他都快有我高了；十歲吃一碗，二十歲也叫他吃一碗啊？妳弄這幾個，叫他們母子一人咬幾口？」

她三妗訕訕有話，看看大信在旁，倒也不說了；貞觀替她分明道：

「阿舅，三妗昨晚還與媽媽說要多裝一籃子，是媽媽自己說不要的！伊說：我們幾個，愈大愈不愛吃紅龜仔，再要多拿，可要叫伊從初一直吃到十五了，……現時，紅龜仔都是伊一人包辦！」

她三舅這才不言，卻聽大信與她三妗說是：

「銀安剛才好像有人找他，大概不會很快回來，這個我來拿好了——」

他說著，望一下貞觀，又道是：「剛才，我還聽見貞觀說要包紅包！」

她三舅、三妗聽著，都笑了起來；貞觀只笑不語，拿了春聯，跟在他身後就走。

二人走至大街，大信忽問她：

「妳知道妳自己走路好看嗎？」

貞觀低頭道：

「說什麼呀，聽不懂！」

「妳還有聽不懂的啊？還不是怕多給一個紅包！」

「你真要嗎？我不敢確定紅包有無，我只知道家裡的紅紙一大堆！」

大信說不過她，只好直陳：

「古書上說：貴人走路，不疾不徐……妳走路真的很好看！就是行雲流水嘛！」

貞觀笑道：

「你再怎麼說，紅紙也只是紅紙。」

到家時，她母親正在紅桌前，清理她父親神位上的爐灰，見著大信笑道：

「你來了就好，方才我還到門口探呢，阿仲去先生那裡，還未回來，我是等他回家，準備叫他過去請你來吃年夜飯。」

大信看一眼貞觀，笑說道：

「哪裡要他請，不請自來，不是更好？」

說著，她母親找出大小碟子，來裝粿、粽，又叫貞觀道：

「這裡有漿糊，妳趁現在閒，先將春聯貼起來！」

春聯是除了大門口外，其他後窗、米甕、水缸、爐灶、衣櫥，都要另貼的小春聯；小春聯不外乎春字和吉祥話，是由她母親向市街店裡去買。

首先貼的大門，就是她三舅寫的那副；貞觀搬了椅子，由大信站上去，她在下面攤漿糊，再一款款，逐次遞予他。

她母親的人心細；前些年，她認為貞觀姊弟還小，這貼門聯的事，每年都是她親自搬椅子上去的，因為怕別人貼不平，或者貼歪……是到這兩年，她知得貞觀行事，也才放心交她；血脈相續，貞觀深知：自己亦是這樣的細心人！她從不曾見過大信貼紙，然而她還是完全託付；實在也只是她對他的人放心。

門窗都妥，剩的傢俬這些；貞觀找一張「黃金萬益」的，貼在櫃櫥，找幾張「春」字的貼水缸、灶旁，最後剩一張印著百子圖的「百子千孫」，大信問她：

「這張貼哪裡呢？」

「後門。」

大信見她這樣百般有主張，說道：

「其實不該貼後門！」

「那你說呢！要貼哪裡適當？」

「這款字樣，應該貼一張到全國家庭計畫推廣中心去！」

貞觀忍笑道：

「誰說的？我看哪裡都不要貼，先貼你的嘴！」

貼好春聯，才看到她弟弟回來；貞觀問道：

「你去那麼久！老師怎樣了？」

阿仲說是：

「很好啊，他說他好幾年未見著妳，叫妳有時間去坐坐！」

大信在旁問道：

「咦，你們怎麼同一個老師呢？又沒有同班？」

貞觀笑道：

「我畢業了，阿仲才升五年級，老師又教到他們這一班來。」

她弟弟忽問她：

「阿姊，妳記得我第一次給妳送便當的情形嗎？」

「記得啊！」

她五年級，他三年級；第一次給她送便當，阿仲不知該放在窗口，就直接走進教室裡，那時候，全班正在考試，貞觀正在算一條算術題——

阿仲自己笑起來：

「方才老師就在說，我三年級時，他已經對我有印象；因為我把便當拿到妳面前桌上，還叫了一聲——姊姊，大概很大聲吧！而且妳坐在第一排；老師說：看我極自在的走出教室，他當時很突然，因為他嚴格慣了，又是教導，全校學生都怕他。」

弟弟真的是可愛——貞觀想起他這個趣事來：他幼稚班結業時，全校五班一起合照，阿仲在分到那張二、三百人的大照片時，因費了好久才找到自己，天真的就在頭上摺了一下做記號，只怕往後也這般難找——她想著又問他道：

「你拿進去給我，是真不知窗口能擺，還是怕便當丟掉？」

「我看窗口一大堆的，是擔心疊高傾倒，又怕妳找不到！」

正說著，銀安和銀定兄弟進來。那銀安是個大塊頭，六呎四吋高，長得虎的背，熊的腰，走到哪裡，人家都知道是三舅的兒子，因為是活脫一個影子：

「啊哈，大信，你還坐著不走呀，你沒看見貞觀那個樣子？」

貞觀聽說，望一眼大信，便直著問銀安道：

「我什麼樣子了？」

銀安不說，將臉一沉，先扮個怪模樣，這才笑道：

「要趕人走的樣子啊！銀定，你說是不是，我們一進來就看見了！」

銀定不似父兄魁梧，眉目與她三妗，更是十分像了七分，然而還是生得一副好身量，好架式；他乜一隻眼睛，笑道：

「我不敢說，貞觀會罵我！」

貞觀笑道：

「我真有那樣兇，你們也不敢這般冤枉我！真的阿嬤說的：巷仔內惡——只會欺負近的。」

銀安拍額道：

「哇！落此罪名，怎生洗脫……銀定，你怎麼不去搬請救兵，快把銀蟾叫來——」

銀定笑道：

「叫別人也罷囉，叫她？她是貞觀同黨，來了也只會幫她！」

說了半天，銀安才道是：

「大信，你知道貞觀剛才為什麼那樣嗎？她那眼睛極厲害，一看就知我們來與她搶人客——家裡是要我們過來請你回去吃年夜飯；這下得罪了她，才把我們說成這樣；我說她要趕人，是趕的我們，不是指你喔！」

大信笑道：

「在哪邊吃，不都一樣？我都與伯母說好了呢！怎麼更改？」

銀安道：

「三姑嗎？沒關係，我來與她說——」

銀安未說完，她母親正好有事進來，笑著問道：

「你要與阿姑說什麼？不會是來拉人客吧？」

「正是要來拉人客！」

「那怎麼好?!阿姑連他明早的飯都煮了。」

「——」

說到後來，兄弟二個亦只有負了使命回去；當下，貞觀眾人陪她母親、二姨吃飯，言談間，極力避免提到惠安表哥；他早在兩個月前飛往美國，繼續深造。貞觀對他的印象愈來愈壞，因看著她二姨孤單，對惠安的做法，更是有意見。

飯後，眾人回廳上坐，獨是貞觀留下來收桌子；她一隻碗疊一隻碗的拿到水槽邊，待要捲起衣袖，卻見著銀蟾進來。

「吃飽未？」

銀蟾道：

「吃飽又餓了！等妳等到什麼時候？」

貞觀正洗著大信吃過的那隻碗，她一邊旋碗沿，一邊笑問銀蟾：

「等我怎樣的事？」

銀蟾將手中的簿頁一揚，說是：

「這項啊！去年給妳贏了一百塊，這下連利息都要與妳討回來！」

「掀簿仔」是她們從小玩的；過年時，大人分了紅包，姊妹們會各各拿出五元來，集做一處，再換成一角、貳角、五角、壹元不等的紙鈔、硬幣，然而分藏於大本筆記裡，然後妳一頁、我一頁的掀，或小或大，或有或無，掀著便是人的——

貞觀笑她道：

「哦，原來妳有錢沒處放，要拿來寄存，繳庫呢，這還不好說？」

銀蟾亦笑道：

「輸贏還未知，大聲的話且慢說！——一人五十好不好？我先去換小票！」

「慢！慢！慢——」

貞觀連聲叫住她：「妳沒看到這些碗盤啊？要玩也行，快來幫忙拭碗筷。」

二人忙好出到廳前，正看見她大舅帶的琉璃子跨步進來。

「大舅，阿妗！」

「大伯，阿姆。」

「哥啊，小嫂——」

眾人都有稱呼，獨獨大信沒有，匆忙中，貞觀聽見他叫阿叔，阿嬸，差些噗哧笑出。

她大舅看看四下，又與她母、姨說是：

「還以為妳們會回去；那邊看不到妳們，我就和她過來看看；這麼多年了，第一次能在家裡過年，心內真是興奮。」

她母、姨二人，齊聲應道：

「是啊——」

她大舅遂從衣袋裡拿出幾個紅包，交予琉璃子阿妗分給眾人；銀蟾是早在家裡，即分了一份，剩的貞觀和她二個弟弟以及大信都有；她日本妗仔要分予她母、姨時，姊妹二個彼此笑道：

「我們二個免了吧！都這麼大人還拿——」

日本妗仔將之逐一塞入她們手中，笑說道：

「大人也要拿，小人也要拿；日本人說的：不要隨便辜負人家的好意——」

說著，只見她大舅又摸出兩對骰子，且喚阿仲道：

「誰去拿碗公？阿舅做莊你們押，最好把阿舅衣袋裡的錢都贏去——」

大碗是貞觀回廚房拿來的；這下兄妹、姊弟、舅甥和姑嫂，圍著一張大圓桌娛樂著，除夕夜這類骨肉團聚的場面，差不多家家都有，本來極其平常的，以貞觀小弟十七、八歲的年紀，唸到高三了，猶得天天通車，在家的人來說，根本不能自其中感覺什麼；然而像她大舅這類經過戰亂、生死、又飄泊在外三十年的心靈來說，光是圍繞一張桌子團坐著，已經是上天莫大的恩賜了。

幾場下來，貞觀見他不斷的吆喝著，那神情、形態，竟是十五、六歲的少年。

大信是與阿仲一家的，貞觀自然和銀蟾合夥，兩下都贏了錢，銀蟾忽地問她：

「這骰子是誰人發明？」

「不知道，大概又是韓信吧！所有的博局，差不多是他想出來娛樂士兵。」

大信一旁聽著，笑說道：

「不對了，獨獨這一項不是，是曹植想出來。」

才說著，又見銀城和銀安兄弟進來；他們是來請貞觀母親與二姨：

「二姑、三姑，阿嬤等妳們去玩『十胡』呢！說是：牌仔舅等妳們半天了！」

姊妹兩個笑著離座而起，臨走叮了貞觀一些話；她大舅還叫琉璃子道：

「妳也跟水雲她們回去，阿娘愛鬧熱！」

三人一走，貞觀和銀蟾亦換過小桌這邊來起爐灶，把位子讓給銀安他們；簿子才掀兩回，銀城已偕了大信過來：

「哇，大信，貞觀供了土地婆，正在旺呢，你沒看到錢快堆到鼻尖？我們還是看看就好！」

貞觀笑道：

「是啊，你還是少來！我這裡有一本韓信的字典呢！」

正說著，銀蟬也找來了，三人重新來掀，忽聽銀城問大信道：

「你要聽貞觀小時候的故事嗎？」

「好啊！」

「她小時候，家裡小叔叔餵她吃飯；嗯，七粒魚丸的事你已經知道，再換一個來說——」

貞觀已隱約看見簿頁下面透著微紅，正是一張拾圓券，她的手舉在半空，還是不去掀，卻罵銀城道：

「你的嘴不疼啊？」

銀蟾卻笑道：

「怎樣？怎樣？要說就說呀！」

銀城笑道：

「妳慢高興，連妳也有份！」

這一講，眾人倒反愛聽了；銀城說道：

「貞觀五歲時，不知哪裡看來人家大人背小孩，回來竟去抱了枕頭，要三嬸與她綁到身背後——」

貞觀起身要止，已是來不及，只見銀城跳開腳去，一面笑，一面說：

「——銀蟾看見了，當然也要學；一時家裡上下，走來走去，都是背著枕頭權充嬰兒的小媽媽——」

銀蟾早在前兩句，就追著銀城要捶；貞觀卻是慌忙中找不著鞋，只得原地叫道：

「銀蟾，快打他，快打他！」

從頭到尾，大信一直在旁看著，貞觀等趿了鞋，要追銀城時，回首才看清大信已笑得前俯後仰，眉目不分了。

14之3

大信在初三那天即回臺北；貞觀則一直要住到初九才罷休。

初七這晚，她陪坐在外婆房裡，都已經十點了，老人仍無睡意。

「阿嬤，妳不睏嗎？」

老人望著她和銀蟾，說是：

「只再一天，妳們又要走了；阿嬤就多坐一時，和妳們多說幾句。」

伊說著，牽起貞觀二人的手，往自己臉上摩著；貞觀在撫著那歲序滄桑的臉，忽地想到要問：

「阿嬤，妳會餓嗎？」

老人尚未應，銀蟾以另隻手推她道：

「會啊會，妳快去弄什麼來吃，菜櫥裡好像有麵茶。」

老人也說：

「給銀蟾這一說，我才感覺著了；就去泡了來吃也好。」

貞觀聽說，返身去了廚房，沒多久，真端來了三碗麵茶；二碗在手，另一碗則夾在兩手臂靠攏來的縫隙裡。當下祖孫吃著點心，卻聽銀蟾道是：

「只是吃嗎？好久沒聽阿嬤講故事！」

貞觀問她道：

「我再去前廳給妳搬個太師椅來坐不更好？」

銀蟾於是扮了個鬼臉；她阿嬤倒笑道：

「才吃這項，也不好即時入睡，阿嬤就說個短的——寒江關樊梨花，自小老父即與她作主，訂與世交楊家為媳。可是梨花長大，看楊藩形容不揚，又是面黑如炭，其貌極陋，心中自是怨嘆。等陣前見過薛丁山，心下思想：要嫁就要嫁這樣的人。為此，移山倒海，上天入地的傾翻著，薛丁山因她弒父殺兄，看她低賤，才有每娶每休，前後三遍的故事。」

「後來呢？」

「後來是聖旨賜婚，加上程咬金搓圓捏扁的，才正式和合；在她掛帥征西涼，大破白虎關時，逢著守將楊藩，正是舊時的無緣人；梨花下山時，手中有各式法寶，身上懷的十八般武藝，在她刀斬楊藩，人頭落地時，楊藩有血滴到她身上，怨魂乃投入梨花胎腹中，未幾樊元帥陣中產子，在金光陣裡生下個黑臉兒子，就是薛剛。」

貞觀問道：

「就是大鬧花燈那個？」

「楊藩即是薛剛的前世業身，投胎來做她兒子，要來報冤仇；以後薛剛長大，上元夜大鬧花燈，打死殿下，驚死高宗，致使武則天下旨，將薛氏一家三百餘口，滿門抄斬——」

這樣寒冷的夜裡，臺北的大信在做什麼呢，他或許讀書，或者刻印；他走那日，還與貞觀說下，要再刻一個「性靈所鍾，泉石激韻」的章給她。

這樣因果相循的故事，呵呵，可惜了大信怎麼就聽它不到——

第二天，各家、各戶又忙著做節禮，因為初九是天公生，即佛、道兩家所敬拜的玉皇大帝；貞觀到入晚才回家來睡，為的明日又得早起上臺北。

交十二點過，即屬子時，也就算初九了，敬拜天公，是要愈早愈好，因為彼時，天地清明；貞觀在睡夢裡，聽得大街隱約傳來鞭炮聲，剝、剝兩響，天公生只放大炮，不點連珠炮，為的神有大小，禮有巨細；沒多久，她又聽見母親起身梳洗，走至廳前上拜天地的悉數響聲；未幾，她大弟弟亦跟著起來。

貞觀知道：阿仲是起來給母親點鞭炮；伊的膽子極小的，看阿仲點著，還得摀著耳朵呢！從前父親在前，這椿事情自是父親做的，一個婦人，沒了男人，也就只有倚重兒子了。——

大信在這樣天公生的子夜裡，是否也起來幫自己母親燃點大炮的引線呢？貞觀甚至想：

以後的十年、二十年，她自己亦是一家主婦，她要按阿嬤、母親身教的這些舊俗，按著年節、四季，祭奉祖先，神明；是朱子《治家格言》說的——祖宗雖遠，祭祀不可不誠，子孫雖愚，經書不可不讀。——

有那麼一天，她也得這樣摸黑起來參拜天地、眾神，她當然不敢點炮竹——貞觀多麼希望，會是像大信這等情親，又知心意的人，來予她點天公生的引信啊！

15之1

六十一年七夕，剛好是陽曆八月十五日；上午十點，貞觀還在忙呢，辦公室的電話忽地響起來；銀蟾在對桌那邊先接了分機，她只說兩聲，就指著話筒要貞觀聽；貞觀一拿起，說是：

「喂，我是——」

「貞觀，我是大信。」

「啊，是你——」

「昨天傍晚到家的，妳有空嗎？」

「怎樣的事？」

「晚上去看妳好嗎？」

「不是有颱風要來！」

「不管它，我母親說我一回來就帶個颱風回來。」

二人在電話裡笑起；大信又說：

「我七點半準時到，除非風雨太大！」

掛下電話，一直到下班，貞觀止不住看著窗口，怕的風太大，雨太粗；回家後，兩人還一起吃了飯，等貞觀洗身出來時，已不見銀蟾；這樣的颱風天，不知她要去哪裡？

其實，又何必呢，她與大信，至今亦無背人的話可說；貞觀喜歡目前的狀況，在肅然中，有另一種深意——大信從前與廖青兒好過，促使他們那樣熱烈愛起的，除了日日相見的因素外，還有少年初啟的情懷——那種對異性身心的好奇與相吸。

大信因為有過前事，以致貞觀不願她二人太快進入情愛的某一種窠臼；她心裡希望他能夠分出：他待她與廖之間的不同，她是要他把這種相異分清楚了，再親近她——

大信不僅知道她的意思，他更要貞觀明瞭：我今番與妳，較之從前與那個人的好，是不一樣的……精神是天地間一種永恆的追求！

二人因為都持的這類想法，遂是心照不宣起來。除了這些，大信其實還有苦情。他現在身無所有，雖說家有產業，然而好男不吃分家飯，他有自己做人的志氣。大信原先的計畫，是放在深造一途，怎知半路會殺出個貞觀來；所有人生的大選擇，他都在這個時候一起碰上。

貞觀是現在才開始後悔：自己當初沒有繼續進學校，她要是也能出去，一切也就簡單，好辦；大信是驕傲男子，他是要自己有了場面了，再來成家——如今給她承諾嗎，這一去四年，往後還不知怎樣；不給她承諾，別人會以為他的誠意不夠；貞觀再了解他，整件事情，還是違了他的原則本性。

然而，以他的個性，也絕沒有在讀書求進，不事生產的時刻，置下妻小，丟與家中養的……剩的一條路就是：再下去的五年感情長跑！

男子三十而立不晚，可是到時貞觀已是二十八、九的老姑娘，生此亂世，他真要她不時戰兢，等到彼時？這畢竟是個動盪的時代啊！

所有大信的這些想法，貞觀都理會在心的，更有一項是她還了解：感情不論以何種方式解釋，都不能有拖累和牽絆。

想來想去，貞觀還是舊結論：

如果她是好的，則不論過去多少時間，相隔多少路程，他都會像那本俄國小說說的——即使用兩膝爬著，也要爬回來。

不是嗎？在這樣一個大風雨夜裡，他仍然趕了回來；不僅是鵲橋會，牛郎見織女；不僅大信是七巧夕夜生的，更重要的是：他們就相逢在這個美麗的日子裡。

門鈴響時，貞觀的心跟著彈跳了一下，多久未見著他了，過年到現在，整整六個月；她理一理裙裾，也來不及去照鏡子，就去開門了。

門甫開，大信的人立於燈火處；明亮的燈光下，是一張親切、想念的臉——

「請進來。」

大信不動，笑道：

「銀蟾不來列隊歡迎嗎？」

「很失禮——」

貞觀佯作認真道：「銀蟾出去了；不過我可以先搬椅子給你這兒坐著，等她回家你再入來。」

她說完，回身要搬，大信已經跳過門檻來了，二人回客廳坐好，大信又探頭出窗，說是：

「從前，我們都在對面吃飯的，真是——重來已非舊衣履。」

貞觀端來一杯茶，先放在他面前，這才笑道：

「你真要感慨，也還不止這些！」

「妳說呢？還有哪些？」

貞觀坐在他對面，兩手的食指不住繞圓圈，想想說是：

「你自己才知呀，我怎麼知道呢！」

她說著，笑了起來，大信見此，也只有笑道：

「對啊，我還想：怎麼妳不及早住到臺北來，要是從前妳也住這裡——」

「欲怎樣？」

「就可以天天給妳請客了！」

二人說不到二十分鐘的話，大信已經提議出去：

「我們到學校走走好嗎？」

「——」

貞觀無言相從，隨即進房去換件紅、白細格洋裝，心裡歡喜他這種坦蕩與光明；臨出門時，她才想起有雨，遂又拿了雨傘。

學校就在巷口正對面，貞觀為了找弟弟，曾經幾次和銀蟾來過；然而那種感覺都不似今晚有大信在身邊！

大門口，進出的人不斷；大信則是一跨入即有話要說：

「雖說畢業了，奇怪，感覺上卻沒有離開這裡，不時做夢會回來，妳說呢！」

貞觀笑道：

「是這裡的記憶太多，所以靈魂捨不得走；我祖母說的，靈魂會認得路，人入睡以後，它會選個自己愛的地方，溜溜飛去，不到要醒時，它也是不回來。」

大信笑道：

「妳這一說，我倒是恍然大悟了，我是人畢業，靈魂未畢業。」

二人又是笑，經過校鐘下，大信又說：

「剛進學校時，我們都希望有天能敲這鐘一下，四年下來，也沒如願。」

「可以拿小石子丟它一下呀！」

「好像……有些野蠻！」

走過椰林，大信忽地停下來：

「妳看這些樹!!白天我來過一趟，看到工友爬樓梯上去給它們剃頭，做工友有時還比做學生好，因為四年一到，不必馬上離開。」

颱風天的天氣，像一把極小的刀，劃過肌膚，皮下同時灌入大量的水質；人浸在涼意裡，也就變得通體透徹。二人走過操場，因看見前頭有集訓班的隊員小步跑來，大信乃道：

「妳聽見他們哼歌嗎？要是再年輕一些，我也跟他們唱了！」

貞觀笑道：

「是啊，年輕一些；也不知你有多老了?!」

大信其實已經輕輕哼起：

「思啊想啊起，落雨洗衫無地披；

舉出舉入看天時——」

貞觀忽說：

「我正想送你一張唱片呢，怕你那邊地老天荒的。」

「好哇，我那邊只有一張唱片，我只帶那麼一張去！」

兩人同時意會出某一樁事來：

「妳要送怎樣的唱片？」

「你帶去的是什麼樣的？」

也是在同時，答案像雨點敲窗，像風打著身子的拍擊有聲：

「懷念的臺灣民謠。」

停了好久，似乎再無人說話；一路上不斷有練跑的人擦身而過，貞觀靜走一程，才感覺雨又下起，颱風天的雨，是時有時無的。

她撐開傘，才看到身旁的大信正手忙腳亂；這人拿一把黑色自動傘，本來一按就可撐起，卻不知為了什麼的，忽然作怪起來；雨愈下愈大，大信的人在雨中，傘還是密合著。

貞觀無聲將傘移過他的頭上方，女傘太小，她的右肩和他的左肩，都露出傘的範圍，然而相識這麼久以來，二人還不曾有過這樣挨近的時刻。

水銀燈下，貞觀望著他專注修傘的臉，忽想起幾日前，他寄給她的那本《長生殿》；書的後兩頁，有他所寫《禮記．昏義》篇的幾個字——敬慎重正而後親之——好笑的是他還在旁邊加了註解：經過敬謹、隆重而又光明正大的婚禮之後，才去親愛她，是禮的真義。

有的人是習慣作眉批，有的則只是信手寫下，更有的是喜歡某一句話時，身邊因只有那本書，就拿它記著了；然而大信都不是。

貞觀相信：

今晚之後，人生對他們是再也不一樣了！

15之2

第二天，果然是個飛沙走石的日子；銀蟾一早起，看看窗外，說是：

「這樣天氣，怕不是要放假吧?!」

貞觀昨晚十點回家，一進門，她已經睡了，這下逮著自然要問：

「昨晚妳去哪裡了？颳風下雨的還亂跑！」

「和那個鄭開元出去呀！這個人什麼都好，就是出現的時間不對！」

「他哪時來的？怎麼我不知！」

「妳人在浴室，我騙他說妳和朋友出去，他本來還要坐一下，我只好說我頭疼，這一來，他只得帶我回去拿藥；嘻嘻，藥包全在這裡！」

銀蟾將青紙包的藥劑在她面前晃了一下，然後對準字紙簍丟進去，又說是：

「這人其實也是不能嫌的——妳很難說是他哪裡不好；可是世間事又常常這樣沒道理可說！唉，一百句作一句講，就是沒緣。」

貞觀說她道：

「哪有妳說的這麼複雜？他是大舅、阿妗的朋友，自然是我們一家的人客，有時間來坐坐、說話，也是常情；妳不可亂說！」

「既然這樣，下次他來，妳再不必拿我作擋箭牌！」

「我跟他沒說話啊；每次他講什麼，我都只是笑一笑，我是怕他難堪。」

她日本妗仔在過年前後，看到她和大信一起的情形，大概明白了什麼，自此，貞觀不會常有遇著鄭開元的巧合了；倒是那人偶爾會來閒聊，還告訴貞觀這麼一句話：我今年三十了，走過一些地方，也見過一些人，可是我所認識的女孩中，沒有一個妳這樣的類型——

銀蟾又問道：

「妳心當然是光明，可是他怎麼想法，妳知嚒？」

「還不失是個磊落的人，其他的就與我們不相干了。」

吃過早點，貞觀又換了衣服，出來見銀蟾還不動，說她道：

「妳還坐啊？都要遲到了！」

銀蟾本來是縮著一隻腳在看報紙，給她一催，只得站起說是：

「跟妳說放假妳不信，我打電話問大伯——」

她的話尚未說完，人已走向話機，然而當二人的眼神一相會，銀蟾忽作悟狀道：

「好，好，我去換衫，三分鐘而已！」

她是從貞觀的眼裡知會意思：別人或者放假也罷！我們可是自己，是自己還能作旁觀啊？妳就是不去看看，坐在這裡反正不放心；辦公室那邊的檔案，資料也不知浸水沒有——

二人從出門到到達，一路真的是辛苦、患難；計程車開進水窪裡，還差些被半空掉下的一塊招牌擊中。連那車都還是站在風雨中，招了半個小時的手才攔到的。公共汽車幾乎都停駛不開；下車後，銀蟾還被急駛而過的一輛機車濺得滿裙泥濘。

偌大的辦公室，自一樓至三樓，全部停電，貞觀自底層找到最上，只看不到她大舅，問了總機才知是去業務部門巡看災情和損失。

沒電沒水，一切都頹廢待舉的，電話卻仍然不斷；五個接線生才來一個，貞觀二人只得進總機房幫忙。中午，琉璃子阿妗給眾人送來伊自做的壽司，又及時打出一通時效性的國際電話，到午後三點，一切的狂亂回復了平靜，眾人又清洗淤泥，待百項完妥，才分道回家。

貞觀本來卻不過琉璃子阿妗，要跟伊回臨沂街吃晚飯，怎知銀蟾說是：

「妳去好了，我這身上下，不先回去洗浴，也是難過，就別說吃飯了。」

琉璃子阿妗拉她道：

「阿姆那裡也有浴室，還怕妳洗啊？」

「洗是洗，衣服不換等於沒洗；阿姆的內衣外衣，也無一件我能穿！」

說半天，二人最後答應明日下班去一趟，日本妗仔才放她們回住處。

一回來，貞觀還去洗了臉，銀蟾卻連脫下的涼鞋都不及放好，就栽到床上睡了；

二人衫未換，飯未吃，蒙頭睡了它一場，也不知過去多久——

貞觀忽地自睡夢中醒來，像借屍還魂的肉身，像夢遊症狀的患者，腦中空無一物的被某種力量牽引著，她一直睡眼朦朧的走到大門前才住。

貞觀的腳步一停，人就站住了門扇前看，其實她整個心魂還是蕩蕩悠悠的，她根本還在睡的狀態未醒；大門是木板的原色，房東未曾將它上漆；門扉正中有個圓把手，貞觀看了半下，彷彿醉漢認物，極盡目力之能；奇怪呀，那鍍銅的圓圈如何自己會轉，真的在轉嗄——她「啪」的一聲，開啟了門。

是連自己都不很相信的——而這眼前景況所給予人的驚異與震撼，大到足以令醉漢醒酒。因為她看到大信站在面前：

「啊，是你——」

二人一下都說不出話來。

「妳——」

略停，貞觀笑道：

「怎麼你不按門鈴？」

「我先摸了把手，才要按門鈴，妳已經開了呀！」

貞觀這才相信她外家阿嬤的話無錯！靈魂真的會飛；身心內有大事情時，三魂七魄會分出一魂二魄趕赴在前，先去與己身相親的另一具神魂知會，先去敲她性靈、身心的窗——

剛才她睡得那樣沉，天地兩茫的，卻是大信身心內支出來的魂魄，先奔飛在前，來叫醒她；他的魂自然識得她的。靈魂其實是任性的孩子，每每不聽令於舍身，它都揀自己愛去的地方去——

他於她真有這樣的親嗎？在這之前，她夢過大信在外的樣子和他在臺北的老家，這兩處她都未曾去過，靈魂因此不認得路，極盡迂迴的，才找著他。

「妳……不大一樣呢！怎麼回事？」

「才起來；三分鐘以前，還天地不知的！莫名其妙就起來開門——」

大信看一下腕上手錶，叫道：

「我到門口時已經七點半了；哇，老天，妳還未吃飯？走吧！順便請妳喝檸檬水。」

「不可哪！得等我洗了身……」

「好啊，我就在這裡看月色！」

戶外的天井，離的浴室，約有十來尺，貞觀收了衣物，躲入浴間，一面說：

「對不起，罰你站；銀蟾在睡覺，我很快就好了。」

十分鐘過，貞觀推開浴室的門，看到大信還站在那裡；她換了一身紫底起小白點的斜裙紗洋裝，盈盈走向大信，笑道：

「有無久等？」

「有！」

「該怎麼辦？」

「罰妳吃三碗飯！」

二人才出門，大信開始管她吃飯要定時，而且只能多吃不能少吃：

「一餐吃，一餐不吃的，胃還能好啊？巷口這麼多飯館，妳可以包飯啊！」

「——」

貞觀一路走在他身邊，心內只是滿著；大信從來不是嚕囌，瑣碎的人，他的一句話是一句話……吃過飯，二人又往白玉光走；白玉光隔著校園專契一條街，只要出巷口幾步，即可走到；貞觀腳履輕快，卻聽這人又說：

「妳那邊沒唱機，怎麼不叫阿仲動手做一個，電機系的做起來，得心應手——」

「——」

「學校活動中心，常常有音樂會，妳們沒事可以常去——」

什麼時候，大信變得這般愛說話了？貞觀一直到跟他坐上冰果室二樓的椅子，心下才想明白：是親近一個人時，人就會變得這番模樣——

剛才進來時，她是跟著他身後，貞觀見著他英挺的背影和肩膀，只覺世事的一切，都足以相託付；他穿一件深藍長褲，青色布衫……這樣刺辣辣的配色，也說不出它好看、難看。

這人反正只將時間花在思考與研究，他哪有時間逛街，好好買它一件衣服？

二人面對面喝完果汁，大信始將他手上的大牛皮袋弄開，自內取出一小一大的裝訂冊子來，且四四正正，將之放於她面前：

「這是什麼？」

「妳看啊！」

貞觀動手去翻，原來是他手刻的印譜：

「從高中開始，刻的圖章、印鑑，全收在這本大的上面——」

「——」

「小的那本是班上的畢業紀念；我刻了〈稼軒詞〉，戳蓋於上，化學系的同學，一人一冊……妳說好不好呢？」

「——」

貞觀點著頭，一頁掀過一頁，掀到後來，忽地掩冊不語了。

大信忙問：

「妳——，怎麼了？」

貞觀抬起眼來，又快樂又惆悵的望了大信一下，說是：

「我不要再看下去了……」

「為什麼？」

「再看，就不想還你了！」

「哈——」

大信撫掌大笑道：「妳別傻了，本來拿來就是要送給妳的！」

貞觀的心一時都停跳了，血潮一下湧至其上；她停了半晌，才又問：

「那你自己……不是沒有了？」

「我還有一本——」

貞觀的頭低下去又抬起來：

「它這麼好……怎麼謝你？」

「謝反正是謝不完，那就不要謝了——」

大信說這話時，眼睛是望著她的；在這幾秒鐘內，二人的眼神會了個正著。……是短短的一瞬間裡，貞觀懂得了前人何以有——地不老，情難絕——的慨嘆；她移了視線，心中想的還是大信的形象。

啊，他的鼻子這樣端正，厚實，他的兩眼這樣清亮；天不可無日月，看相的說：眼為日月，是日月不可不明；眼神黠者，不好，眼露光者更不好，因為兩者皆敗事；心術不正的人，是不可能有好眼神的，好眼神是：清澈而不迷濛，極光而不外露。……另外還有他的嘴，哈，這麼大的嘴，吃一口抵三口；貞觀不禁笑了起來：回家後，就畫一張闊嘴男孩的漫畫，等他回澎湖再寄給他——

「妳笑什麼？」

「不與你說！」

「君子無不可說之事；其實妳已說，妳的眼睛這樣好，天清地明的，什麼都在上面！」

「啊——啊——啊——」

貞觀舉手搗眼，然後笑道：「不給你看了。」

卻聽大信笑她：

「妳還是沒藏好！哇，看到鼻子了，也看到嘴巴，妳的嘴巴這麼小，怎麼吞七個丸子？」

貞觀迭的收了手，睞目笑道：

「吞七個丸子也不稀奇！有人能塞一隻雞呢！」

「哦——」

大信稱奇道：「真有這樣大嘴巴的人嗎？」

他這樣說著，當然知道貞觀說的自己，倒也「呵呵」不住的。

「妳去過故宮嗎？」

「無！」

「這個月排的是古玉展，我想去看，妳要不要也去？」

「好啊！君子如玉，當然要去！」

大信笑道：

「那——星期天我來接妳；妳幾點起？」

「五點！」

「五點？——」

大信咄聲道：「彼時，雞還未啼呢：臺北的雞也跟人一樣晏睡晏起的——」

貞觀原意是開他頑笑，這下坦承道：

「沒有啦，跟你鬧的——」

「呵呵——」

大信說得笑出來：「我就知道！」

貞觀手上正拿的一串鎖匙，有大門的、房間的、辦公桌的、鐵櫃的；她哦的一下，將鎖匙鍊子整個蕩過去，輕打了大信的手背；大信縮著手，裝做被打痛，等望一眼貞觀的表情，馬上又好笑起來。

15之3

這日八月二十，正是星期天。

八點正，大信準時來敲她的門；貞觀一切皆妥，只差未換衣裳，她歪在床上想：西門町到公館，坐公車要二十分，扣去等車的時間，大信得幾點起啊?!他會不會遲到，公車的時間很難按定它，因為得看上、下的人多少——

大信第二次敲門時，貞觀才噫的跳起來，開門探出半個頭去：

「你這樣早?」

「豈止是呢，我還在樓下晃一圈，才上來的!」

「你看到銀蟾了?」

「是她給我開的門!」

「請坐一坐，我就好了。」

十分鐘過，當貞觀再出現大信的眼前時，她已是白鞋、白襪、白衣衫的一個姑娘，只在胸前懸只鏤花青玉墜，正是她外婆給的金童玉女。

白洋服和半打絲襪，都是琉璃子阿妗上月返日本之後給的，貞觀從有這襲衣衫開始，一直未曾穿它，她如今是第一次穿給大信看。

果然她從他清亮的眼神裡，捕獲到新的一股光輝，像灶裡添柴之後，新燒出來的熱量：

「不敢相認了——」

大信說這話時，有一種端正，一種怯意；說怯意其實不對，應該說是羞赧；然而說羞赧，卻又是不盡然，貞觀仍問道：

「怎麼講呢？」

大信略停一會，才言是：

「不是有——直見性命——這樣的事嗎?!」

貞觀不語；大信又說：

「唔見本身時，人反而無主起來，變得不知前呢！後呢！」

貞觀不知羞呢，喜呢，只佯作找銀蟾，浴室、廚、廁、房裡，真個沒有。

「你幾時見銀蟾的？」

「七點五十九。」

這廝果然又早她一步出去；二人只得關門閂戶的，走出巷口，到對面搭車；一過斑馬線，正是「博士」的店門口，大信忽地喊住她道：

「妳小等，我去買枝原子筆。」

貞觀點點頭，看他開步而去，未幾又回，於是問他道：

「那個小姐還認得你嚒?!」

「哪個？」

「你從前天天買橡皮，人家以為你——」

「哦——」

大信笑出來：「除了老闆，其他都是新面孔，也許走了。」

他說著，將筆放入口袋，貞觀這才看見袋中靜躺的幾張摺紙；每次見面，他身上都備有這二項，是有時說著什麼了，還要畫兩筆給對方看，貞觀每每寫下幾行字，他都是小心摺好帶回去——

快到站牌了，大信又說：

「我去買車票——」

「等等——」

貞觀喊住他；她正從小皮包裡摸到一張阿仲的學生定期票：「你和他滿像的，就用這一張！」

大信鄭重道：

「學生時代，偶爾調皮一下，可是，革命軍人，不可以這樣的——」

如果地上有個洞，貞觀真的會鑽進去，她怎麼這樣欠考慮呢；等大信買票回來，貞觀的臉還是紅的，她怯怯道是：

「大信，很對不起你；我真不應該——」
大信笑道：
「其實換我做妳，大概也會脫口而出，拿妹妹的車票給妳坐呢！妳別亂想了——」
〇南的老爺車，一路顛顛倒倒的，貞觀坐在大信的身旁，偶爾拿眼望一下他的側臉；他今天穿的白上衣，細格長褲，遠看、近看，都是他這個人在放大著——
對面坐一個抱書的婦人，正閉目養神；大信輕聲與她說：
「她是系裡的老師——」
「嗯——」
「還好沒給她認出來！」
「她閉著眼睛嘛！咦，你這樣怕先生？」
「有什麼辦法？她看了我們就要傳教，我們看了她就要跑；是躲起來——」
貞觀噗哧這一笑，對面的婦人因而睜眼醒起；貞觀不敢看她，只得低下頭。
等她偷眼望大信時，看他極其自在，於是小聲問道：
「你給她認出來沒有？」
「好像尚未——」
正說著，車子正轉過小南門，大信趁此起身拉鈴，沒兩下，二人都從前門下了門。
「怎樣？」

「好險！」

二人笑著走過鐵道，來到中華路，正有一班大南2路的開來；貞觀上了車，大信跟著上來，坐到她身邊。

他帶著一本水彩畫頁，沿途翻給她看，又說又指的：

「幫妳認識臺北；這是圓環，這是延平北路的老房子，這是基隆河——」

貞觀笑著幫他翻紙頁；偶爾手指頭碰著了，只好縮回來；翻完畫冊，大信問她：

「妳喜歡臺北嗎？」

「現在……還不能回答！」

大信小住又問：

「三十年後，妳寫臺北，要寫哪一段呢？」

「——」

貞觀沒說話；她心內想：

大信，你不知道嗎？不知眼前這一段，對我的意義……你為什麼還問呢！當真你是呆子？

然而，當她一轉思，隨即又在心內笑起：

看你這人！你豈有不知的?!你這是水中照影，明指的自己嘛！

「不說嗎？」

「嗯，不說，一百個不說！」

車子轉彎時，遠遠即見著故宮了；大信問她道：

「看到沒有？妳感覺它像什麼？」

「紫禁城！」

下車後，大信替她拿過小金線珠包，極認真的研究一番，說是：

「妳們女生的道具太多；這是哪裡買的，滿好看——」

貞觀撐起粉紅繡花陽傘，笑道：

「哪裡也買它不到，這是我一串金珠一卷線，鈎了兩個月才鈎好的！」

二人沿著臺階而上，大信只不替她撐傘，貞觀一走一拭汗，走上頂點才想起他目前的身分。

到了門口，大信掏錢去買票，然後哄她道：

「妳看，人家外頭掛了牌子，陽傘與照相機不可攜入！」

「在哪裡？寫在哪裡？」

貞觀收了傘，近前來看門口的黑漆銅字；說時遲，那時快，大信忽地搶過她的傘，溜的一下進了入口；貞觀尚未分清楚怎樣一回事，他已站在裡面對著她笑。

怎樣活脫的一個人！他偏是不說要幫著拿傘，他就是這樣靈動，這樣貼心！

館內是五千年來中國的蕩蕩乾坤；黃帝、堯、虞舜、夏朝、商殷；直到東西周、秦、兩漢……而後隋、唐；那些遙遠的朝代，太平盛世間錯著亂世，全都回到眼前，近在身邊了。

的。

貞觀每櫃每櫥，逐一細看；大信則挾傘於腋下，一面拿紙掏筆，以文喻，以圖解

「看到否？那是魚躍龍門；前半段已化龍身，後截還是魚尾巴……」

「嗯，嗯，魚尾還拍著呢！」

「這是白菜玉！」

「真虧他怎麼想的?!」

「這是五花肉，看了妳一定肚子餓！」

「胡說，我不敢吃肥的！」

逛完水晶球，二人又擠到如意這邊來；大信問她道：

「我來考考妳，那物作何用處？」

「奏板啊——」

貞觀是十分把握：「臣子上朝面聖持的！」

「才不是——」

大信笑她道：「呵呵，考倒了！」

「不然——你怎麼說！」

大信笑道：

「妳說的是笏；如意是用來搔癢的！」

貞觀叫道：

「騙人！騙人?!怎麼可能呢，差得幾多遠?!……你是不是又來騙我了！」

大信笑道：

「這個不行騙人，妳想想它的命名，很容易了解的事。」

貞觀想著有理，卻又疑心道：

「我……反正不能想像，奏事何等正經，卻說成這樣用途！」

「搔癢也是正經啊！」

「好，你慢些說，待我回去考證！」

爭論無結果，等出了故宮，已近午後一點；二人同時回首望著，大信忽問她：

「進去到出來，有何感想？」

貞觀慨然道：

「原先只道是：漢族華夏於自己親，如今才感覺：是連那魏晉南北朝，五胡亂華的鮮卑人都是相關聯——」

大信還帶她在附近吃了麵食，二人才搭車回臺北；車上，他哼著歌，一曲連著一曲；貞觀坐在他的右側，看著他半邊的臉。

他的眉毛濃淡適中，眼神最是清亮，眼白中的一點小紅絲，還是這大半天才看出來……

心好，相貌好，聰明，忠厚；這些還不足以喻大信的人，貞觀最看重他的是：他長於繁華，而拙樸如是；文采之中更見出本真與性情；你看，他穿這樣一件布衣，袖口隨意一挽，腕上載只怪手錶：「妳看，我這手錶是不是很難看？」

「大概是吧?!」

大信以手觸額：

「老天！第一次給自己買東西就這樣？家裡那些妹妹全叫難看死了！」

「其實——也不錯——」

「好，再問妳，妳知道指南宮嗎？」

「知道！」

「去過嗎？」

「去過——月初時，和銀蟾陪琉璃子阿姈去的；阿姈沒吃過齋飯，三人專程去吃！」

大信忽問：

「妳相信我去過指南宮燒香嗎？」

「——」

貞觀不語，停了一下，她開始怪他道：

「你為什麼要去那裡呢？聽說去了就會壞姻緣，怪不得你們會分手，你怎麼帶她去呢？真是的——」

大信卻是捧腹笑起：

「呵呵，我去過沒錯；我是跟我祖母去的——」

「啊——你——」

貞觀小嚷著；一面握著拳頭在半空作捶打狀，嘴兒全咬得紅了；大信笑道：

「好，好，不開玩笑了。」

二人在西門町下來，轉乘欣欣7路的車；回公館已經三點一刻；大信問她：

「累不累，是不是要休息了？」

「還好——」

「去吃點水果吧！晚上就不能出來了——」

「……」

「明天八點的飛機；一大早就得起來！東西都還未收！」

「……」

貞觀木然跟他走入白玉光，假日的午後，這兒的生意反而清淡。

擴音機正放著〈鑼聲若響〉的歌，前頭刨冰的小妹，正咿唔亂哼：

日黃昏，
愛人仔要落船，
想著心酸，
目睛罩烏雲；
有話要講盡這瞬；

誰知未講喉先填；
情相累，
那會這樣呢？——
船燈青，
愛人仔在港墘，
不甘分離，
目睛看著他；
——

歌曲播完，貞觀亦把西瓜吃盡；對面的大信，以刀叉撥數黑籽，一面說：

「沒吃過這樣難吃的西瓜，妳的呢?!」

「大概不比你的好多少！」

「好，再叫兩杯檸檬水！」

「……」

喝著檸檬水，二人只是靜無一語；汁液從麥管進入食道，杯裡的水，逐次少了，二人仍舊相坐對看：

「妳想過沒有？刻印的人，他的字是顛倒寫的！」

「嗯，你這一說，我才想的！果然是這樣！不然正的寫，圖章反而不是了——」

大信笑著取出紙、筆，當下反向寫下自己的名、姓：

「我的名字，很好刻——妳的，也很好刻！」

他說完，就在那三個字旁邊，又寫下她的名姓……

像突然有一記拳頭打在心上，貞觀望著並排的六個字，只是怔忡起來。

要說就去說與清風，要訴就去訴與明月。

二十四年前，南、北兩地，二個初為人父的男子，一後一前，各為自己新生的嬰兒，取下這樣意思相關的名字，貞觀、大信，大信、貞觀；女有貞，男有信，人世的貞信恆常在——

《禮記》教人：父死不再改名，因為名字是父親取給的——

此刻，貞觀重思她對父親的無限敬意與感恩；父親們彼此未盡深識，各分兩地，卻有這樣的契合，而今日，她得以與大信成知己……

貞觀捏著手巾，待大信摺好那紙，重行放入衣袋的當時，偷偷拭去眼眶邊的一滴小淚。

16之1

貞觀：

透早就去趕飛機，機場老是有一堆人，好像坐飛機不要錢的樣子；臨出門，祖母還這樣問我：你什麼時候再回來呢？我只好說：下個月再看看——老人家就很歡喜了。其實，真要回臺北那樣頻，薪餉袋乾脆寫：請劉××轉交遠東航空公司收——好了。機上供應早餐，可是，此家航空公司的英文代號，FAT，乃肥也胖也，許多小姐、太太，看著看著，也就吃不下。

回來一切都好，郵差來收信了；簡此匆匆，妳的如意考證得怎樣了？

大信

信尾畫一隻肥嘟嘟的飛機，表示不勝負荷；貞觀接信當時，立即提起筆來，一面笑，一面給他回信。

大信：

以下文字出自《世說新語》釋義，請參考：「如意出於印度，其端作手指形，亦有作心字形者，以骨角、竹木、玉石、銅鐵等為之，長三尺許，記文於上，以備遺忘，兼有我國蚤杖及笏之用。」

怎樣？二人各持一說，爭論不已，如今孰是孰非，你自己講吧！我也不會說！（懶得說）

祝

好

貞觀

大信，我忽然想離開這個世界一下。

後面加的那一句，有些莫名其妙；貞觀的意思是：你走了，我忽想把現世人身的這一切告個乏，請個假，做個段落，也跟你去一遭……

誰知這樣一句話，急得大信連連追來二封信，全是紅簽條的限時快遞：

貞觀：

今晨在海邊揀了一碗鐘螺，炒了一炒，正好給兄弟們佐飯。

才寫了上面一段，忽地接到妳的信：妳不是跟我一樣嗎？愈是困境，愈不願就此謝幕，遁形；怎地忽然悲觀起來？

趕快給我回信吧！即使隨便寫幾字，我才能放心！

如意乙項，早在意料之中，我就知道二人不會相差太遠，反正殊途同歸，所指一也！（真是興奮事）

快些回信吧！

祝妳

快樂

大信

第二封是大信等二日過，見她無回音，又追著後面趕來的：

貞觀：

我這裡有本極好的書呢！要不要看？（包妳喜歡）要借可以，有個小條件：妳得先給我寫信！

昨天看棒球轉播錄影；世界少棒冠軍——臺北市隊。這下走到街上，手舞足蹈的，恨不得胸前、背後，掛個牌子，大書：臺北市人——才好。

剛剛收到留美同學的二封信；美國是個神祕的異鄉（英文則頗似五胡亂華時，南方、北方爭著相學的鮮卑文），生活其中的中國人，又是另一種特異的新種族

（就是《紅樓夢》裡說的——反認他鄉做故鄉），像是浮萍、落地生根和思鄉草的混合——

看他們的心在故國與異國之間拉扯，我不免會想：是一定要出去吧？十月底有場考試，想來是考不考也沒什麼關係，出不出去，也不怎樣，如果能找個心安理得的理由，我就不出去！

大信

貞觀一看信，顧不得什麼，提筆就寫：

大信：

怎麼可以不考呢？不考並不是花了報名費幾百元的事，不考是你輕易辜負了世間人；琉璃子阿妗說：不可隨便辜負一個人的；你想想：那個出題目的人，那個為你劃座位的人，那個寄准考證給你的人，那個為你送達證件的郵差；是有多少人的意在這個行為裡；書上說體天格物，你忍心嗎？

好好準備，好好讀書（讀書為了救國）；不給你寫信了！

祝

高中

貞觀

信尾她本來還寫下：言念君子，溫其如玉——幾個字，後來細想，又將它劃掉，劃掉這且不算，因為字還看得見，她於是拿了剪刀，按著形狀，剪下一個小長條；這下信紙破了孔，她還是把它寄了。——

貞觀原先想：就等十月底再說吧；誰知第四天，大信又來一封：

貞觀：

今晨在枕上得一聯：

一年容易；

千載難逢。

一年自是容易過；往下的一年，也要像這麼快就好了，人生旅途中，最最遙遠的，常常是現前的一切！

許多事情，我是自妳起，才開始想的。

書應該照前約寄與妳，可是妳知我所謂的（好書）是什麼？只是幾本化學書籍，妳當然不愛看，我是情急之下逼出來的「計謀」，妳不見怪吧。

這兩日澎湖多雲時不晴，聽說臺北大風大雨，從很激動的浪花，看得出來。

祝

愉快！

又：有件事對妳頗不滿；為什麼妳總是把最好看的剪下來，留給自己看？

大信

16之2

十月二十九日，大信請假回臺北考試；到隔天，他還打了電話約貞觀在「雙葉書廊」見面——

貞觀那晚是灰鞋、灰襪、灰裙子，上身是紅衫翻白領，她到達門前時，大信早站在架前翻書；他背著她，白袖子微捲起，穿一件梨色燈芯絨長褲；貞觀悄立身後，看他這身上、下，心想：果然進益了——

那天因為是他父親生日，兩人只說話到九點，大信即匆匆趕回去；他送貞觀回門口時，還與她說是「回去我就寫信來！」街燈的柔光下，立在眼前的，是大信這個誠摯男子，然而不知為什麼，貞觀的心忽變做沉冷：她預感自己會好久，好久，再不能見著他了。

往後兩個月，貞觀再無大信的任何訊息，日子如常一天天過去，她奇怪自己竟能夠從其中活過來。

從早到晚，從朔到望，那一顆心哪，就像油煎似的；以油煎比喻，並無言過，那種凌遲和折磨，真個是油煎滋味！

元旦過去十日了，大信甚至連一個字，一張紙都無……

她再不要這般苦苦相等了；貞觀開始一張張撕去他的那些信：活了二十四年，生命中最寶貴，貯藏在至隱祕，至深處，性靈內的東西，她竟然可以撕毀。

一張下去，又是一張；人生的恆常是什麼呢？原來連最珍惜，最摯愛的東西，都可以負氣不顧了；她這樣想：

大信自然是懊悔；他人生的腳步原不是跨向她的，他只是途合，是半路上遇著的，二人再談得相契，原先的路也不能因此不走——

愛是沒有懊悔的，有懊悔即不是真情；過了這些時了；貞觀還是年輕、負氣，她想：這一份情感，要是變做負擔，她真可以把它信手毀掉！

然而，情又是這麼簡單的事嗎？她和大信彼此互相印證了自己和對方多深……

撕過的信，錯疊成一堆，亂在桌上成幾處小丘；她已經心酸手軟，而完好待撕的，還有三、五束……

貞觀的眼淚，像雨點那般紛紛而下；她找來水膠與透明紙，沿著紙箋斷痕，一處一隙的，又將它補綴起來；字紙滲著淚，湛成暗黃的印子，層層、重重，半透不透——

慘情如此，她猶是想著大信的做人；這紙箋是他自家中帶去自裁的，他說外頭的紙質粗糙。

貞觀尋了小羊皮夾織錦布的一個蚌形荷包，將餘下碎不可辨的紙紙、屑屑全收了進去。這蚌形皮包是大信從前替她拿過的，上面有他的手澤……

人生有情淚沾臆；
江草江花豈終極。

就讓他去吧！讓他去自選；大信是世間聰明男子，他有他的看法和決定，他所堅持的，該也是她的認定吧！他一定有一個最好的方式，來處理人生中的舉凡大事。

就在這樣身心倒懸的日子裡，貞觀接獲自高雄寄出的一封陌生信：

貞觀小姐：

吾於退伍之際，受大信囑託，務必於返臺之後，立即去信與妳，為的是深恐貴小姐有所誤會……

大信請假期間，因單位內失竊公物，致所有人、事，一律待查，此為公事，不必明告。今詳情已知，唯其身體忽轉不適，故仍靜養之中，待其康復，當可返臺一趟，屆時當可面告一切，惟請釋懷與寬心。

耑此；即祝

安好

信初啟時，貞觀還長長吐了一口氣，等看到後來，人又焦心起來，是放了一顆心，另一顆心又懸了起來，也不知人到底生有幾顆心……

怎樣的大病呢？那個地方，舉目無親的……

一天過去，二天、三天、五天……貞觀是夜夜噩夢，到第六天，她再坐不住了；她終於鼓足勇氣，照著大信留下的信封袋，試撥電話與他母親；她這邊斷消息，那，家中那邊，自然也是斷音訊！

兒子有事了，做母親的還能不知嗎？這些時，自己這樣折騰、傾翻了，那，那做母親的，就更不知要怎麼過了？

這幾夜，貞觀都夢見伊焦灼的臉；或者，伊還能挺得住，因為上有七十歲的老人需要相瞞，然而私下她是怎樣受的？

再說那個老祖母；大信是劉氏的長房長孫，是伊心上的一塊肉……從小到大，伊提過多少香、燭，帶著大信幾處去燒香——貞觀想著她的小腳一邁二邁的，千古以來，那種祖母疼孫的癡心情分，都化作已身生受——

貞觀原意是：探一下口氣，看著情形再辨，真瞞不過，就說是割盲腸開刀；只要略通一點消息，只要稍作安頓，叫那邊省去茫不知情的空牽掛，她就是對朋友盡義，對知己盡心——

二人在電話中說了半天，最後大信母親還是決定飛去探他；去一趟也好，不去，伊不放心，她也不放心；如果不是沒名沒分的，貞觀早就三更半夜都走著去了！

這就是母性。這就是親恩，兒女出事，原來最苦的爹娘……

貞觀掛下電話，才同時明白，孟子說的——不得乎親不可以為人，不順乎親不可以為子，原為的什麼！

事情當然是瞞著老祖母的；大信母親丟下家中一切，冒著暈機難堪，獨自飛一趟澎湖；貞觀這邊則天天上龍山寺燒香；龍山寺供的救苦救難觀世音，貞觀每每在神龕前跪下，心中祈求的，也唯有大信能得早日平安無事一念；他是祂艋舺境內的子弟，觀音菩薩要庇佑啊——

怎知三天過去，當貞觀數算著大信母親幾時回來時，她倒先接著他的一張紙片，像一把利刃，刺進了貞觀的心：

妳這樣做，我很遺憾！

那紙片，她橫拿不是，直拿不是，手只是嗖嗖的抖，眼淚刷的一下，落在上面……

就這麼八個字，沒有稱呼，沒有具名……她沒有看錯吧?!

她為他什麼都想著了，卻叫他這樣恨她；他真以為她是多事鬼，多嘴婆嗎？他真不知她的心嗎？往後五十年，當貞觀回想人生的這一切時，她如何能忍受，在大信出事之秋，自己竟只是坐視、旁觀？

外人與自己，是怎麼分的？她真要只是坐著看嗎？寧可他枉屈她，也不要她未對他盡心；以後想起，再來後悔。對與錯是極明的，應該做的事都應該去做，人生只這麼筆直一次，弄錯了，再等下輩子補，還得那麼久……被曲解只是痛苦，痛苦算來算去，也只是生命的小傷；該做未做，人生卻是悔恨與不安，悔恨是連生命整個否認的，是一輩子想起，都要捶心肝——

大信是何等明白人，他豈有錯想的……她這樣知、惜他，而他回她的答案，卻是銷金毀玉的八個字——遺憾嗎？

貞觀問著自己，那眼淚就似決堤……

今天走到這個地步來，生命中的一切，都註定是要遺憾的了——

她收拾好大信所有給她的信、物；那本她睡前都放在床頭的印譜和畢業紀念，是他冒著風雨送來的——

大信：

我已經沒有資格保有它們了……

才寫第一句，貞觀已是噎咽難言……她伏著桌案，半晌只是不能起。

豈止此刻、此時；她是這一生，只要回頭想著，就會疾首椎心，淚下涔涔：

——這兩本冊子還給你，可惜信已毀，無法奉還；這一輩子，我都會因此對你愧疚。

貞觀

撕破的那些，其實她大部分黏回來，然而她還是這樣嘔他，甚至在印譜裡寫一句：

風流雲散日，
記取黃自興。

黃是辦公室的同事，因為名字較眾人的好聽；貞觀竟用它氣他！

愛就是這樣好氣，好笑，她一陣風似的把物件寄出；以大信個性之強，以她知大信之深，這是如何的後果，她應該清楚，然而她竟是糊塗，她以為只是這麼鬧鬧就會過去——

信寄出半個月，大信無有回音，貞觀知道他生氣，自己還是天天上龍山寺。

她這才了解，當年她大妗祈求天地、神明，護佑在戰火中的大舅，能得平安返來，是怎樣一副情腸；她是只要他的人無事即好，只要堂上二位老人，得以再見著兒子，卻沒有先為自身想過什麼——

大妗沒讀過書，她們那個時候的女子，都不能好好的讀它幾本書；然而她卻這樣的知道真愛，認清真愛……比起其他的人來，大妗是多麼高啊！

農曆過年，貞觀隨著潮水般的人們返鄉，回去又回來；年假五天，貞觀從不曾過這麼苦楚的年——

初六開始上班；銀蟾看她沒心魂，回來第一句話就說她：

「妳想過沒有，是妳不對——」

「我不對？當然是我不對！我還會對啊？」

銀蟾看了她一眼，仍舊說道：

「本來就是妳不對，妳那樣做，傷他多厲害！」

「……」

銀蟾見她不語，膽子更壯了，連著又說：

「大信知書達禮、磊落豪爽，妳應該比我更了解啊！」

「——」

像是五雷劈心，貞觀一下悸動起來；她背過身去，開始拭淚：

是我愧對故人，愧對大信；我竟不如銀蟾知他……

銀蟾續聲道：

「何況，他心情正壞，那裡禁得起妳這一下？」

「……」

「妳還是寫信與他道歉！」

「……」

「妳不寫，我來寫！」

「不要——」

「為什麼？」

「沒有用，沒有用?!他在惱我——」

話未完，電話響起，銀蟾去接，隨即要貞觀過去；她比了一下，小聲說道：

「是他媽媽！」

貞觀怯怯接起，叫聲：

「伯母——」

大信母親在那邊說是：

「貞觀，大信有寫信給妳嚒？」

貞觀搖著頭，淚已經爬出臉來，對方又問了一次，她才想起這是電話，遂說是：

「沒有——」

「唉，這個孩子——」

他母親在電話裡怪起他來：「有時還真是個孩子，從來沒磨過，才這樣不曉得想——」

貞觀以手拭淚，一邊說道：

「——可能他沒閒——快要退伍了！」

「是啊，妳不說，我也沒想著，就剩百餘天，六月就回來，等回來，我再說他——」

貞觀從掛下話筒，開始盼望時光飛逝過去；她以為只要見著他的人，一切就會不同了。

17之1

六月底，貞觀從大信母親那裡，得知他回臺北；然而日曆撕過七月，從一號、二號到八號、十號……十五號都過了——

貞觀忽不敢確認：自己是否留在人間，否則，二人同在臺北，他卻隔得她這麼厲害；像之間重重置的幾個山頭。

這些天，她連三餐飯都未能好好吃，更不必說睡眠了——

今天這樣，也許是她的錯，她不怪他；可是十九號，再這麼四天三夜一過，他就得走了，他真要這樣一走，再不見她一面？

他一走，丟她在這樣偌大、空洞的臺北市。

——紅男綠女，到今朝，野草荒田——

他有無想到，以後她得怎樣過日？

子夜兩點了，貞觀還輾轉床側；聽得收音機裡，正小唱著歌：

公園路月暗暝，
天邊只有幾粒星；
伴著阮，目淚滴，
不敢出聲獨看天；——
公園邊杜鵑啼，
更深露水滴白衣，
——
叮嚀哥，要會記，
不堪——

貞觀的眼淚，自眼角垂至鼻旁，又流到頰邊，滲過耳後去了。後脖子濕了一大片，新的眼淚又流出來——

她披衣起來，其實也無涼意，就又放下了；輕悄開了房門出來，只怕吵著銀蟾；才出廊下，見天井一片光華，抬頭來看：

月娘正明，瑩淨淨，光灼灼；同樣的月色，同樣立的位置，一年前，大信就站的這裡，等她浴身出來，那時候——

月光下，貞觀就那樣直立著流淚，淚水洗濕她的臉，風一吹來，又逐個乾了——

「妳好睡不睡，站到這裡做什麼？」

也不知銀蟾起來何事；貞觀只不看她的臉，隨便應道：

「裡面熱，我出來涼一下。」

銀蟾不說話，近前拉了她的手，又推又擁，將她挽入房內；一入房，兩人平坐床沿，都只是不言語；停了好久，才聽銀蟾嘆息：

「熱就開電扇啊，唉，妳這是何苦——」

貞觀倒靠到她的肩膀，熱淚泉湧般的哭了出來——

第二天，貞觀腫著眼睛，又咳又嘔，把個銀蟾急紅了臉。

「妳看妳——」

「我沒怎樣，躺一躺就好！」

「喔！躺一躺就好？那醫生的太太誰來養？」

「我——」

「這下是由不得妳做主了，妳躺好，我去去就來！」

銀蟾匆忙中換了衣服，飛著出巷口去請醫生；不久，帶了個老醫生進來；醫師在她前胸、後背診聽，銀蟾則一旁幫著捲袖、寬衣。

自識事以來，貞觀幾乎不曾生病、打針，因她生有海邊女兒的體魄；如今一倒，才知人原來也是陶瓷、瓦罐，極易碎的。

打完針，銀蟾跟著回去拿藥；藥一拿來，貞觀隨即催她：

「這些我知道吃，妳快去上班。」

「上什麼班？——」

銀蟾翻著大眼，又端上一碗牛奶，道是：「我打了電話去請假，大伯叫我看顧妳，嘻，這下變做公事了，妳先把這項給我吃了，回頭琉璃子阿姆就來。」

果然十點整，日本妗仔真的來了，還帶了那個鄭開元；那人坐到床前，跟著琉璃子的手勢，在貞觀額前摸了一下，問聲：

「妳感覺怎樣？」

「還好！」

他拿起床前的藥包、藥水，認真看過，才說：

「這藥還算和緩，是個老醫生吧?!」

貞觀點一下頭；他又說了一些話，貞觀先還應他幾句，後來就閉眼裝睡；誰知真的睡著，等她再醒過來，已是午後一點，人客都已走了，銀蟾趴在桌前打盹，面前擺的水果、鮮花。

大信呢？

他真的不來看她？不管她死活？她病得這樣，他知道不知？

她錯得這麼厲害嗎？他要氣她這麼久？他真要一語不發離去，她會瘋死掉吧！

隔日，貞觀起來要上班，銀蟾推著她回床，大聲說道：

「妳這是怎麼想？妳還是認分一點，給我安靜躺著！」

「可是——」

「沒有可是好說的，生病就是生病，妳自己看看妳的臉！」

她說著，遞來一個小圓鏡；貞觀遲疑一下，就接了過來；她不能相認，水銀鏡內的女容是生於海港，浴於海風的蕭家女，她不知道情愛真可以兩下擊倒人；小時候，她與銀蟾跟著阿嬤去廟前看戲，戲裡的陳三、五娘，每在思想那人，動輒不起——原來戲情並未騙人……

「好，那我再歇一日，可是有條件！」

銀蟾聽說，笑起來道：

「哦，生病也要講條件？好吧！妳倒是說看看！」

貞觀乃道：

「我不去，妳可不行不去；沒得一人生病，二人請假的理！」

銀蟾道：

「妳病得手軟，腳軟的，我留著，妳也有個人說話！」

貞觀拿了毛巾被蓋臉，故意說：

「我要睏呢，誰要與妳說話——」

說了半天，銀蟾只得換了衣裙出門；貞觀一人躺著，也是亂想；電話怎麼不響呢？門鈴沒有壞吧！不然大信來了怎麼按？

他一定不會真跟她生氣，他一定又與她鬧著玩；從前她道破他與廖青兒的事，他不是寫過這樣的信給她嗎——接到妳的信，有些生氣（一點點），妳何苦逼我至此？——然而信尾卻說——其實我沒氣，還有些感心呢！抱歉，抱歉，我要刻一個抱歉的圖章，把信紙蓋滿——

電話突然響起；貞觀摸一下心膛，還好，心還在跳，她趿了鞋，來拿話筒：

「喂——」

「貞觀小姐，我是鄭開元——」

「哦，鄭醫師——」

「妳人好了嗎？」

「好了，謝謝！」

「我來看妳好嗎？」

「哦，真不巧，我要上班呢，正要出門——」

「哦——那，妳多保重啊！」

「多謝——」

掛下電話，貞觀忽想起要洗臉、換衣；沒有電話，他的人總會來吧！她不能這樣灰敗敗的見大信，她是響亮、神采的阿貞觀——

門鈴響時，她還在塗口紅；家中眾人都說她的嘴好看，好看也只是為了大信這個人哪！

從前的一切全都是好的，連那眼淚和折磨都是；氣了這些時，他到底還不是來了——

門外站的鄭開元；貞觀在剎那間懂得了：生下來即是啞巴的人的心情。

「我還是不放心——妳真好了嗎？」

貞觀嗽一嗽嗓喉，說道：

「我正要出去呢！家裡沒人，就不請鄭醫師坐了！」

「那——我送妳去；街上的計程車有些沒冷氣，妳不要又熱著了——」

直到公司，二人沒說一句話；貞觀等下了車，才與他道了謝；一上二樓，即在樓梯口遇著銀蟾，她正抱著一疊公文夾，見是她，公文夾落到地上去：

「妳讓我安心一些！行嗎？」

貞觀將事情說了一遍，銀蟾道：

「這人怎麼死心塌地的?!」

貞觀乃道：

「這妳就弄錯了，他不是那樣意思；他變做只是關心，第一是琉璃子阿妗相託，第二是一個醫生對病人的態度；換我是醫科出身，我也會這樣跟人家！」

銀蟾道：

「好，妳有理！可是，這算什麼醫生，病人給他逼離病床！」

「我反正也好了——」

「只好當妳好了——」

然而下午三點不到，貞觀臉色轉白，人整個仆到桌上。

辦公室一片混亂，有叫車的，有拿藥的；亂到最後，又是銀蟾送她回來。
貞觀再躺回床上時，她這樣想：
就這樣不起吧！就這樣睡到天盡頭，日子就跳過二十號去！
大信是不會來了！讓她死了這條心吧！心死了，什麼都不必去想！
看銀蟾的眼神，貞觀可以了解，大信是真不會來了；銀蟾當然打過電話給他；他知道自己生病，竟還是硬起心腸來。銀蟾忽說：
「我再打給他——」
「不要！不要！——」
貞觀費力抓著她的手，說是：「妳打，他也不會來！」
銀蟾這下放聲大哭：
「妳再怎樣不對，他也不該這般待妳——我去問問他！」
貞觀幽幽說道：
「這一切是我自取！妳不要怪他——」
銀蟾咬著嘴唇道：
「我打給他母親——」
「銀蟾，大信那種個性，如果他不是自己想通要來，妳就是拿刀押了他來，也只是害死我——」
「可是——」

「他自以為想的對，妳讓他去；妳要是打給他母親，銀蟾，我這輩子都不會原諒妳——」

說到後面，兩個人都哭了起來；眼淚像熔熱的燭淚，燙得一處處疼痛不止。

貞觀搵去淚水，心內想——

好，大信，你不來，只有我去了；人生走到這種地步來，倔強、面子，都是無用物；我其實也不是好勝，我是以為：我再怎麼不好，你總應該知曉我的心啊——難道這些時，我們那些知心話都是白說的；我當然不對，我也不知你的苦用心，你不要家裡知道，怕她們擔驚、傷神，這是你孝心，可是，我捨不得你生病、受苦，什麼都是一人承擔——

她是不行再病了；大信後日即走，她得快些好起，趕在明天去看他。

十八這天。

貞觀足足躺了一整日；琉璃子阿妗陪她直到黃昏，情知銀蟾就快到家，才放心與鄭開元離去；貞觀看著手錶，差十分六點，銀蟾就快到了，她再不走，就會被她攔住不放。

貞觀留了紙條，只說到學校裡走走，校園這麼大，銀蟾再怎樣也找不著她；一出門，才六點一刻，大信也許才吃晚飯呢——

她只得真到校園溜一圈；學校此時放暑假，學生少了一大半，阿仲也是幾天前才回家，說是十來日，再上來幫教授做事——

出大門口已經七點半鐘，坐什麼車呢？計程車太快，十餘分即到達，好像事情未想妥，人就必須現身出來那樣突兀！

還是坐公車吧！她要有充裕的時間，讓心情平靜，自然，這樣一想，遂站到○南牌子等車。

多久以前，大信和她，曾小立過這兒等車……她忽地頓悟過來：

他真去了英國，她還能在這個城市活下去嗎？臺北有多少地方，留著活生生大信的記憶。她和他，曾把身影、形象，一同映照在臺北的光景柔波裡——

以後，除非她關起門來不出世，否則，她走到哪裡，哪裡都會觸痛她；關起門來也不行哪，房內那椅凳、是大信坐過的，他還將腳，抬放在她的書桌上……

車到小南門，已經八點十分，貞觀提前兩站下來，準備走著去呢，大信在那裡長大，她也應該對那個地方有敬意！

八點半是可以走到吧！這個時間比較好，不早，不晚。——

貞觀從中華路轉向成都路，當她再拐進昆明街時，才感覺自己的手心出汗；他的家，她從不曾來過，如今，馬上就要望見了，就在眼前不遠處，她是去呢，不去？

前屋太亮，而且又是店面，還是從後街走；她進去了，人家問起，自己該是怎麼說？

後街剛好是他家後門，而且前屋正好有一小巷延下來交會；貞觀走在暗巷，忽又想起；大信初識她時，信上有過這樣一句：

——習慣於獨行夜路，無言獨上西樓，月如鉤，心如水，心如古井水——

原來就是這樣一條巷子；貞觀站在別人家屋簷下，抬頭來找大信的房間。

二樓是他父母、祖母，三樓是兄弟，四樓是姊妹；另一幢是他叔父那房的；大信房間就在三樓靠西，照得進月娘光光！

就是這間吧！燈火明照窗，故人別來無恙？

從戌時到子夜，貞觀就在人家泥牆下，定定站了三小時；大信的燈火仍是，在這樣去國離家的前夕，他竟也只是對燈長坐而已。

不見也罷！既是你決定，既然你心平得下，我又有什麼說的？

能夠這樣站著，已經很好了；是今生識得你，今生已是真實不虛。

雨細絲絲下起來，貞觀離去時，那燈猶是燃著；他也許一夜不能眠，也許忘了關燈——

她回到住處，掛鐘正敲那麼一下，是凌晨一點；銀蟾來開的門，她看到銀蟾時，心口一絞緊，跟著眼前一黑，然而她還是向前踉蹌幾步，才仆倒在銀蟾身上——

17之2

貞觀足足在床上躺了半個月；銀蟾幾次欲通知家裡，都被她擋住了。

大信就這樣去了英國；他走那一天，貞觀手臂上還插著點滴注射筒；她不吃飯，鄭開元只好給她打鹽水針，任何人與她說話，她都只是虛應著，心中雖是一念：

我該怎樣跟他去呢？倫敦離的臺北，千萬里路；我一個弱質女子，出門千樣難，出境不易，人地生疏，外頭有壞人，存的錢大概也不夠——

明人小說裡記的——范巨卿與張文伯，以意合，以義合，二人結為知心，言約重陽佳節相晤見。自別後，范為家計奔忙，不覺光陰迅速，重陽當日晨起，見鄰居送來茱萸花，頓憶起故人之約；然而兩地相隔千里，人不能一日到，魂卻可一夜行千里……張劭信士也，豈有失信於他；思至此，拔劍自刎，以魂赴的生死約——

貞觀因此遂起死志；活著的人不能跟去，死了的魂，總可以尾隨而至吧！她要去看大信，問問他的心；他把她帶到無人至的境，卻又這麼扔下她；舊小說裡，西伯昌說雷震子：「如何你中途拋我？」

貞觀每唸著此句，就要嗚咽難言；整整十五天，死的念頭絞纏在她心中不休——後來是銀蟾和阿仲把她拉了回來；正是昨日，她高燒不退，弟弟已從家中上來，見此景，站在一邊與她磨薑汁，銀蟾則半跪半坐著床沿，一口口用湯匙餵她清粥，偶爾夾一筷子花瓜，置在匙內……

她看著眼前的親人，大批大批的熱淚，成串落進銀蟾端著的湯碗裡。

「妳別傻了，妳別傻了——」

銀蟾這樣說她，臉正好映到貞觀面前；她看著自小至大的異姓姊妹，伊的眉目像三妗，鼻口像三舅，臉框像外公，不，也像阿嬤……

啊，家鄉裡的親故，父老、母親和弟弟們，一張張熟悉、親愛的臉，輪番在她眼前晃著；那麼多真心愛她的人——

小時候看戲，小旦一出場，總說——爹娘恩愛，生奴一人——；原來生命何其貴重，人生何其端莊，其中多少恩義，情親，她竟為一個大信，離離落落——

這些時，都是鄭開元過來與她診視，貞觀有時看他靜坐一旁，心中會想：

不管大信如何對她，在她的感覺裡，她已與他過了一輩子，一世人了；情愛是換了別人，易了對象，則人生自此不再復有斯情斯懷；那人縱有張良之才，陳平之貌，也只有叫人可惜了他——

她是再改不了這個心意的；小時候，她還去看人鑿井，鐵椿撞至最深處，甘美的水會湧冒出來。

心同地理；一窪地只有一池水，一顆心也只能有一口井，有些地形不當，或是鑿井的人欠通靈，則不論多久過去，空池也只是空池。

大信是她的鑿井人，除了大信，她永遠是死水一池，枯井一窟。

開始上班幾天了，貞觀每日七點半出門，準六點回家，連著六、七日，銀蟾觀察不出端倪，有些沉不住氣了，到這晚臨睡，她坐在床上來問她：

「妳怎樣了？」

「什麼怎樣了？」

「妳到底好一些沒有？」

「這不是好好的坐在妳面前！」

「我是說妳的心！」

「——」

貞觀一時無以為應；人，心會好嗎？

今天是琉璃子阿妗生日，二人跟著大舅回臨沂街家中吃飯；她們到時，琉璃子阿妗在廚房裡烤蛋糕，伊嘴邊正哼小調，是〈魂斷富士嶺〉。

貞觀從大舅說起他二人如何相識開始，已對新妗仔的人敬重，然而，她看著伊的人，還是要因而想起故里家中的大妗。

舊時女子的愛，是無所不包的；她要是有她大妗對真情的一半認識，就不會有今日的苦楚；大信起先真是委屈她，但她不該跟著錯在後頭，那樣毀天搗地的，豁然一下，退回他給她的那些物件，她那麼大的氣害了自己，像大信那樣驕傲的人，是不容許別人傷害他的；他們是彼此把對方的心弄碎。

這事之後，貞觀覺得自己一下老了十歲，然而，比起大妗來，大信和她還是年輕，年輕就有這種可笑，可以把最小的事當做天一樣大。

銀蟾見她呆住了，也就說道：

「我知道妳苦楚，可是妳一句話不說，叫我怎麼猜，妳若是心裡好一些，妳就說一聲，我也放心哪！」

貞觀摸一下她的頭髮，輕說道：

「不要再提這項；我心裡好想回家，我要回去看大妗，我想媽媽和阿嬤——銀蟾，我們回去好嗎？」

「——」

銀蟾的大眼閃著淚光，她拉著貞觀的手，只是說不出話。

隔天下班，二人說好，一個去車站買車票，一個先回來收拾行李。貞觀下了車，距離住處還有百餘公尺；她沿著紅磚路，逐一踏著。

臺北的最後一瞥，可愛的臺北，破碎的臺北；她心愛男子的家鄉——

忽地，她聽見身後一個稚嫩聲音，這樣唱著：

阿母盛的那碗我最愛，
一領一領的衫，
阿母縫的那領我最愛；

是個跳著小腳步回家的幼稚園女生。貞觀停下來看她；小身影一下就晃過她的眼前去：

一條一條的路；
阿母住的那條我最愛——

貞觀的眼淚終於流下來，這樣的兒歌，童謠；她也要飛向母親，飛向生身的母親，故鄉的母親；她想著伊，就這樣當街流淚不止。

——春天的時候，她母親喜歡炒著韭菜、豆芽，夏天時，她愛吃竹笋湯，一到八、九月，她會向賣菱角的人買來極老的菱角，摻點排骨去燉，等好了，就放一把香菜進去。

她還不准貞觀將衣服與弟弟們的作一盆洗；男尊女卑，貞觀是後來讀《禮記》才曉得，而她母親也只是讀了幾年日本書；她是連弟弟們脫下來的鞋，都不准貞觀提腳跨過去，必須繞路而行。

她父親去世幾年了，伊除了早晚三枝香，所有父親的遺物，一衣、一帶，她都收存極好，敬重如他的人在世間——

她還教人認清本分；貞觀常聽她說這樣一句話——沁飯不吃做嫺的；因而自己的那一份，自己要平靜領取；不領也還是給你留著——

貞觀進門時，早聽那電話響個三、二聲，她拿起來，竟是電信局小姐：

「蕭小姐嗎？」

「我是——」

「長途電話，請講——」

「貞觀嗎？貞觀抑是銀蟾？」

「三舅，我是貞觀——」

「大舅那邊線不通，妳快些通知他，阿嬤方才跌倒，不省人事，妳和銀蟾也快些回來——」

17之3

夜快車搖搖、晃晃；本來是可以坐自家車的，她大舅因為夜路多險，也就不叫司機驅車南下——

貞觀和銀蟾交握著手，眼睛望著車外的黑天；前座的大舅與琉璃子，也是失神、黯淡。

夤夜的夜空，閃著微星點點，大信的眼神真個如星，又清亮又純良……從前他給她寫信，說到他坐夜快車的經驗：

——睡不著時，就監視著晝夜的交更……算了，我沒本事形容；反正太陽才剛露出個額頭，大地便搬弄出了千變萬化的色彩、光輝，旅人目瞪口呆，只有感動的分——

他現在怎樣了呢？

再兩日七夕；英國沒有農曆記載，他知道過生日嗎？去年三月天，貞觀在西門町遇著個中學同窗，伊在大學時和廖青兒住過同一個宿舍；貞觀故意問起廖的男朋友，那人就說：喔，就是化學系那個頭髮似牛角那個啊？

那人說這話時，兩手的食指同時舉到兩額邊豎著，做出牛角模樣；貞觀當下與她分手了，立即轉到延平北路去買隻白牛角小梳子，寄給大信，又將那人言語，重複一遍。沒幾天，大信急來了一信，說是：——有那樣難看嗎？梳子收到了，我會天天梳的——

自己為什麼就這樣看重他呢？

貞觀想了又想：

說看重大信，不如說是看重自己；他幾乎是另一個自己，每次她講什麼，他接下去說的那句，常是她心中溫熱捧出來的無差異。她跟他說起小時候，在外曾祖母家魚塭耍水，被銀城他們推下岸，等爬起時，裙褲上竟夾了一隻大螃蟹；話未已，大信馬上說：——哈哈，用自己去釣；用自己去釣？

還有去故宮那一次，二人在車上輕哼歌，她唱〈安平追想曲〉，唱到——海風無情笑我戇；大信當下脫口說出〈望春風〉裡的——月娘笑阮戇大呆——

真的如果不是這些，她今天可以不必這樣……

車內旅客，有打呼的，有不能睡的；後座一個少年，才轉開錄音機，車廂內整個哀怨起來：

月色當光照山頂，

天星粒粒明；
前世無做歹心倖，
郎君這絕情——

貞觀轉過頭去，努力不讓眼淚掉下來——

車到新營，大舅招了計程車，四人直奔故鄉而來；天已逐次亮起，在黎明的微光裡，清涼如斯的氣息，叫貞觀不由得要想起從前讀書、備考，雞鳴即起的那段光陰！多好啊，彼時她未深識大信，人生的苦痛和甜蜜，也都是大信後來教給的。在這之前，少女的心，也只是睫毛上的淚珠，微微輕顫而已。

晨光中，貞觀終於回到故鄉來。故鄉有愛她的人，她愛的人；人們為什麼要去流浪呢？異鄉、外地所可能扎痛人心的創口，都必須在回得故里之後，才能醫治，才能平復。

一輩子不必離鄉的人，是多麼福分；他們才是可以言喻幸福的人——

當車停門前，貞觀抬頭來看，整個人忽的跌跌撞撞下了車。

四個人一起跪了下去，然後匍匐爬到門檻來；她母親和她大妗，一青、一黑，嚎著上前接他們；貞觀哭著爬近二人身旁，一手執母親，一手拉妗仔，人世中最難忍，最哀痛的，一下全傾著從她的咽喉裡出來。

18之1

油燈如豆；風偶爾自窗隙、門縫鑽入，火焰就跳躍，晃搖，浮映得一屋子的人影，跟著閃動不已。

貞觀今晚是第五夜在柩前守靈；白燭、白幃、白衣衫，連貞觀的人亦是白顏色。地下鋪著草蓆，貞觀疊腳跪坐於上，抬頭即見著大舅眾人；銀山是長房長孫，按禮俗，大孫向來當小兒子看待，銀山因此是重孝；貞觀有時傳物遞件，不免碰觸著他身上的重重麻衣，手的感覺立時傳進心底，像是粗麻劃著心肌過去——

自第三晚起，阿妗們即開始輪換著回房小歇一下再來，她母、姨、姨丈等人亦是；說來貞觀是外孫女兒，更可以不必守到天亮，然而這幾晚，她還是不歇不睏，一如當初，每晚和舅父、表兄們一般，行孝子孝孫的重禮。

貞觀三歲時，她母親生了弟弟；她從那歲斷奶起，住到外婆家。

三歲的事，已經不能清楚它了，可是此時想起來，她還能記憶：四、五歲時，睡在外婆邊，天寒地凍的，外婆摸黑起來泡米麩、麵茶，一口一匙餵她——

上小學以後，貞觀才正式回家住；外婆知道她從小愛吃綠豆湯，五月、六月、七月，長長一個夏天，伊都不時叫煮綠豆。小學時代，下課還得排隊回家，老人家就守在這邊大門口，看一隊隊的小人頭，等辨認出她，就喊著名字，叫她進去吃——

親恩難報，難報親恩——

想到這裡，貞觀乾澀的眼珠，到底還是滲出濕淚；原來——

中國人為什麼深信轉生、隔世；佛、道兩家所指的來生，他們是情可它有！若是沒有下輩子，則這世為人，欠的這許多的恩：生養、闗顧以及知遇的恩，怎麼還呢，怎麼還？

上次回來過年，也是在這個屋厝裡，她幫老人和大妗做祭祖用的紅龜粿，模具千隻一樣，都是壽龜的圖案，拿來放在染紅的米粿上，手隨勢一按壓，木模子就印出一隻隻的紅龜來；她將它們排在米籮上，一隻一隻的點著——

三妗一旁拿著鉸剪，沿著粿的形狀，一邊剪貼葉，一邊抹生油，葉是高麗菜的葉；銀蟾則半蹲地上，以小石臼搗花生。

炒熟的花生，倒在石臼裡，先小研一下，再倒出手心捧著，以嘴吹掉花生脫落的皮膜，然後再倒回臼裡搗，花生麩是要和餃肉、碎菜等一起，用來做菜包和紅圓的餡。

小石杵一搗一舂，花生粒就迸跳來去，有些甚至噴出外面地上；銀蟾又要撿，又要搗，左手不時還得圍拱住半個石臼面，免得跳出來太多……如此沒多久，倒捶著自己的手了！

貞觀去替她，二人換過工作；她手才接小石杵，只搗那麼幾下，忽覺自己的心也是放在石臼裡，逐次和花生一樣碎去。

那一年，真的是她最難過的一年；大信隔著她，全無消息。——初五那天要上臺北。

母親和她一起過這邊來說；銀蟾還延在三妗房裡，母女二人，不知還講的什麼；她母親與三舅說事情，貞觀自己就彎進阿嬤房間。

一入內，老人家見是她，傾身坐起，又拉她的人半掩著蓋被：

「外面那樣冷，妳穿這麼少？」

「才脫大衣的，阿嬤我不冷！」

沒想到那一幕是今生見老人的最後一面了；祖孫各執著棉被一角對坐著，被內有手爐仔，貞觀那一窩，忽的就不想出外界去——

「什麼時候再回來呢？」

「不一定呢，有放假就返來——」

「對啊，是啊，回來好給阿嬤看看，唉，一趟路遠得抵天——」

「——」

「明天此時，妳就在臺北了；唉，人像鳥，飛來飛去！」

「——」

「阿貞觀，妳離這樣遠，又不能常在身邊，妳記著這句話——」

「阿嬤，我會記得，——」

「阿貞觀，才不足憑，貌不足取；知善故賢，好女有德——」

那次晤對，是今生做祖母、孫子的最後一次，剖心深囑的言語，也就成了絕響。

才不足憑，貌不足取；知善故賢，好女有德。

貞觀此時重想起，那淚水更是不能禁；這一哭，哭的是負疚與知心；大信這樣待她是應該的，自己有何德、何行，得到他這樣一個愔愔良人，秩秩君子。

她在他心緒最壞時，與他拌嘴、決裂，是她愧對舊人，有負斯教；天下之道，貞觀也——

父親給她取這樣一個名字，而她從小到大，這一家一族，上上下下，所以身相教，以言相契的，就是要她成長為有德女子；枉她自小受教——

她不僅愧對父母，愧對這家，更是愧對名教，愧對斯人——

淚就讓它直瀰瀰；淚變成血水，阿嬤和父親，才會知得她的大悔悟——

18之2

葬禮一過，她大姨、大舅都先後離去；貞觀覺得，以自己的心態，是無法再到臺北過日子。臺北是要那種極勇敢、極具勇氣的人才能活的！

她要像小學校旁那些老農夫一樣，今生今世再不跨離故鄉一步。

銀蟾跟著她留下；那間房子，阿仲已幫她們退了租；貞觀每日陪著母親、大妗，心總算是一日平靜過一日。

過了七七，又是百日；琉璃子阿妗一趟來，一趟去的；貞觀看著她，竟是感覺，臺北無任遠！

伊這次臨走，照常還問的貞觀，再去如何；貞觀答允伊重新來想這事，等送了大舅和伊上車，她忽地驚想起前事來。

大妗是早說好要上山的，當初阿嬤死命留她；如今老人家一去，這屋內再無能絆留她的人！

不管如何，我要送她一送——

比起大妗來，多少人要變得微不足道了。她想起大風大雨，大信給她送印譜；她不僅退還他，還騙他信撕了，還寫個不相干的男人的名字嘔他——他不理她是應該的啊！

想著撕信的事，貞觀連忙翻出碎後又黏起的那些信來，她逐一看著，眼淚到底難忍它流下來。

大信給過她這許多信，他跟她幾乎無不言起；能講的講，不能講的也講；家中的母親、妹妹都不知的，他全說與她！

今晨起來，有一個鼻孔是塞住的——

啊呵，是連這樣小事都要說它一說。

——書逾三吋，就把它拿來當枕頭——

這話說與別人，人家大概要笑的，他卻這樣拿她當自己。

——最近蟋蟀很猖獗，目中無人的大聲合唱，吵死人了——

啊，大信，相惜之情，知遇之恩，她是今日才知道，原來貞觀負大信！

知己何義？她難道不知《紅樓夢》裡那兩人；寶、黛是知己，知己是不會有怨言的。當初，他要她靜候消息，她不該沉不住氣，他的盛怒其實是求全之毀，那也是對至情親者才能有，偏她什麼迷了心竅，箭一樣的退回他的物件……大信等於在最脆弱時，再挨了她一刀……。

她想著，又找出了蚌形皮包裡面的一堆屑紙；現在她已經了解了大信的不告而別；見面了，他說什麼呢？除非有承諾，而這樣彼此心碎之時，他也亂心呢！誰會有什麼心情？

那紙裝在裡面不通風，這下聞著有些異味；貞觀遂取了小盆，將之攤於上，然後置於通風、日光處，又是陰乾又是晒。

而今而後，她還要按著四季節令，翻它們出來晾著，像阿嬤從前曝晒她的繡花肚兜一樣——

風一吹來，盆裡的碎紙飛舞似小白蝶；貞觀丟下手中物，追著去趕它們；未料銀蟾走入來：

「咦，這是什麼？」

「——」

貞觀沒回她，用手撲著小紙片，銀蟾跟著跑步向前，以手掠了幾些，風捲過紙面來，正的，反的，銀蟾終於看清楚上頭的字：

「妳這個人，妳這個人，妳會給他害死——」

貞觀這一聽，不發一言，上前搶了她手中的紙，自己裝入皮包。

這皮包的機括玄妙，從來就沒有男生會開，銀城、銀安、甚至阿仲……他們全扭不過它。奇怪的，大信一接過，輕略一摸，啪的一聲，開了！

銀蟾以為她生氣，嚅嚅說是：

「我知道，是我說錯話——」

貞觀不聽則已，聽了才是真惱：

「妳不知，也就算了，妳既知道，妳還說的什麼？世間人都可以那樣說，獨獨妳不能！」

「——」

「妳說我也罷！妳不該說他——」

「是我不好——」

銀蟾低頭時，就像阿嬷；貞觀想起病中諸情景，她怎樣餵著自己吃食一切——

「銀蟾，我自己也不好，心情太壞，說話過急……，都不要再說！我在想：我是怎樣，妳應該都了解——」

19之1

為了大妗，貞觀這是二上關仔嶺——

第一次來是小學五年級；全班四十七個同學，由老師帶隊，大夥兒開了四、五桌齋飯，分睡在男、女禪房，後來因男生人數超多，就住到大仙寺去，女生則歇在碧雲庵；十二歲是又要懂，偏又不很懂的年紀，碰了男生了，無論手肘、鞋尖、衣襟、桌角，都得用嘴吹一吹，算是消毒過了才行；然而到了山上，卻也是你幫我提水壺，我為妳削竹杖的，兩相無猜忌。

貞觀已不能想像：自己十二歲時的模樣——因此這一路上來，遇有進山拾柴的男、女小孩，都忍不住問人家幾歲；若有相彷彿的，便將自己比人家，再問她大妗像啊不像。

家中諸女眷，除了阿嬤外，只有她大妗自始至終未曾燙過髮，眾人或有慫恿她去的，她也只說：我都習慣了——她梳著極低的髻、緊小、略彎，像是根香蕉；她大舅回來以後，連貞觀也都感覺她的髮型該換，舊有的樣子太顯老了，像二妗她們燙短的，真可以年輕它幾歲，然而她還是故我，別人也許真以為她習慣了，然而貞觀卻是明白，大妗直留著這頭頭髮，是要給阿嬤做鬃用的；老人家梳髻得用假髮，原先的兩個，逐個稀鬆、乾少，大妗是留得它，隨時要剪即可剪與婆婆用度——

她大妗轉過臉來，那個貞觀熟悉的小髻倒遮過臉後去了。

「像啊！極像的，尤其那個穿紅的；妳忘記妳也有那款式的一領紅衫？」

她大妗這一提醒，貞觀果然想起來，是有那麼一件紅衣，燈籠袖、荷葉邊、胸前縫三顆包布扣子，是她十歲那年，她二姨趕著除夕夜做出來，給她新年穿的。

為什麼童年，就是那樣熾盛的心懷？三、五歲時過年，是不僅要穿新裳，還要竹筒裡剔出二角來了，自己去買一朵草質壓做的紅花；通常都是大紅的，也有水紅色，再以髮夾夾在頭上……初一、初二，直到過了初十，四處再無過年氣氛，只得將花揪下來，寄在母親或阿嬤的箱櫃裡，然而每每隔年向大人要時，那花不是不見即是壞損、支離，只得掏著錢筒，再買新的——

新年簪花這事，也和端午節的馨香一樣，她直到十一、二歲，才不敢再戴，因為男生或有路上看到了，隔天就到學校說，貞觀一進教室，他們早在黑板繪個形象笑人——

十二歲時的大信，又是什麼樣子呢？

去冬在臺北，貞觀幾趟跑龍山寺，每次經過老松國校，看到背肩袋、提水壺的小男生，就要想到大信來，他該也曾是那般恂然有禮的小童生……

為什麼想來想去，都要想到他才罷休？

從關仔嶺下車，走到這兒，三人停停、歇歇，也差不多二十分有了；碧雲寺隱約可辨，她大妗卻已經落到身後去。——

貞觀回頭望她們，見二人正走到彎坡路，銀蟾大概口渴，就在路旁奉茶的水桶邊站住不動。她先倒的一杯捧與大妗，自己才又倒了一杯，臨端到嘴邊，忽的停住了，遠遠問著貞觀：

「妳要不要也來喝？」

貞觀揮一下手，看她們喝茶，自己又想回剛才的事來：

小時候，銀川他們養蠶，一到吐絲期，眾姊妹、兄弟，都要挨挨、擠擠去看；蠶們在吐盡了絲，做好了繭，即把自身愁困在內——

如今想來，她自己不就是春桑葉上的一尾痴蠶？……地不老，情難絕，……她今生只怕是好不起，不能好了！她不是不知道大信個性上的缺失：他常有一些事情下不了決定，而且自小順遂，以致他不能很完全的擔當他自己，偏偏又是固執成性，少聽人言——

其實只要再給他們一年，她和他的這場架就吵不起來；她認識他時，大信才從廖青兒的一場浩劫出來，他被傷得太厲害，以致他與她再怎麼相印證，他總不敢立即肯定：自己是否又投入了愛的火窯裡再燒炙，因為他才從那裡焦黑著出來！

就在他尚未澄清，過濾好自己時，事端發生了，他那弱質的一面，使得他如是選擇；事實上，他從未經歷這樣的事，他根本不知道怎麼做才能最正確——

然而，情愛是這樣的沒有理由；與大信相反的是，貞觀自小定篤、謹慎，她深識得大信本性的光明，她認為她看的沒錯，而一切的行事常是這樣的無有言悔；最主要的是貞觀認定：這天地之間，真正能留存下來的，也只有精神；她當然是個尊崇自己性靈的人。

這一路上來，她心中都想著：

到了廟寺，就和大妗住下來吧！大妗也有她存於天地的精神；放縱、任性的人，會以為自制、克己者是束縛，受綁的，殊不知當事者真正是心願情甘，因為這樣做，才是自己。

銀蟾呢？

當然要趕她回去；不經情劫、情關的人，即使住下來，又能明悟什麼呢？

貞觀就這樣一路想著上山，碧雲寺終於到了，她在等齊二人之後，再反過頭看，頓覺人間的苦難，盡在眼下、腳底——

山上是清泉淨土，山下是苦苦眾生！

她大妗這是三上碧雲寺；早先伊已二度前來，入寺的相關事情，都先與廟方言妥。貞觀跨過長檻，才入山門，隨即有兩個小尼姑近前引路，三人彎彎、拐拐，跟著被安置在西間的禪房。

那房是極大的統舖床，似家中阿嬤的內房，不同的是這邊無一物陳設，極明顯的離世、出家——大妗被領著去見住持；貞觀二人縮腳坐到床中，又伸手推開窗戶：

「哇，這樣好，銀蟾，我也要住下不走了——」

銀蟾跟著探頭來看，原來這兒可瞭望得極遠，那邊是灶房，旁邊是柴間，有尼姑正在劈柴；另一邊是後山，果園幾十頃的……銀蟾忽問她：

「那邊走來的那個，奇怪，尼姑怎麼可以留頭髮？」

「妳看清楚，不行亂說——」

銀蟾自說她的道：

「若是這樣，阿姆就可以不必削髮了——」

正說著，一個小尼姑進來點蚊香，她笑著說起：

「山上就是這樣，蚊仔極多——」

銀蟾見著人，想到問她：

「師傅，寺裡沒有規定一定要落髮嗎？我們看見還有人——」

那小尼姑笑道：

「落髮由人意願；已削的稱呼師，尚留的稱呼姑，是有這樣分別！」

二人點了頭，又問了澡間位置，遂取了衣物下石階來；澡間外有個極大水池，貞觀等跟著取水桶盛水；銀蟾與她合力提進裡間，尼姑們遞給她肥皂、毛巾，又指著極小、只容一人身的小石室說：

「就是這兒了；進去關好門即可！」

生活原來有這樣的清修；小石室一共一、二十間，尼姑們出出、入入，貞觀見她們手上提攜，才知得人生也不過是一桶水，一方巾——

銀蟾亦閃身入旁室，二人隔著小石壁洗身，只聽得水潑著地，水聲沖得嘩啦響——

「貞觀——」

「嗯——」

「這水是山泉吧！」

「怎麼說呢？」

「我灌了一口，好甜哪！」

浴畢，二人又借了小盆洗衣，才挾著那盆回房來晾；一進門，先不見了大妗的衣物。

「會是怎樣呢？」

「大概是伊拿走！伊有自己的清修房間，這裡是香客住的！」

二人正呆著，忽聽得鐘聲響，點蚊香的尼姑又隨著進來：

「女施主，吃飯了；齋堂在觀音殿後邊旁門，妳們從石階下去，可以看到——」

貞觀看一下錶，才四點半；吃得這麼早，半夜不又餓了！

「師傅，我們大妗呢？」

「伊還在住持那裡，衣服都拿到她的房內；妳們用過齋飯，再到那一頭第三個門找伊，那兒有二彎石階，平臺上聞得到桂花；……不要闖錯了門了！」

「那，師傅妳呢？」

「不，施主先吃，我們在後；這也是規矩——」

菜是四素一湯；方桌，長板凳；貞觀挨著銀蟾坐下，那碗那匙，都是用粗質陶土，然而到得今日，她才真正領略它的乾淨、壯闊——

銀蟾第二次去盛飯回來時，貞觀問她：

「小姐，妳到底要吃幾碗……」

「三碗不多，五碗不少——妳小聲一些行嗎？害得人家盡看我！」

吃過飯，才五點剛過；銀蟾乃說：

「吃得這麼早，大概八點就得睡了，我們去哪裡好呢？阿姆不知回房未？」

二人翻過大雄寶殿前的石階，直取小徑，再上偏旁的夾門，又拾另一級石階上去。

「怎麼有這許多石階呢？」

「這兒本來就是深山之內！是尼姑們搬沙、運土，一石一階，開出來的——」

平臺上有個尼姑正在收甕缸，貞觀看明白是一些醃菜；二人問知道房間，走近來看，卻是落了鎖。

「妳說呢?!」

「就在門口站一下呀！」

銀蟾轉一下身，怡然道：

「這兒真可以聞見香花，好像也有茉莉；咦！我們住的禪房就在那裡呢，妳掛在窗口的那件黃衫都還看得見！」

貞觀無回應；銀蟾問她道：

「妳是怎樣了？」

貞觀舉手指門邊，說是：

「妳看它這副對聯！」

那字體極其工整，正書道：

心朗性空寒潭月現

覺修戒定妙相圓融

兩人又站了一下，還是未見她大妗，銀蟾還要再等，貞觀卻說：

「回房去吧！也許大妗去找我們！」

二人折回這邊，遠遠即發覺房內無人，因為裡面漆黑一片。銀蟾忍不住道：

「到底是阿姆丟掉，還是我們丟掉？」

「大概事情未了；妳以為出家，離世這般容易？」

「那我們現在去哪裡好？」

「到後山去！那邊有許多大石頭可坐！」

二人踏上小通徑時，月亮已經露出來；貞觀踩著碎步，一走一抬頭，卻聽銀蟾問她：

「怎樣？真要把阿姆留在這裡？家裡的人其實要我能再勸得伊回去！」

貞觀說：

「家裡十幾張嘴都留伊不住了，我們又怎麼說？再說，也是眾人痴心，家中上、下，誰不知道許了願就要還的，明明知道，還要強留伊——」

「也是捨不得伊的人啊！」

「銀蟾，妳也覺得大妗委屈?!」

「我……我不會說！」

「其實，銀蟾，別人或許不知大妗，我們與伊吃同一口井水，還會不瞭解，伊不是看破，伊才是情痴！」

「——」

「三十年來，她祈求大舅的人能得生還，她相信流落異地的丈夫，在戰火、疾患之時，一定也許過重返家門的願，這是她知大舅；如今他的人回來了，願，誰來還呢？琉璃子阿妗於大舅有救命之恩，大妗只差沒明講：你豈有丟著人家的？還是我替你去吧！」

月光下，石頭們一顆顆瑩白、潔淨，兩人並排坐著說話，心中忽變得似明鏡、似銅臺。

「銀蟾，妳看!!那是什麼？」

銀蟾近前兩步，說是：

「是大雄寶殿後門的一副對聯，妳要聽嗎？」

「快，妳快唸來我聽！」

正說著，猛地鐘聲又響，貞觀忽地坐不住，向前自己來看：

大寺鐘聲警幻夢

仙山月色浸禪心

19之2

山中十餘日。

貞觀二人天天到後山摘花；山內有水流不懈，尼姑們取熟了的竹子，將它裡面的骨節打通，再鋸好相等長度，做成許多圓竹筒，然後以鉛線綑綁好，一管接一管的，自源頭處將水引回寺裡後院的幾隻大水缸。

她們還去幫尼姑提水、澆菜；寺裡前、後，也不知種有多少菜蔬；貞觀有時手拿葫瓢，心中繞繞、轉轉，又想著這樣的一封信來：

——十月四日，種下一畝芥藍菜，昨天終於冒出芽來，小小、怯黃色的芽，顯得很瘦弱、嬌嫩的。（隔壁人家的蘿蔔，綠挺茁壯的呢！）頭二天，一直不發芽，急得要命，原來是種子沒用沙土覆蓋著，暴露在外所致。生命成長的條件是：1.黑暗 2.水 3.溫度 4.愛……太光亮了，小生命受不了的！看到種下去的希望發了芽，心裡很愉快。——

晚上，她和銀蟾就去前殿聽晚課，誦經是梵文，二人當然是聽不知意，可是完後有半個小時是教書、認字的；識字的尼姑教不識的勤唸。

她們都揀最末的兩個座位，真像是書塾裡兩個寄讀生：

「世間有百樣苦，只沒有賢人受的苦！」

「生氣的窮，怨人的苦！」

「賢人不生氣，生氣是戇人！」

「有理不爭，有冤不報，有氣不生！」

「生怎樣的性，受怎樣的苦；要想不苦先化性，性圓、性光、性明灼！」

她大妗坐在最前座；五十多歲的婦人，那神情專注，一如童生——

貞觀想起：大殿正前，有佛燈如心，心生朵朵蓮，那光和亮就是她大妗的做人；伊是真留有餘無盡的巧，還給造化；是連下輩子，也還是個漂亮人啊！

這半個月內，她大舅連著三上關仔嶺，一次和銀山來，一次是單獨自己，最後那次和琉璃子阿妗；她大妗接待二人在禪房，也不知三人說了什麼，再出來時，貞觀看大舅和日本妗仔都紅著眼眶，倒是伊仍然不改常態；最多的情原是無情哪！

這一晚是山中最後一晚，這一課也是最後一課；時間一直往前走，貞觀坐身長凳上，只覺留戀益深。教字的師太唸著字句，底下亦和聲唸起：

「眾生渡盡，方證菩提；地獄未空，誓不成佛——」

「——」

似油抹過銅臺，貞觀那心，倏地亮了起來。

豈止的身界、萬物，豈止是世人、眾生；是連地藏王菩薩，都這樣的痴心不已！

夜課結束，二人回禪房歇息；秋深逐漸，山上更是涼意習習。

銀蟾攤開被，坐在一旁像嬰兒似的打著呵欠，看是貞觀不動，問道：

「妳要坐更啊！」

「我還不睏——」

「妳是捨不得走？」

「是又怎樣？不是又怎樣？」

「是要拉妳走，不是也要拉妳走！」

貞觀笑道：

「要走我自己不會？妳又不是流氓婆——」

二人才躺身下來，卻聽門板響，銀蟾去開，果然是她大妗：

「大妗，妳還未歇睏啊？」

「唔，來看看，妳們明早回去，就跟阿公和眾人講，大妗在這兒很好，叫他們免掛念——」

「我們會——」

伊的小髻未剪，貞觀坐在床沿看她，只覺得眼前坐的，並非佛門中人，伊仍是她塵世裡的母妗；伊有出世的曠達，有入世那種對人事的親——

「大妗還有什麼交代的？」

「嗯；在家……也都說了——」

「阿姆在這兒，自己要保重！」

「我會——」

貞觀送伊出來時，伊閃出身，即止住貞觀不動：

「外面淒冷，妳莫出來；還有，大妗有句話一直未說，妳年紀也不小，有時也得想想終身，不要痴心任性的，遺妳母親憂愁——」

「大妗，我知曉——」

伊走後，貞觀躺身回床，只是無一語；銀蟾於是問道：

「妳怎樣？」

「無啊！」

她關了燈，又悄靜躺著，直聽得銀蟾的鼻息均勻，才又坐身起來；推窗見月，這樣冷涼的晚上，真的是大信說的——涼如水的夜裡：

永夜拋人何處去，
絕來音，香閣掩，
眉斂，月將沉；
爭忍不相尋，
怨孤衾，
換我心，為你心，

始知相憶深。

她到底還是落淚下來——

20 尾聲

燕子飛去，蟬聲隨起，又是暑熱逼人的天氣——貞觀這是三上碧雲寺；前兩回都有伴，走的亦是前山大路，如今單人獨行，樂得在三岔路時，找了小路上來，也算是別有滋味。

她大妗來此年餘，只回去那麼一次，是她外公病重時候，此外再無下過山。連銀安、銀定娶妻，她都不曾回轉家門。

貞觀這次受的銀山嫂之託，替她送的幾件夏日衣物，本來銀山妻子是準備做好後，親自與婆婆送來，誰知三個孩子纏身，一家主婦，也不是說出門即可出得的。銀蟾原先也說好她要來，誰知兩天前在浴室跌一跤，到現在還拽了筋，走路都不便利；貞觀心想：反正去去就回，頂多過它一夜——也就自己來了。

路上有男童在捕蟬仔，有爬上樹的，有在下頭拿著小網撲的；她一好奇，走近前來佇立觀看。

眼前的兩個，一大一小，像是兄弟；做哥哥的正捕著一隻，將牠放進塑膠袋貯著，由那做弟弟的抓在手裡。小弟弟大概怕蟬飛走，只將那袋子捏著死牢牢；貞觀於是與他說道：

「小弟，你不行把袋子捏太緊，不然沒空氣，蟬隻會悶死！」

那做弟弟的才六歲左右，不很識人，看看貞觀，又看自己兄長，正是沒主意。

「對啊，你怎麼這樣拿！這樣牠就不活了，我們不是白抓嗎？」

那做哥哥的，約是十一、二歲，穿的國小運動衫。他一面說，一面拿過塑膠袋來，做了示範動作，再教他的弟弟照著方式拿；貞觀看他一臉紅潤，問他道：

「你捉這個，要怎樣呢？」

孩子揮著手臂，拭一下汗，說是：

「放著家裡聽啊，蟬的聲音極好聽——還有，他吵著要我抓啊！」

他才說完，一下又向前跑兩步，手中舉的長竹竿，竹竿尾綁著細網。

「哇，又一隻了！嘻——」

「哥哥，牠是公的嗎？還是母的！」

「公的！公的！」

「那袋子的這隻就有伴了，哥哥，牠們會生小隻的蟬嗎？」

「我——我也不知道！」

貞觀近前來看新抓的蟬，問那大的說：

「你怎麼知道牠是公的？」

孩子笑了起來，卻又極認真回道：

「牠會鳴叫啊，公的才會，母的不會叫！」

才說完，因又發現目標物，哥哥乃抓了弟弟，向前猛跑——

貞觀只得繼續前走，來到一戶人家，見個六十歲老婦，正在收晒著的菜葉，伊身邊一個十歲男童，抱著竹籮立著。

孩子的眼睛先看到她；隨即說與老婦知道；老婦停了工作招呼她道：

「女孩官，外面熱死人；妳先入來歇一下，喝一杯茶，再走未慢！」

「多謝阿婆，我趕著上廟寺——」

「那好啊，去拜佛祖、菩薩，保庇妳嫁著好人——路妳有熟嗎？要叫我孫子帶妳一程嚒？」

「路我認得，多謝好意——」

老婦不知與男童說了什麼，那孩子丟了竹籮，跑進屋內，一下又捧出一杯白涼水。

「妳還是喝杯水；這個天氣，連在家都會中痧！那外頭就免講了——」

孩子將茶捧到她面前，他的眼神和腳步，一下牽疼了貞觀的心；長這麼大以來，她不曾喝過這樣叫她感動的茶水；不止是老婦的好意，是還有這孩子做此事時的莊重、正經——

她喝完最後一滴水，又遞還茶杯，孩子這下一溜煙的跑掉；他那背影，極像的銀禧。

「阿婆，我上山了——」

「走好啊，下山再來坐啊！」

到達山門，正看見日頭偏西；貞觀踏入寺內，直找到大妗的房間走來；她踏上平臺了，才想著要來之前，也無一書一信通知，大妗該不會不在吧！

其實是她多慮！大妗是性靜之人，在家中也都難得出門，更何況清修淨地！真不在房內，橫豎也在這個山中啊，她和銀蟾前番來時，常聽得擴音器響，後山工作的尼姑聽著叫自己名字，法號，即會急趨趨奔下來……

如果大妗也在後山，貞觀才不要去叫廣播；她只要問清楚了，就去後山找伊——門板上卻又落了鎖；貞觀這一看，真有些沒著落起來。

她小站了一下，見有尼姑經過，立即上前相問：

「師傅，這——」

那尼姑有些認得她，說是：

「要找素雲姑啊，伊這兩日在淨修房，不出關的！」

「那，還得等多久——」

「七日！」

貞觀一下閉了嘴，不知說怎樣好；尼姑乃道：

「來了難得，施主且山中住幾日再走，我帶施主先找個禪房住下再說——」

貞觀只得相隨往，她因認得從前住的那間，就與尼姑講了；二人來到那房，推門進入，尼姑又去找了蚊香來點，這才離去：

「有怎樣事情，且隨時來說！」

貞觀謝過那尼姑，這才揀出換洗衣物，又來到小石室洗身，隨後滌衣，用齋，到身閒下來，已是七點鐘！

在這樣的清淨所在，她所害怕的，也就是眼前面對自己的時刻。

大信走了二年了；二年之中，貞觀曾經奢想過他會與自己聯絡。冬天輪著夏天，秋天換過春天，貞觀一日等過一日，她終究沒再接到大信的一字、一紙——

……………

一場寂寞憑誰訴；
算前言，
總輕負。

要是從前唸著這樣的句子，貞觀真的只會是流淚；然而她今生所可能有的折轉與委屈，在這場情劫裡，早已消耗殆盡。她知道大信在澄清他自己，不止是他，他們都是心水混濁時，就不再跨出一步的，然而，這中間的過程，會是多久呢？

貞觀終於掩了房門出來，她要再去教字的地方聽經文，她真的必須好起來才行！讀課的所在，如今改在西牆大院；大抵去的人日多，舊有的位置不夠！貞觀尋著燈火找來；入夜的山中，有一種說它不出的寂靜，更顯得寺內的更漏沉沉。

她到時，才知課已經開始，原來連時間都有變動；貞觀夾腳進去，待她定心下來；耳內聽到的第一句是：

「貪苦，嗔苦，痴更苦！」

像是網兒撈著魚隻，貞觀內心一下子的實在起來：

「世間無有委屈事，人縱不知天心知。」

「抱屈心生蟲，做人不抱屈。」

「性乃是命地，命不好是性不好。」

「心是子孫田，子孫不好是心不好。」

「只知有今生，不知有來生，叫做斷見。」

「聞至道而不悟，至昧至愚。」

…………

連著二個日、夜，貞觀將所讀逐一思想，然而她的心印還是浮沉！

到第三日黃昏，她坐身在從前與銀蟾一起的石上，看著殿後的偈語，心中更是窄迫起來。

怎麼會是這樣呢?!她變得只是想離開這裡。貞觀走回禪房，登時收了衣物，且將表嫂託付的包袱寄了尼姑；那尼姑問道：

「如何就要走了呢？」

「我來之前，沒說要多住，這樣家中要掛念的！」

「如此情事，貧尼也就不留施主；這衣衫自會交予素雲姑，施主釋念。」

貞觀道謝再三，趁著日落風涼，一人走出寺中；這裡到山下，還得四、五十分的腳程，她想：就這樣走下去吧，反正山風甚涼！她可以坐那六點半的客運車子。

走著，走著，她忽地明白剛才的心為何焦躁，原來今天是銀丹表妹欲回家鄉的日子；伊十天前才從日本飛臺北，今天將跟著大舅夫婦回鄉里；而她二姨亦將於明日動身前往美國，她惠安表哥已娶妻、生子，他實踐前言，接了寡母去住——

眾人都有了著落，獨是大信……她為什麼還要念著他呢？

天逐漸黑了；貞觀走經山路，眺著一處處的火燭，耳內忽捲入一首歌謠曲調：

哥愛斷情妹不驚，
有路不驚無人行；
楓樹落葉不是死，
等到春天還會生。
……

貞觀覺得她整個人都抖顫起來，她小跑著步子，幾乎是追趕著那聲音：

日落西山看不見，
水流東海無回頭。

她終於跑到一處農舍才停；歌是自此穿出，庭前有一老婦坐著乘涼。

「阿婆——」

貞觀這一近前，才看清楚伊的臉：正是三日前分她茶水的老婦。

「阿婆……剛才那歌，是妳唱的嗎？」

「這——」

那羞赧有若伊初做新娘……

「女孩官，妳是——」

「阿婆，三天前我上山去廟寺，阿婆妳分我一杯茶水——」

「原來妳是，妳拜好佛祖了？」

「阿婆，我是——；方才的歌，是妳唱的？」

「是——啊，妳莫笑！」

「不會，阿婆，這歌極好聽——」

「都不知有幾年了；我做小女兒時，就聽人哼了……妳莫笑啊——坐一下，坐啊！」

貞觀坐了下來，那心依舊激盪不止。

「阿婆，妳再唱一遍，好嚒？」

「不好，不好，有人我唱不出來——」

她說到最後，葵扇遮一下嘴，笑了起來；貞觀想著又問：

「阿婆，那個小男孩呢？就是妳孫子——」

「他啊！他在屋內；把我的針線匣拿去做盒子，養了一大堆蠶！前一陣子，天天都去摘桑葉餵牠們，書也不怎麼讀，唉！這個囝仔！」

「阿婆，妳們只有祖、孫兩個？」

「不止哦，他父母去他外公家；明日就回來；阿通還有個小妹——」

「阿婆，妳聲嗓極好，再唱一遍那歌曲——」

「聲喉還行，目睛就差了；昨天掃房間，差一點把阿通的蠶匣子一起丟掉，他都急哭了。」

「這樣就哭？」

「蠶此時都結繭了啊；他從牠們是小蠶開始養起，看著牠蛻皮，看著牠吐絲……唉，我的兩眼就是不好，年輕時哭他阿公過頭——」

「結果呢？有無撿回來！」

「有啊，也不缺，也不少，可是繭泡包著，也不知摔死沒有；他昨晚一晚沒吃飯呢！我也是心疼！」

「……」

「我今天哄了他一早上，以為囝仔人，一下就好，誰知這下又躲著房內了，我去探探！」

老婦說著，站身起來，貞觀亦跟著站起；此時忽聽屋內的孩子叫道：

「阿嬤，趕緊，趕緊來看！」

「什麼事啊！」

老婦才走二步，孩子已經從屋內衝出來；他手上握緊匣盒，眼神極亮。

「阿嬤，牠們沒死，牠們還活著！」

「你怎麼知曉——」

老婦就身去看，說是：「果然在動，唔，怎麼變不同了？牠們——」

孩子喜著接下說道：

「牠們變做蠶蛾了，牠們咬破繭泡飛出來！」

怎樣都形容不盡貞觀此時的感覺，因為她心中的那塊痂皮，是在此時脫落下來——

孩子原先站的亮處，此時才看到她，忽又有些不自在起來。

「你還認得我嗎？」

「認得——妳是三天前那個阿姨……妳要看我的蛾兒嗎？」

「要啊要！」

貞觀近到他身旁，見匣內一隻隻撲著軟翅的蛾兒……她覺得自己的眼眶逐漸濕起；那蛾就是她！她曾經是自縛的蛹，是眼前這十歲孩童的說話與他所飼的蠶隻，教得她徹悟——

老婦想著什麼，故意考她孫兒道：

「阿通，你讀到四年級了，你知曉蠶為什麼要吐絲、做繭？」

孩子笑道：

「知曉啊——蠶做繭，又不是想永遠住在裡面；它得先包在繭裡，化做蛹，然後才是蛾兒，牠是為了要化做蛾，飛出來——」

大信從前與她說過：十歲以前的人，才是真人——她團轉了多久的身心，是在這孩童的兩句話裡安寧下來；怎樣的痛苦，怎樣的吐絲，怎樣的自縛，而終究也只是生命蛻變的過程，牠是藉此羽化為蛾，再去續傳生命——

貞觀於此，敬首告別道：

「阿婆，我得走了，我還得去坐車！」

「都快八點了，山路不好走；妳不棄嫌，這兒隨便住一晚，明早再走——」

「沒關係，我趕一趕，可以坐到八點半發的尾班車，晚回去，家裡不放心！」

「妳說的也對；就叫阿通送妳到山下！」

「不好啊，他還小——」

「妳不知，他這山路，一天跑個十幾趟，而且他帶妳走近路，走到仙草埔等車，只要十分鐘——」

孩子靜跟著她出門，一路下山，他都抱著那匣子；貞觀望著他，想起自己——貪痴未已，愛嗔太過，以致今日受此倒懸之苦；若不是這十歲童男和他的蠶……

「阿通，我……真的很感激你——」

「沒有啊！以後妳還會來山裡玩嗎？」

「我會來！」

候車處的燈光隱隱，貞觀又將回到人世間，她在距離山下百餘公尺處，停步下來；

「阿通，車站到了，我自己下去，你也快些回家！」

「可是，阿嬤叫我送妳坐上車！」

「還有二十分鐘車才來，我慢慢下去正好；你早些到家，阿嬤也才放心——」

「好，那我回去了——」

「你要走好；阿通，謝謝——」

孩子像兔子一樣竄開，一下就不見了身影；貞觀抬頭又見著月亮：

千山同一月，
萬戶盡皆春；
千江有水千江月，
萬里無雲萬里天。

她要快些回去，故鄉的海水，故鄉的夜色；她還是那個大家族裡，見之人喜的阿貞觀——

所有大信給過她的痛苦，貞觀都在這離寺下山的月夜路上，將它還天，還地，還諸世間。

（戊午年　完稿於臺北）

後記

正色與真傳

第一次看到祖母鉸了拇指般大的布，將它攤頭痛藥膏，貼在雙鬢的那年，我才六歲；而十六歲，我才開始讀《紅樓夢》的！

最近，我忽地想過來：

咦！晴雯、熙鳳，不也貼的嗎？第五十二回，麝月不是說了晴雯一句：「病得蓬頭鬼一樣，如今貼了這個，倒俏皮了！二奶奶貼習慣了，倒不大顯。」

所不同的，榮國府用的是紅綾紅緞，我祖母倒是不拘顏色、布料；她活到七十好幾，一生未離開過嘉義老家，（當然也不識得大字！）她是絕不可能知道——《紅樓夢》說的什麼，代表何義；晴雯既不可能影響祖母，祖母更不可能影響晴雯，她們的相同處，只在於她們都生身為中國女子；是凡為中國女子，不論民女、官婦，都襯在相同的布幕、背景裡，都領受五千年歲月的光與影交織而出的民俗、風情，和一份悠遠無限的生活體驗。

從前，在還沒有塑膠袋之時，人們都用廢棄的紙張、簿頁，一張張捲像現在甜筒的樣子再予黏好，一般商店就用這個裝小項東西；有個朋友說起：她還是小孩時，她的祖母把她們買零食回來的那些捲紙，一個個收拾起來，等到一定的厚度了，就給巷口開小店的阿婆送去……

「祖母」早年守寡，獨力養大五個兒女……是除了與孤老阿婆「同」此「情」外，還有一份對物的珍惜！又說：

伊從前住土房子，有一次，小偷來挖牆，祖母摸著一吊錢，就從洞口遞給他，小偷因此跪地不起——

人類原有的許多高貴品質，似乎在一路的追追趕趕裡遺失；追趕的什麼，卻又說不上來，或者只有走得老路再去撿拾回來，人類才能在萬千生物中，又恢復為真正的尊者。

已經好幾年了，一直還是喜歡這個故事：圓澤（一作圓觀）是唐朝一個高僧，有天與好友李源行經某地，見有個大腹便便的婦人在河邊汲水，圓澤於是與李源道：

「這婦人懷孕三年未娩，是等著我去投胎，我卻一直躲著，如今面對面見了，再不能躲了，三天後，婦人已生產，請到她家看看，嬰兒如果對你微笑，那就是我了，就拿這一笑做為憑記吧！十二年後的中秋夜，我在杭州天竺寺等你，那時我們再相會吧！」

當晚，圓澤就圓寂了，婦人亦在同時產一男嬰。第三天，李源來到婦人家中，嬰兒果真對他一笑。

十二年後的中秋夜，李源如期到天竺寺尋訪，才至寺門，就見一牧童在牛背上唱歌：

三生石上舊精魂
賞月吟風不要論
慚愧情人遠相訪
此身雖異性常存

這就是「三生有幸」的由來！

唯是我們，才有這樣動人的故事傳奇；我常常想：做中國人多好呀！能有這樣的故事可聽！

中國是有「情」境的民族，這情字，見於「慚愧情人遠相訪」（這情這樣大，是隔生隔世，都還找著去！）見諸先輩、前人，行事做人的點滴。

不論世潮如何，人們似乎在找回自己精神的源頭與出處後，才能真正快活；我今簡略記下這些，為了心裡敬重，也為的驕傲和感動。

四十周年版後記

本來以為該說的講完了，可是這幾天疫情嚴重，一個認識近五十年的朋友問我看法，她當然心裡有憂，我說：心安，身才安。想一想，你每天的食物，每一口飯菜裡有沒有怨氣？怨就是毒，加總在一起不會沒有力量。我問她易位而處，你要嗎？我們都不能不要苦果，卻一直造苦因啊！

《慈經》其中有一句：

希望眾生沒有心靈的苦，

沒有身體的苦。

就用這簡單的祝願迴向十法界。

二〇二一年六月

當代名家

千江有水千江月——聯合報六九年度長篇小說獎作品

1981年6月二版
2022年1月二版九十一刷

定價：新臺幣300元

著者	蕭麗紅
副總編輯	陳逸華
總編輯	涂豐恩
總經理	陳芝宇
社長	羅國俊
發行人	林載爵

出版者	聯經出版事業股份有限公司
地址	新北市汐止區大同路一段369號1樓
叢書主編電話	(02)86925588轉5305
台北聯經書房	台北市新生南路三段94號
電話	(02)23620308
台中分公司	台中市北區崇德路一段198號
暨門市電話	(04)22312023
郵政劃撥帳戶第	0100559-3號
郵撥電話	(02)23620308
印刷者	世和印製企業有限公司
總經銷	聯合發行股份有限公司
發行所	新北市新店區寶橋路235巷6弄6號2F
電話	(02)29178022

行政院新聞局出版事業登記證局版臺業字第0130號

本書如有缺頁，破損，倒裝請寄回台北聯經書房更換。 ISBN 978-957-08-0043-2 (平裝)
聯經網址 http://www.linkingbooks.com.tw
電子信箱 e-mail:linking@udngroup.com

國家圖書館出版品預行編目資料

千江有水千江月 / 蕭麗紅著．二版．新北市．聯經．
1981年6月．376面．14.8×21公分（當代名家）
ISBN 978-957-08-0043-2（平裝）
[2022年1月二版九十一刷]

857.7 82010015